大家小书

唐五代两宋词史稿

郑振铎 著

北京出版集团
北京出版社

图书在版编目（CIP）数据

唐五代两宋词史稿/郑振铎著. — 北京：北京出版社，2021.3
（大家小书）
ISBN 978-7-200-15241-8

Ⅰ. ①唐… Ⅱ. ①郑… Ⅲ. ①唐宋词—诗词研究②五代词—诗词研究 Ⅳ. ①I207.23

中国版本图书馆CIP数据核字（2019）第282752号

总 策 划：安　东　高立志	责任编辑：乔天一
责任印制：陈冬梅	装帧设计：金　山

·大家小书·

唐五代两宋词史稿
TANG WU DAI LIANG SONG CI SHIGAO
郑振铎　著

出　　版	北京出版集团
	北京出版社
地　　址	北京北三环中路6号
邮　　编	100120
网　　址	www.bph.com.cn
总 发 行	北京出版集团
印　　刷	北京华联印刷有限公司
经　　销	新华书店
开　　本	880毫米×1230毫米　1/32
印　　张	12
字　　数	199千字
版　　次	2021年3月第1版
印　　次	2021年3月第1次印刷
书　　号	ISBN 978-7-200-15241-8
定　　价	48.00元

如有印装质量问题，由本社负责调换
质量监督电话　010-58572393

总　　序

袁行霈

"大家小书"，是一个很俏皮的名称。此所谓"大家"，包括两方面的含义：一、书的作者是大家；二、书是写给大家看的，是大家的读物。所谓"小书"者，只是就其篇幅而言，篇幅显得小一些罢了。若论学术性则不但不轻，有些倒是相当重。其实，篇幅大小也是相对的，一部书十万字，在今天的印刷条件下，似乎算小书，若在老子、孔子的时代，又何尝就小呢？

编辑这套丛书，有一个用意就是节省读者的时间，让读者在较短的时间内获得较多的知识。在信息爆炸的时代，人们要学的东西太多了。补习，遂成为经常的需要。如果不善于补习，东抓一把，西抓一把，今天补这，明天补那，效果未必很好。如果把读书当成吃补药，还会失去读书时应有的那份从容和快乐。这套丛书每本的篇幅都小，读者即使细细地阅读慢慢地体味，也花不了多少时间，可以充分享受读书的乐趣。如果把它们当成补药来吃也行，剂量小，吃起来方便，消化起来也容易。

我们还有一个用意，就是想做一点文化积累的工作。把那些经过时间考验的、读者认同的著作，搜集到一起印刷出版，使之不至于泯没。有些书曾经畅销一时，但现在已经不容易得到；有些书当时或许没有引起很多人注意，但时间证明它们价值不菲。这两类书都需要挖掘出来，让它们重现光芒。科技类的图书偏重实用，一过时就不会有太多读者了，除了研究科技史的人还要用到之外。人文科学则不然，有许多书是常读常新的。然而，这套丛书也不都是旧书的重版，我们也想请一些著名的学者新写一些学术性和普及性兼备的小书，以满足读者日益增长的需求。

"大家小书"的开本不大，读者可以揣进衣兜里，随时随地掏出来读上几页。在路边等人的时候，在排队买戏票的时候，在车上、在公园里，都可以读。这样的读者多了，会为社会增添一些文化的色彩和学习的气氛，岂不是一件好事吗？

"大家小书"出版在即，出版社同志命我撰序说明原委。既然这套丛书标示书之小，序言当然也应以短小为宜。该说的都说了，就此搁笔吧。

导　言

陈福康

在"五四"以来的中国新文学史上，郑振铎是发出"要求一本比较完备些的中国文学史"呼吁的第一人[①]；不仅如此，他还身体力行，很早就从事中国文学史的撰著工作。他在二十世纪二三十年代一共出版过四种中国文学史（或与中国文学史有关的）专著：一是《文学大纲》四大册的中国部分（按，《文学大纲》实际是史上第一部真正的世界文学通史，其中约四分之一篇幅写的是中国，已有学者指出，《文学大纲》中国部分若独立出来，实是一部体系完整的中国文学史。不仅如此，我认为此书的中国文学部分，实际还是一九二〇年代国内最优秀的一部中国文学史）；二是《中国文学史（中世卷第三篇上）》[②]一册，为断代史性质；三是《插图本中国文学史》四册，为通

[①] 见一九二二年九月《文学旬刊》上《我的一个要求》。
[②] 按即本书原书名。——编者注

史性质；四是《中国俗文学史》二册，为分类史性质。总计字数约一百五十万字（《文学大纲》外国文学部分以及各书插图所占篇幅均不算在内），又有非常高的学术价值，在新文学工作者中，以一人之力做出如上成绩的，没有第二个人。

郑振铎的《文学大纲》《插图本中国文学史》《中国俗文学史》三部书，几十年来被众多出版社多次重印，学界几乎无人不知。而那本《中国文学史（中世卷第三篇上）》，知道的人就很少了。那是怎样的一本书呢？须从头道来。

郑振铎于一九二三年下半年起，开始撰写《文学大纲》。边写边在《小说月报》上连载（其中有些补充章节则发表于《一般》等刊物上），后交商务印书馆出版。第一册于一九二六年底出版，接着郑振铎因大革命失败而避难欧洲，全书的跋即作于一九二七年六月十日赴法国的远洋轮上。最后的第四册是一九二七年十月出版的。应该说，在《文学大纲》写成和出版以后，郑振铎就产生了再撰著一部详尽的《中国文学史》的念头。一九二八年六月，他从西欧回国，应上海复旦大学等校之聘，讲授中国文学史。同时，继续主编《小说月报》。一开始，他已经公布要撰写一部《西洋艺术史》以供《小说月报》连载[1]，但

---

[1] 见《小说月报》第二〇卷第一期《最后一页》。

后来撰写《中国文学史》的欲望超过了写《西洋艺术史》，以至后者终于未能写出，而从一九二九年三月号《小说月报》起，开始发表《中国文学史》的"中世卷第三篇"。至年底，共发表了五章。最早发表的是第三章《敦煌的俗文学》，文末有郑振铎于一九二九年二月写的附记，说明此章是"去年九月间匆促写成"，可知他回国不久就开始《中国文学史》的撰写了。

这五章在《小说月报》上发表后，郑振铎经过少许修订，于一九三〇年五月由商务印书馆出版单行本，书名为《中国文学史（中世卷第三篇上）》。作者在同年三月一日写的该书《后记》中说："全书告竣，不知何日，姑以已成的几章，刊为此册。我颇希望此书每年能出版二册以上，则全书或可于五六年后完成。"从这里我们已可窥知原书计划之宏大。但是，这个"中世卷第三篇上"是什么意思呢？原书共拟分几册？由于全书仅出版此一册，后来作者在北平出版《插图本中国文学史》时计划已有更改，因此人们一直无从详知。一直到我在郑振铎遗稿中幸运地看见了他在一九三〇年四月二十二日（此时该书已经付印）修订的《中国文学史草目》，方才解开了这个哑谜。

根据这个《草目》，我们知道郑振铎当时拟写的《中国文学史》，上下五千年，自上古（公元前三千年）至一九一九年"五四"前夕。共分"古代卷""中世卷""近代卷"三卷。从上古至西晋末年为古代卷，共分三篇，每篇各一册；从东晋初至明中期正德年间为中世卷，共分四篇，每篇各二册；明嘉靖初至"五四"前为近代卷，共分三篇，第一篇三册，后二篇各二册。这样，全书共有十篇，约一百章，拟分十八册出版。大致估计，全书完成将有三百万字左右。这是何等气势磅礴的前无古人的文学史撰写计划！可惜的是，这个计划最终未能完成。而其"中世卷第三篇"，内容是五代、两宋期间的文学史，计划分上下两册，已出的此书即为上册。上册共五章，题目为：《词的启源》①《五代文学》《敦煌的俗文学》《北宋词人》《南宋词人》。除了敦煌文学及五代文学中涉及的诗、散文等以外，主要讲的都是有关"词"的历史，正如作者在此书《后记》中说的，"这一册所叙者以'词'为主体"。因此，尽管此书作为断代文学史（五代两宋文学史）也仅成半部，令人不无遗憾；但却颇有单独存在的价值——可以当作一部词史来读。（宋以后，"词"仍有一定的发展，但已趋衰落，影响小了。）

郑振铎在《文学大纲》中已经提出，中古时期中国诗的发展可分为两个时期，即诗（近体、律体）的时期与词的时期，并将"自五代时'词'之一体的开始发展起，至宋元之间此种

---

① 今改为《词的起源》。——编者注

诗体之衰落为止",称作中世"第二诗人时代"。必须指出的是,自一九二四年十一月郑振铎在《小说月报》上发表《文学大纲》的有关章节,对词史作了简明的论述后,关于这一特殊诗体的发展史的研究,几年来一直没有什么进展。在本书之前出版的其他各种文学史中,虽然也提到了词,但都很简略。曾在报上指出《文学大纲》几处小误,并称也对宋词研究深有兴趣的胡云翼,在一九二六年出版了专著《宋词研究》,书中明确说明:"本书行世前,尚无此类专著。"胡氏此书约十万来字,除了通论部分外,主要是作家评传。胡氏此书有一定学术价值,但作为通论、评传尚可,却显然不是一本"词史"。因为它主要是鉴赏、评述性质,而缺少历史观念。要论"词史"的话,我们其实不能不推郑振铎《中国文学史(中世卷第三篇上)》为正式出版的第一本。在郑著此书问世后,有关词史的专著才开始多了起来,如一九三一年出版了刘毓盘的《词史》[①],王易的《词曲史》,陆侃如、冯沅君的《中国诗史》(其第三册专论词与曲),一九三三年出版了胡云翼的《中国词史略》《中国词史大纲》、郑宾于的《中国文学流变史》(其下册专谈词),等等。但是,从史料的丰富性与立论的正确性等方面看,一九三〇年

---

① 此书在一九二〇年代曾作为北京大学讲义,内部少量印行,约八万余字。

代出版的一些词史似均未能超过郑振铎这本书。

此书约有十七万字，其中专论词的部分有十四万字。（而《文学大纲》有关词的部分的文字，不及这一字数的十分之一。）本书论及词作者近二百名，引录词作约三百七十首，即使将这些词作单独抽出作为一本"词选"，也是相当丰富的了。由此可见本书的内容是相当详赡的。而在见解上，书中更有不少独创。

例如，关于词的来源，《文学大纲》未及论述，本书则认为有"两个大来源"，即"胡夷之曲"与"里巷之曲"，一个是西域来的，一个是取之民间的。作者不同意历来认为词是"诗余"的说法，也不同意词是"古乐府的末造"的说法，认为这些说法"是完全违背了文体的生长与演变之原则的"，也是不符合史实的。他指出："词自有它的来历、它的发源、它的生命。""它不是旧诗体的借尸还魂，也不是旧诗体的枯杨生稊，更不是旧诗体的改头换面。新诗体是一种崭新的东西。"它新就新在敢于大胆摄取域外文学与民间文学的养料，因此就"与五七言诗大异其面目与性质"。关于中国文学接受外来影响与民间养料的问题，是当时的很多研究者所讳言或忽视的。郑振铎强调指出这些，恢复了历史的本来面目，很有意义。本书第一章《词的启源》先在《小说月报》上发表时，著名词学家、郑振铎的小学同学夏承焘就给予了很高的评价。[1]

关于词的发展，书中认为大致可分为四期。一是胚胎期，即"引入了胡夷里巷之曲而融冶为己有"的时期，这时的词是有曲而未必有辞的。二是形成期，即"利用了胡夷里巷之曲以及皇族豪家的创制，作为新词"的时期，"曲旧而词则新创"。三是创作期，即词作家"进一步而自创新调，以谱自作的新词，不欲常常袭用旧调旧曲"，这时的曲与词（辞）有一部分均是新创的。四是模拟期，即作家"只知墨守旧规，依腔填词，因无别创新调之能力，也少另辟蹊径的野心"，"词的活动时代已经过去了"。他认为唐初至开元天宝时为词史发展的第一期，开元天宝至唐末为第二期，五代至南宋末为第三期，元初至清末为第四期。这是发前人未发的见解，与鲁迅后来关于词从兴起到衰落的宏观见解[2]，在精神上颇为一致。郑振铎不仅从宏观

---

[1] 夏承焘一九二九年九月十四日日记："阅《小说月报》二六六号郑振铎《词的启源》，谓词与五、七言诗不发生关系。据《旧唐书·音乐志》'自开元以来，歌者杂用胡夷里巷之曲'句，谓'里巷与胡夷之曲，乃词之二大来源'。又谓依腔填词，始于裴谈、温庭筠。以绝细腻之笔，写无可奈何之相思离绪，始为文人之恋歌，而非民间之情曲。余所见郑君文字，此篇最不苟者矣。"近年，华东师范大学中文系古典文学研究室精选编集了一本一九一一年至一九四九年的《词学研究论文集》（上海古籍出版社出版），即收入郑振铎《词的启源》，并置于全书首篇。亦可见其学术价值。

[2] 见鲁迅一九三四年二月二十日致姚克信等。

上将词史分为四个发展期,在具体分析时他又将北宋词的发展与南宋词的发展分别分为三个阶段。他认为北宋词经历了从清隽健朴,到奔放雄奇,到循规蹈矩这样三个阶段;南宋词则经历了奔放,改进,凝固(雅正)这样三个阶段。他指出,这些变化跟词这一文体本身的发展规律、文人在其间所起的作用等有关;而且也跟当时的社会、政治情况有关。例如,南宋词第二阶段以后渐趋僵化,就因为这时它"不仅与民众绝缘,也且与妓女阶级绝缘",成为"差不多已不是民间所能了解的东西了";这时的词失去豪迈的气概,也是当时统治阶级"升平已久""晏安享乐"的社会现象的反映。郑振铎的这些分析与见解,体现了卓越的史识,已可略见唯物史观的星星光芒了。

书中通过独立思考,对胡适有关学术观点作了争鸣。例如,胡适据《杜阳杂编》,以为《菩萨蛮》调出于大中初,因此断定相传为李白所作的《菩萨蛮》决非真品。但郑振铎指出,《菩萨蛮》一调实已见诸《教坊记》,胡应麟《少室山房笔丛》亦提到开元时即有此调,因此李白当然有填写此词的可能。虽然,这到底是不是李白所作,至今尚无定论,郑振铎也没有绝对肯定;但他强调指出不能用孤证来推翻一切他证,这显然比胡适要慎重得多。胡适还认为五代的词都是无题的,因为其内容都很简单,不是相思便是离别,不是绮语便是醉歌,所以用不着什么标题。郑振铎不同意这种皮相的看法,指出:"花间词人的作品,诚多咏离情闺思之作。然离情闺思之作,原是一切抒情诗中最多的东西,不独花间词为然。且这一期中,也不完全是离情闺思、宴席歌曲之作。"那么,为什么"无题"呢?他认为,这是词创作初期的一种现象,"大多数的词牌名,已是它们的题目了,它们的内容也和词牌名往往是相合的,所以更无需乎另立什么题目。"例如,当时《更漏子》写的便大多与更漏声有关,《杨柳枝》便与杨柳有关,《天仙子》便与仙女有关,等等。发展了一段时间后,词的内容与词牌不大切合了,但尚未完全离开词牌所含的意思,例如《渔父》,填词者未必直接歌咏渔家生活,但仍含有该词牌原有的鄙薄功名、甘隐江湖的意味。再发展到后来,内容与词牌没有必然的联系了,这时才必须另外再有一个题目。郑振铎的这些论述,显微烛隐,无疑比胡适高出一筹。

在具体作家作品分析评论中,书中也时有新见。例如,关于王安石在宋词史上的地位,前人均无特别的好评,郑振铎在《文学大纲》中也不过附带一说而已。但此书中不仅肯定他在政治上变法图强的精神,而且认为他正因为有这种精神,其词"宜乎气格与别的词人们不同",盛赞其"脱尽了《花间》的习气,推翻尽了温、韦的格调、遗规,另有一种桀骜不群的气韵","无论在格式上,在情调上",都"大胆无忌的排斥尽旧日的束缚"。因此,郑振铎认为,王安石在词史上的地位是"为苏、辛作先驱,为第二期的词的黄金时代作先驱"。这是非常独到的创见,郑振铎自己也指出,这是"很少人注意及之"的。书中对柳永的词作了十分细致的艺术分析,并将其与《花间集》作了艺术上的比较,指出《花间集》的风格在于"不尽","有余韵";而柳永则在于"尽",在于"铺叙展衍,备足无余"。他认为这是两种不同的艺术境界,不好随便评其优劣;"但这第二种的境界,却是耆卿(柳永)所始创的,却是北宋词的黄金时代的特色,却是北宋词的黄金期作品之所以有异于五代词,有异于第一期作品的地方。所以五代及北宋初期的词,其特点全在含蓄二字,其词不得不短隽;北宋第二期的词,其特点全在奔放二字,其词不得不铺叙展衍,成为长篇大作。当时虽有几个以短隽之作见长的作家,然大多数的词人,则皆趋于奔放之一途而莫能自止。这个端乃开自耆卿。"这样精辟的分析,在当时其他论著中极为少见。不仅说透了柳永词的艺术特点,而且更进一步阐明了词从前期到黄金时期转化之际艺术风格上的变化脉络,以及柳永在其间所起的作用等。

除了关于词史以外,本书关于敦煌文学的论述在当时也是开创性的。陈子展对此就有高度评价。①在《文学大纲》中，有关敦煌文学只是极简单地提到了一句；虽然这是在文学史著作上较早的记载，但毕竟过于简略了。（这当然是与当时很多材料流失至国外后尚未整理与公开有关的。）而本书中却有近三万字的论述。对于敦煌抄本的整理与研究，郑振铎并不是国内外最早的学者；但他无疑是迅速吸取当时敦煌学研究最新成果，并较早从文学史的角度对其进行研究评价的人，而且他还是我国较早亲赴法、英等国去查阅有关原件的人。书中指出，敦煌写本中"在文学上最可注意者则为俚曲、小说及俗文、变文、古代文学的钞本等等"。（按，所谓"俗文"的称呼，后郑振铎作了纠正，详见下述。）并认为："就宗教而论，就历史而论，就考古学而论，就古书的校勘而论，这个古代写本的宝库自各有它的重要的贡献，而就文学而论，则其价值似乎更大。"因为，第一，发现了许多已佚的杰作，如韦庄的《秦妇吟》、王梵志的很多诗等；第二，发现了大量的俗文学作品，使人们知道了小说、弹词、宝卷及很多民间小曲的来源。"这是中国

---

① 陈子展在一九二九年出版的《最近三十年中国文学史》第八章《敦煌俗文学的发见和民间文艺的研究（上）》之后，特地专门加了一段附记，指出郑振铎此书《敦煌的俗文学》一章，"是介绍敦煌发见的俗文学最详实而又最有见解的一篇文字"。并深为遗憾地说："可惜我作文时不曾得着这篇文字作为参考材料，现在又来不及改动前稿了。"

文学史上的一个绝大的消息,可以因这个发现而推翻了古来无数的传统见解。"而推翻传统旧说,正是靠像郑振铎这样的研究者,用敏锐的史识对这批材料进行研究后取得的。

书中分别介绍与评述了敦煌发现的诗歌(包括民间杂曲、民间叙事诗和最初的词调)和散文(包括民间通俗小说),但认为:"敦煌抄本的最大珍宝,乃是两种诗歌与散文联缀成文的体制,所谓'变文'与'俗文'者是。"(按,"俗文"其实是变文的误称。)郑振铎强调指出变文是敦煌抄本中最可珍贵的发现,这很有眼力。他强调"它们本身既是伟大的作品,而其对于后来的影响,又绝为伟大。我们对于它们决不应该忽视!"他认为,变文对于后来中国文学的影响,可分为四个方面,即对宝卷①与弹词的直接影响,和对小说与戏剧的间接的影响。这些论述可以说是自有中国文学史著作以来,第一次将这批封存了一千多年而又大多流失至国外的中国民间俗文学,公然抬到了文学殿堂的高座,其意义非同一般。这对于我国一九三〇年代民俗学与民间文学的研究,是很有促进作用的。

在论述具体作品时,书中也有不少精彩见解。例如,关于《目连救母变文》,他在《文学大纲》中已简单地提及,并把它

---

① 书中指出:"宝卷在今日尚未成为一种公认的文学的著作,然而其中也有不少是可以列于文学名著之中而无愧的。"

与但丁《神曲》并提，但当时他误以为它是小说；在本书中，他指出这是在中国文学作品中最早叙述周历地狱的情况的，并把它与古希腊荷马的《奥特赛》、古罗马维吉尔的《阿尼尔》[①]、但丁的《神曲》等相比较，指出："在中国，本土的地狱，或第二世界的情形，则古代的作家绝少提起，仅有《招魂》《大招》二文略略的说起其可怖之景色人物而已。（那里所指的并不是地狱，不过是第二世界，即灵魂所住的地方而已。）直到了佛教输入之后，于是印度的'地狱'便整个儿的也搬入了中国。"而这以前的地狱描写还不够详细。直到这本《目连救母变文》出现，我们才知道在唐代已有了这样详细的描写。郑振铎的这一精辟分析，对读者是深有启发的。

当然，本书亦略有不足之处。首先是作为断代史还缺少下半篇，作为"词史"则尚缺第四期（元初至清末）。其次是有些论述还不够精当，这或因当时史料缺乏所限，或因考订不周所致。例如，书中将敦煌发现的民间讲唱文学区别为"变文"与"俗文"两种，并试图指出其间的几点差异，但其实"俗文"是今人给这些作品编目或引用时自取的名称，其原本的名称就只有"变文"一词。后来，由于几种重要的首尾完

---

① 《奥特赛》今译《奥德赛》或《奥德修纪》，《阿尼尔》今译《埃涅阿斯纪》。——编者注

备的变文写本的公布，郑振铎才了解了这一点，并在《插图本中国文学史》及《中国俗文学史》等书中作了郑重的纠正。再如，本书中谈到有人怀疑五代时《花间集》中的词作家张泌与《全唐诗》中南唐的张泌不是一个人，但又认为"没有充分的证据"，所以"姑从旧说"，仍以其为一人。其实这是两个人，后来郑振铎在《插图本中国文学史》中作了有力的考辨，纠正了此书中的说法。另外，我认为书中对变文的评价也略嫌过高。但是，这些不足之处显然是微瑕，而不足以蔽其美玉之光华的。

最后必须指出，本书又是一本命运非常不幸、非常寂寞的书。出版后不久，商务印书馆就惨遭日本侵略军轰炸，它的印刷纸版和仓库里的存书就都被烧毁了。因此，本书流传于世的很少，以后也从来没有再版过。因此，读过它的人也很少，也几乎没有人评论和引用过，连现在一些专门研究和评论词史的学者也不知有此书。甚至连一九九八年花山文艺出版社出版的《郑振铎全集》也没有收入。我曾呼吁出版社影印此书，可惜未果。我一直认为，本书是具有重要的学术价值的，即使残缺也像断臂维纳斯一样具有特殊的"残缺美"，而且重新出版还具有抗议和铭记日本帝国主义侵略罪行的意义。我的这些想法对"民间出版家"黄曙辉兄说了，得到他高度赞同，多方联系，终于获得北京出版社领导的支持,重印有望。郑振铎的《插图本中国文学史》近年来重印的出版社很多,而我觉得北京出版社出的那本校勘最为认真,因此,此书由他们重印是令我非常高兴的。

目 录

- 001 / 第一章 词的起源
- 032 / 第二章 五代文学
- 094 / 第三章 敦煌的俗文学
- 156 / 第四章 北宋词人
- 249 / 第五章 南宋词人

- 347 / 后 记

插图目录

刘禹锡	上官周作	024
白居易	上官周作	025
温庭筠	上官周作	028
李煜		064
花蕊夫人	仇英作	086
虬髯客赠宅	从明玩虎轩刊《红拂记》	091
乔答摩的降生		124
伍员	从明环翠堂《人镜阳秋》	144
王昭君	从《盛明杂剧》	150
欧阳修	上官周作	171
王安石	上官周作	182
杨柳岸晓风残月	郑文焯作	190
苏轼	上官周作	193
黄庭坚	上官周作	199
贺铸	任熊作	207
周邦彦《片玉词》		227
李清照	从四印斋本《漱玉词》	244
汲古阁《稼轩词》		263
陆游	任熊作	265
姜夔		291
文天祥	上官周作	341

第一章　词的起源

一

六朝乐府的生命自经了晋隋至唐中叶的一个长时期之后，便盛极而衰。到了五代之时，歌唱者皆尚"词"。欧阳炯所谓"则有绮筵公子，绣幌佳人，递叶叶之花笺，文抽丽锦，举纤纤之玉指，拍按香檀，不无清绝之辞，用助娇娆之态"[①]。正足以见当时的盛况。至宋则流传更广，上自朝廷，下至市井，娴雅如文人学士，豪迈如武夫走卒，无不解歌者。词的流行真可谓"至矣，甚矣，蔑以复加矣"。但到了后来，词也渐渐成为不可歌了。仅足资纸上之唱和，不复供宴前的清歌，仅足为文人学士的专业，不复为民间俗子所领悟；语益文，辞益丽，离

---

① 《花间集》序。

民间日益远，于是遂有"曲"代之而兴，而词的黄金时代便也一去而不复回。

二

在未说到本文之前，有一点是不可不先说明白的，即词与五七言诗之间是不发生什么关系的。她的发展，也并不妨碍到五七言诗的发展。她与五七言并没有相继承的统系。这正与六朝时代的乐府一样。乐府也是与五言诗平行发展起来的。他们各走着一条路，各不相干，也各不相妨。在文体的统系上说起来，词乃是六朝乐府的同类，却不是五七言的代替者。我们晓得，诗歌有两种。一种是可歌的，一种是不可歌的。可歌的便是乐府，便是词，便是曲；不可歌的便是五七六言的古律诗。不可歌的诗歌，系出于不必有音乐素养的文人之手，只以抒情达意为主，并没有另外的目的；可歌的诗曲，其目的，一方面是抒写情意，一方面却是有了一种自娱或娱人的应用目的的。他们有的为宗庙朝廷的大乐章，有的为文人学士家宴春集的新词曲，有的则为妓女阶级娱乐顾客的工具。因此，不可歌的诗歌，其发展是一条线下去的；可歌的诗歌，其发展便跟随了音乐的发展而共同进行着。音乐有了变迁，他们便也有了变迁。

汉人乐府不可歌了，便有六朝乐府代之而起，六朝乐府不可歌了，便有词代之而起，词不可歌了，便有南北曲代之而起。虽然在乐府词曲已成为不可歌之物之时，仍有人在写乐府词曲，那却是昧于本意、迷恋于古物的文人们所做的不聪明的事。例如，许多人以词为"诗余"，便是一个构成这种错误的实证。沈括的《梦溪笔谈》说：

> 诗之外又有和声，则所谓曲也。古乐府皆有声有词，连属书之。如曰"贺贺贺""何何何"之类，皆和声也。今管弦之中，缠声亦其遗法也。唐人乃以词填入曲中，不复用和声。

朱熹也说：

> 古乐府只是诗，中间却添许多泛声。后来人怕失了那泛声，逐一声添个实字，遂成长短句。今曲子便是。
>
> ——《朱子语类》百四十

他们这个主张影响很大。《全唐诗》第十二函第十册，在"词"之题下，亦注道：

> 唐人乐府原用律绝等诗，杂和声歌之。其并和声歌作实字，长短其句以就曲拍者为填词。

方成培的《香研居词麈》也这样的主张着："唐人所歌多五七言绝句，必杂以散声，然后可被之管弦。如阳关必至三叠而后成音，此自然之理也。后来遂谱其散声，以字句实之，而长短句兴焉。"这几个人的见解都是以词为"诗余",为由五七言诗蜕变而成的。这种见解,其主要的来因,乃误在以唐人所歌者胥为五七言诗。我们且看,唐人所歌者果尽为五七言诗乎?王灼的《碧鸡漫志》说:"唐史称李贺乐章数十篇,诸工皆合之管弦。又称李益诗每一篇成,乐工慕名者争以赂取之,被诸声歌,供奉天子。旧史亦称武元衡工五言诗,好事者传之,往往见于乐府。开元中,王昌龄、高适、王之涣旗亭画壁,伶官招妓聚宴。以此知唐之伶妓以当时名士诗词入歌曲,皆常事也。"然既云"合之管弦",既云"往往见之乐府",则可见五七言诗的入乐乃是偶然的事,并不是必然的事。文人既以诗篇入乐为可夸耀的事,则五七言诗篇之不常入乐,更为可知。按崔令钦的《教坊记》,共录曲名三百二十五;又《词律》所录者凡六百六十余体;又《钦定词谱》所录者凡八百二十六调。在这许多曲调中,据《苕溪渔隐丛话》,则在宋时"所存者止《瑞鹧鸪》《小秦王》二阕,是七言八句诗并七言绝句诗而已"。而统唐、宋能歌与否的词体而总计之,也只有《怨回纥》《纥那》《南柯子》《三台令》《清平调》《欸乃曲》《小秦王》《瑞鹧鸪》《阿那》《竹枝》《柳枝》《八拍蛮》诸曲而已。以这许多绝非五七六言古律绝诗的词调,乃因了偶有寥寥几首的合于五七六言古律绝诗的词式,便以为她是出于五七六言诗的,真是未免太过武断了。《旧唐书·音乐志》说："太常旧相传，有宫商角徵羽宴乐五调歌词各一卷。或云贞观中侍中杨仁恭妾赵方等所诠集。词多郑、卫，皆近代词人杂诗。至绍（韦绍）又令太乐令孙玄成更加整比为七卷。"但他们所集的，"工人多不能通"。工人所通的却是另外的一种新的曲调，崭新的曲调；这种崭新的曲调便是词，便是代替六朝乐府而起的新歌曲的词。成肇麐说：

> 十五国风息而乐府兴，乐府微而歌词作，其始也皆非有一成之律以为范也。抑扬抗坠之音，短修之节，连转于不自已，以蕲适歌者之吻。而终乃上跻于雅颂，下衍为文章之流别。诗余名词，盖非其朔也。唐人之诗未能胥被弦管，而词无不可歌者。

——《七家词选序》

他这话确能看出词的真正来源来。王应麟的《困学纪闻》里有寥寥的几句话："古乐府者，诗之旁行也；词曲者，古乐府之末造也。"这几句话也恰是我们所要说的。但"乐府之末造"一语，却颇有语病。词是代替乐府而起的可歌之诗歌，却不是乐府的末造，也不是乐府的蜕变。她是另有其来源的。

三

我们可以确切的说，词自有他的来历、他的发源、他的生命，却不是古乐府的末造。我们晓得，一种文体或诗体的变迁，其主因都不是很单纯的，其推进力一定是很强有力的。由旧的一种诗体或文体，一变而为新的诗体或文体，决不是一种的蜕化，如毛虫之化为蝴蝶；或一种的生长，如种子之长成为绿草红花。新的诗体或文体，其起源是另在于别一个方面的。它不是旧诗体的借尸还魂，也不是旧诗体的枯杨生稊，更不是旧诗体的改头换面。新诗体是一种崭新的东西，是一种与旧诗体绝不相蒙的东西，是出于旧诗体以外的另一种来源的，是与旧诗体毫不相牵涉的一种外来的或某地民间所产生的东西。新诗体间或采取了、保留了、容纳了旧诗体的一部分内容，但也不过采取之而已，保留之而已，容纳之而已；其面目以及其精神，却决不是旧诗体所能冒认为亲枝或子系孙系的。只有他能以大力量来采取、保留或容纳一部分的旧诗体，旧诗体却决没有力量自去依附于新诗体之上的。词便是这样的一种新生的诗体。以这样的一种新生的诗体的"词"，论者乃冒认他为"诗余"，为五七言之余，为五七言诗的添上了泛声而成的，或以为是乐府的末造，岂不是很可怪的事么？这是完全违背了文体的生长与演变之原则的。我们如看了下文，便更可以明白此意。

一种新文体或新诗体的产生，既不是从旧有的文体中蜕变而出，也不是从天上落下来的一种现现成成的东西。他们在未盛行，未被文人学士所采用之前，都已有很悠久的历史，已经过了好几次的演变，但他们也有从外邦异域直接灌输进来而为本土所容纳、所采取的。戏剧的产生是如此，南北曲的产生是如此，弹词宝卷的产生是如此，词的产生也是如此。

词只是一种歌曲，她与六朝的乐府完全同类，却与五七言诗大异其面目与性质，这在上文已说得很详尽的了。五七言诗是不能歌唱的，即歌唱，也要另配上了谱，词则其谱与辞是已具于一体的；每个词都已有了谱；这些谱或为新创的，或为历来相传的；词的辞语，则都不过依谱填之而已。但亦有先有了词而后创制新谱以歌唱的。所以词并不是一种的诗体。她只是唐、宋可歌的曲的总名。他们的内容是异常复杂的，因之，他们的来历也是异常复杂的。有的是旧词，有的是新制，有的是民间原有之物，有的是外邦异域的输入品。我们如今已很难将他们的来源一一的分别出来，但我们尚可以大概的指出他们的几个最重要的几个来源来。

欧阳炯说："杨柳大堤之句，乐府相传，芙蓉曲渚之篇，豪家自制。"然"乐府相传"与"豪家自制"之二语，颇为含混，殊不能明晰的指出词的真正来源之所在。词原是六朝乐府的替身。六朝乐府在隋时尚有存在，以后便"日益沦缺"了。《旧唐书·音乐志》说得很详细：

> 宋、梁之间，南朝文物号为最盛。人谣国俗亦世有新声。后魏孝文、宣武，用师淮汉，收其所获南音，谓之清商乐。隋平陈，因置清商署，总谓之清乐。遭梁、陈亡乱，所存盖鲜。隋室以来，日益沦缺，武太后之时，犹有六十三曲。今其辞存者惟有《白雪》《公莫舞》《巴渝》《明君》《凤将雏》《明之君》《铎舞》《白鸠》《白纻》《子夜吴声四时歌》《前溪》《阿子及欢闻》《团扇》《懊憹》《长史》《督护》《读曲》《乌夜啼》《石城》《莫愁》《襄阳》《栖乌夜飞》《估客》《杨伴》《雅歌骁壶》《常林欢》《三州》《采桑》《春江花月夜》《玉树后庭花》《堂堂》《泛龙舟》等三十二曲，《明之君》《雅歌》各二首，《四时歌》四首，合三十七首，又七曲有声无辞，《上林》《凤雏》《平调》《清调》《瑟调》《平折》《命啸》，通前为四十四曲存焉。……自长安以后，朝廷不重古曲，工伎转缺，能合于管弦者，唯《明君》《杨伴》《骁壶》《春歌》《秋歌》《白雪》《堂堂》《春江花月》等八曲。

古曲惟八曲能合于管弦，可见它陵替的实况。同书《音乐志》又说，孙玄成等所集乐章，"工人多不能通"。古曲既然不能通于今，于是另有别派的乐章，便代之而流行于时。这些乐章便是所谓词。同书《音乐志》又说，"自开元已来，歌者杂用胡夷里巷之曲"。这里所谓"胡夷里巷之曲"，便是词的两个大来源。先论"胡夷之曲"。

中国的音乐，受异邦外域的影响是很深的。汉以前，我们不大知道。汉武帝之后，匈奴及西域的音乐便开始输入中国。以后，到了五胡乱华之时，胡夷之曲更为流行；不仅流行于北方，也且流行于南方，《隋书·音乐志》叙述这个情形颇详。在本书的上文[1]也另有专篇以论之了。自隋以后，这种情形更为显著。唐的许多舞曲皆为外来之物。王之涣、王昌龄诸人在旗亭所闻的歌者唱他们的诗篇，很有可能的是用了当时流行的外来的"成谱"唱着的。《旧唐书·音乐志》说："自周、隋已来，管弦杂曲将数百曲，多用西凉乐。鼓舞曲多用龟兹乐。其曲度皆时俗所知也。"朝廷所用之鼓舞曲及管弦杂曲既皆为胡曲，其曲度又皆为"时俗所知"，可见当时胡曲流传得如何普遍。在上者提倡，在下者风靡。古曲自

---

[1] 中世卷第一篇第三章。

然的要渐渐的亡缺[①]，以至于习者无人，传者无人，而新声的"词"便征服一切的代之而兴。在崔令钦《教坊记》所载的三百二十五曲中，有许多是鼓舞曲。这是望其名而可知的。段安节《乐府杂录》谓，《太平乐曲》《破阵乐曲》属于龟兹部。又将《天仙子》（即《万斯年》曲）也归入这一部。又同书所载的舞曲，有《稜大》《阿连》《柘枝》《剑器》《胡旋》《胡腾》（以上健舞曲），《凉州》《绿腰》《苏合香》《屈柘》《团圆旋》《甘州》（以上软舞曲）等。《教坊记》说："开元十一年，初制《圣寿乐》以歌舞之。所司先进曲名，以墨点者舞。舞有曲。教坊惟得舞《伊州》《五天》，重来叠去，不离此两曲，余悉让内家也。内家舞曲有二：《垂手罗》《回波乐》《兰陵王》《春莺啭》《半社渠》《借席》《乌夜啼》之属，谓之软舞；《阿辽曲》《柘枝》《黄獐》《拂林》《大渭州》《达摩》之属，谓之健舞。"王灼谓："唐明皇改《婆罗门引》为《霓裳羽衣》，属黄钟商，时号越调。"（《碧鸡漫志》）蔡絛《诗话》谓："按唐人《西域记》，龟兹国王与其臣庶之知乐者，于大山间，听风水声均

[①]《唐书·音乐志》：自长安已后，朝廷不重古曲，工伎转缺。能合于管弦者唯《明君》《杨伴》《骁壶》《春歌》《秋歌》《白雪》《堂堂》《春江花月夜》等八曲。旧乐章多或数百言，武太后时，《明君》尚能四十言，今所传二十六言，就之讹失，与吴音转远。

节成音。后翻入中国，如《伊州》《甘州》《凉州》等曲，皆自龟兹所致。"此皆胡夷之曲可考见者。

他如《教坊记》所载的曲中，《献天花》《归国遥》《忆汉月》《八拍蛮》《卧沙堆》《怨黄沙》《遐方怨》《怨胡天》《牧羊怨》《阿也黄》《羌心怨》《女王国》《南天竺》《定西蕃》《望月婆罗门》《穆护子》《赞普子》《蕃将子》《胡攒子》《西国朝天》《胡僧破》《突厥三台》《穿心蛮》《龟兹乐》等，皆望名而知其原为胡曲，或至少是受有胡曲的很深的影响的。胡曲在六朝时，对于中国乐府已有了很大的影响；而在这时，他们对于词调似乎其势力更大。经了周、隋之输入，唐帝之提倡，与乎民众的嗜爱，胡曲在这个时代是大量的被中国教坊所采纳。最初不过是曲谱而已；后乃有词，更后乃泯没了外来的痕迹，而成为中国音乐的一部分，本国的乐家且能融会贯通之，利用他们的乐器，而自编新谱、自制新词了。所以胡曲的影响在六朝时还不是全盛时代；到了这个词的时代，他们的势力方才笼罩了一切呢。

里巷之曲，其影响较小，何种见采于教坊，也不大见于记载。然在词的初期，文人学士最初模拟之而写词者却是这一类的里巷之曲，而不是盛行于当时的胡夷之曲。胡夷之曲的影响本普遍于各地，特别以帝京为中心，而里巷之曲则散在各地，各有其地方性质，所以不大能够普遍。在最早的许多词调中，如《竹枝词》《杨柳枝》《浪淘沙》《忆江南》《调笑》《三台》诸词调，皆系出于"里巷"。刘禹锡说：

> 里中儿联歌《竹枝》，吹短笛，击鼓以赴节。歌者扬袂睢舞，以曲多为贤。聆其音，中黄钟之羽。卒章激讦如吴声。虽伧儜不可分，而含思宛转，有淇、濮之艳。
>
> ——《刘宾客集·竹枝词序》

又张志和的《渔歌子》，当亦为依当时渔歌之体而作者，或竟为当时的渔歌，而张志和加以润饰或改作者。又如元结的《欸乃曲》也是模拟当时船歌的。民歌的影响在词中虽不大，却成为初期词人模拟的范型。

四

自胡夷里巷之曲流行于世，歌者无不从风而靡，于是文人之作曲者也便从风而靡。先是拟仿胡夷里巷之曲，写出他们的词。如张志和之作《渔父》，元结之作《欸乃曲》，刘禹锡、白居易之作《柳枝》《竹枝》之类皆是。其后，歌客词人则更由此而别创新声，另翻雅调，自己制谱，自己填词，于是词调乃日益繁多，不复限于"乐府相传"的胡夷与里巷之曲了。文人学士既与外来影响及民间影响相接触，于是词的黄金时代便来了。在胡夷里巷之曲盛行之时，或有谱无词，或有词而不雅驯。在文人学士的拟仿胡夷里巷之曲而作词的时代，其词也殊嫌拘束，不能畅所欲言。到了这个"豪家自制"的第三期，便来了词的黄金时代的开端。这个"豪家自制"的时代，绵延得很长久，直至词已不复成为歌场上的曲子时，方才告终。这个时代开始得很早。前一期大约只是制谱，并不曾有词。

《羯鼓录》："明皇爱羯鼓玉笛，云八音之领袖。时春雨始晴，景色明丽。帝曰：对此岂可不为判断？命羯鼓临轩纵击，曲名《春光好》。回顾柳杏，皆已微坼。"

《教坊记》："隋大业末，炀帝幸扬州。乐人王令言以年老不去，其子从焉。其子在家弹琵琶，令言惊问：此曲何名？其子曰：内里新翻曲子，名《安公子》。令言流涕悲怆，谓其子曰：尔不须扈从，大驾必不回。子问故。令言曰：此曲宫声，往而不返。宫为君，吾是以知之。"

《教坊记》："《春莺啭》，高宗晓声律，晨坐闻莺声。命乐工白明达写之，遂有此曲。"

《乐府杂录》："《黄骢叠》，太宗定中原时所乘战马也。后征辽，马毙，上叹惜，乃命乐工撰此曲。"

《乐府杂录》："《雨霖铃》，明皇自西蜀返，乐人张野狐所制。"

《乐府杂录》:"《倾杯乐》,宣宗喜吹芦管,自制此曲。初捻管,令排儿辛骨髀拍,不中,上瞋目瞠视,骨髀忧惧,一日而殒。"

这些曲子都是未必有辞的。到了后期,文人学士便出来提倡或模仿这些新调;他们也染了皇家的风气,或当宴会欢舞之际,或有所沾恋,或有所感触,便都以这些新声写之。这些新声,或由他们自创新谱,或由他们袭用旧谱。也有旧谱因他们之词而易为新名的。

《填词名解》:"《天仙子》,唐韦庄词'刘郎此日别天仙'云云,遂采以名。"

《填词名解》:"宋秦观谪岭南。一日饮于海棠桥野老家,遂醉卧,次早题词于柱而去,末句云'醉乡广大人间小'。此调遂名《醉乡春》。"

宋毛滂《题剔银灯词》:"同公素赋。侑歌者以七急拍七拜劝酒,以词中'频剔银灯'语名之。"

宋苏轼《醉翁操》自序:"琅琊幽谷,山川奇丽,泉鸣空涧,若中音会。醉翁喜之,把酒临听,辄欣然忘归。既去十余年,好奇之士沈遵闻之,往游,以琴写其声,曰《醉翁操》。节奏疏宕,音指华畅,知琴者以为绝伦。然有其声而无其词。好事者亦倚其声以制曲,粗合拍度,而琴声为词所绳约,非天成也。后三十余年,翁既捐馆舍,遵亦没久矣。有庐山玉涧道人崔闲特妙于琴。恨此曲之无词,乃谱其声,而请东坡居士以补之云。"

《填词名解》:"《凄凉犯》,姜夔自度曲也。其调仙吕犯商,一名《瑞鹤仙影》。"

《填词名解》:"《扬州慢》,中吕宫词调,宋姜夔自度曲也。淳熙中夔过维扬,怆然有黍离之感,作感旧词,因创此调也。"

《填词名解》:"《云仙引》,冯伟寿《桂花词》,自度此调。"

《填词名解》:"宋史达祖作咏燕词,即名其调曰《双双燕》。"

像这样起源的自度曲,是数之不尽的。以上不过随手举几个例而已。根据了这样的考察,所谓"词史"大约可分为左列[①]的四期:

第一期是词的胚胎期,便是引入了胡夷里巷之曲而融冶为己有的一个时期。这个时期的词是有曲而未必有辞的。

---

① 原书为繁体竖排,左列即下列。——编者注

第二期是词的形成期，利用了胡夷里巷之曲以及皇族豪家的创制，作为新词。这一期是：曲旧而词则新创。

第三期是词的创作期，一方面皇族豪家创作的曲调益多，一方面文人学士对于音律也日益精进，喜于进一步而自创新调，以谱自作的新词，不欲常常袭用旧调旧曲。这一期的曲与辞，有一部分皆为新创的。

第四期是词的模拟期。在这个时期之内的词人，只知墨守旧规，依腔填词，因无别创新调之能力，也少另辟蹊径的野心。词的活动时代已经过去了，已经不复为活人所歌唱了，然而他们却还在依腔填词，一点也不问这些词填起来有什么意思。

第一期的时代约自唐初至开元、天宝之时。第二期的时代，约自开元、天宝以后至唐之末年。第三期约自五代至南宋的灭亡。第四期约自元初至清末。第四期的时间最长，也最是恹恹无生气。这里所指的词的起源时代，便包括着第一期与第二期。我们在这个词的起源时代，看见了词由胡夷里巷之曲而上登于廊庙，看见了皇家豪族受了胡夷里巷的感化而自创新调，看见了文人学士采取了这个崭新的诗体或歌体作为新词新语。但我们还没有看见词人们自创新谱、自填新词。这是要留到第三期的开始，即唐末五代之时，方才造成了这个风气。我们看，这个起源期中的几个词家，刘禹锡、白居易、皇甫松他们都是依了旧曲填词的；刘禹锡填了《忆江南》的"春词"，说道："和乐天春词，依《忆江南》曲拍为句。"第一个大词人温庭筠，其今存的六十余首词中，所用之曲调为《南歌子》《荷叶杯》《忆江南》《蕃女怨》《遐方怨》《诉衷情》《定西蕃》《思帝乡》《酒泉子》《玉蝴蝶》《女冠子》《归国遥》《菩萨蛮》《清平乐》《更漏子》《河渎神》《河传》《木兰花》等十八种，亦皆为"乐府相传"之作，可见"自度曲"的风气尚未流行于此时。然温氏之作已尽足以预示后来词坛的趋势了。

五

在这第一期即所谓词的胚胎期里，曲调虽甚繁衍，如上所述，已有三百二十五调之多，然依谱填词的作品却绝少。当时或仅流传其声而无其词，或间有其词而因了时间的淘汰，到了今日，已只剩了寥寥的十几首。这十几首的词包括了唐初至开元、天宝的一个长时期。以李景伯他们为首，而以李隆基（唐玄宗）他们为结束。我们在他们的词里只能见出最早的词坛的一角而已；东鳞西爪，残瓦断垣，万难就他们之词而概论当时的词坛。

李景伯、沈佺期和裴谈们所作的《回波乐》，全是应景适时的讽刺或陈诉、调笑。词的体格完全不曾形成。沈佺期因为自己牙绯未复，便唱道：

> 回波尔时佺期，流向岭外生归。身名已蒙齿录，袍笏未复牙绯。

李景伯却乘时的进以规谏之言，他唱道：

> 回波尔时酒卮，微臣职在箴规。侍宴既过三爵，喧哗窃恐非仪。

裴谈则只是嘲弄似的唱道"怕妇也是大好。外边只有裴谈，内里无过李老"了。但他们的词却是我们所知的依腔填词的第一次。

张说的《舞马词》六首和崔液的《踏歌词》二首，也都是词的雏形。《舞马词》为歌颂帝德皇恩的习见语，无甚可述，《踏歌词》却颇佳妙。

> 庭际花微落，楼前汉已横。金壶催夜尽，罗袖舞寒轻。乐笑畅欢情，未半著天明。

明皇（李隆基）的《好时光》，已是很完备的词体了。词到了他的这个时代，方才开始有着意经营的作者。他每有新曲，便常常找人填词；或倩人做了新词，他便谱以新曲。大诗人李白的"云想衣裳花想容"的《清平调》四首，便是这样的写出的。

> 宝髻偏宜宫样，莲脸嫩体红香。眉黛不须张敞画，天教入鬓长。　　莫倚倾国貌，嫁取个有情郎。彼此当年少，莫负好时光。
>
> ——《好时光》

像这样的一首《好时光》，出之于这样的一个花团锦簇的开、天时代，出之于这样的一个"倚红偎翠"的风流天子之口，当然是恰恰相称的。

六

在李隆基的提倡之下，起源时代的第二期便开始了。大诗人李白，论词者皆推他为第一个词人。他的词，《尊前集》收十二首，《全唐诗》收十四首[①]。这十四首之中，或未免有误收的。然像《菩萨蛮》：

> 平林漠漠烟如织，寒山一带伤心碧。暝色入高楼，有

[①] 《尊前集》所收为《连理枝》一首，《清平乐》五首，《菩萨蛮》三首，《清平调》三首。《全唐诗》则去了其中的误收的《菩萨蛮》二首，加入《桂殿秋》二首，又将《连理枝》分为二首，并加入《忆秦娥》一首，共成十四首。

人楼上愁。　　玉阶空伫立，宿鸟归飞急。何处是归程？长亭更短亭。

那样的一首清隽之作，像《忆秦娥》：

箫声咽，秦娥梦断秦楼月。秦楼月，年年柳色，灞陵伤别。　　乐游原上清秋节，咸阳古道音尘绝。音尘绝，西风残照，汉家陵阙。

那样的一首凄壮之词，实使我们很难非难他们为不出于一个大诗人的手笔。近人据《杜阳杂编》以为《菩萨蛮》出于大中初，决非李白所作。① 然《菩萨蛮》一调实已见于《教坊记》；胡应麟《笔丛》也以为："开元时南诏入贡，危髻金冠，璎珞被体，号'菩萨蛮'。"则此曲原系开元时所有，李白当然有填作此词的可能。② 至于白的《清平乐》令，则有许多理由，可证其决非白所作。

元结有《欸乃曲》五首，全是模拟船歌的作品。柳宗元有"欸乃一声山水绿"之句，可见当时这个曲子原是盛行于船夫之间的。

---

① 胡适《词选》附录，《词的起源》。
② 《杜阳杂编》当然为最早的来源，然关于曲调的来源说，不可靠者绝多。我们很难用这个寡证来推翻一切他证。且胡应麟之说当亦有所本，未可以其为第二种来源而忽之。

>下泷船似入深渊,上泷船似欲升天。泷南始到九疑郡,应绝高人乘兴船。

在五首之中,这最后的一首可算是最好的。

张志和以他的《渔父》"西塞山前白鹭飞"驰名于世。他写的《渔父》凡五首,亦是模拟当时的渔歌的。志和字子同,婺州金华人。唐肃宗时待诏翰林。后被贬,遂不复出仕,自号"烟波钓徒"。著有《玄真子》。

>西塞山前白鹭飞,桃花流水鳜鱼肥。青箬笠,绿蓑衣,斜风细雨不须归。

在五首之中,这一首最著名,实在也只有这一首是最好。

他的哥哥张松龄见其浪游不归,曾和其韵以招之,"草堂松桧已胜攀。……狂风浪起且须还。"[1]志和尝谒颜真卿于湖州,以舴艋敝,请更之,愿为浮家泛宅,往来苕、霅间。[2]《名画记》称其"性高迈,自为《渔歌》,便画之,甚有逸思"。苏轼亦以为他的《渔父》"词极清丽"。

诗人韦应物[3]也写有数词,俱是用当时的流行曲谱填就的。

---

[1] 全文如下:"乐是风波钓是闲,草堂松桧已胜攀。太湖水,洞庭山,狂风浪起且须还。"——见《罗湖野录》。
[2] 见《乐府纪闻》。
[3] 韦应物见本卷第二篇第六章。

一为《三台》(二首)，一为《调笑令》(二首)。①《三台》的第二首很好：

> 冰泮寒塘水绿，雨余百草皆生。朝来衡门无事，晚下高斋有情。

《调笑令》的第二首也很有情致：

> 河汉河汉，晓挂秋城漫漫。愁人起望相思，塞北江南别离。离别离别，河汉虽同路绝。

以作宫词著名的王建②也写有《三台》六首，《调笑令》四首。③六首的《三台》中二首为《宫中三台》，四首为《江南三台》。《宫中三台》咏的是宫中事，《江南三台》咏的却不尽是江南风物。

> 扬州桥边小妇，长干市里商人。三年不得消息，各自拜鬼求神。

> 树头花落花开，道上人去人来。朝愁暮愁即老，百年几度《三台》？

> ——以上《江南三台》

---

① 韦词四首，见《尊前集》(《彊村丛书》本)，又见《全唐诗》第十二函第十册。
② 王建见本卷第二篇第六章。
③ 王词十首见《尊前集》(《彊村丛书》本)，又见《全唐诗》第十二函第十册。

《调笑令》四首，一作《宫中调笑》，但也不尽是咏宫中事：

> 团扇团扇，美人病来遮面。玉颜憔悴三年，谁复商量管弦。弦管弦管，春草昭阳路断。
>
> 杨柳杨柳，日暮白沙渡口。船头江水茫茫，商人少妇断肠。肠断肠断，鹧鸪夜飞失伴。

戴叔伦①也写有一首《调笑令》②：

> 边草边草，边草尽来兵老。山南山北雪晴，千里万里月明。明月明月，胡笳一声愁绝。

刘禹锡与白居易③二人填作了不少这种民间的歌词，这二位诗人在实际上可以说：是最早的"新体诗"的提倡者或最早的采取了这种通俗的形式而写以自己的诗意诗情的。自此以后，民间歌体始与文人学士开始接触，不到一百年之后，便来了"词"的黄金时代。

刘禹锡④作有《杨柳枝》《竹枝词》等十余首：

> 炀帝行宫汴水滨，数枝残柳不胜春，晚来风起花如

---

① 戴叔伦见本卷第二篇第六章。
② 戴词见《尊前集》(《彊村丛书》本)，又见《全唐诗》第十二函第十册。
③ 二人俱见本卷第二篇第七章。
④ 刘白词见《尊前集》及《全唐诗》第十二函第十册。

刘禹锡
上官周作

雪，飞入宫墙不见人。

——《杨柳枝》

山桃红花满上头，蜀江春水拍山流。花红易衰似郎意，水流无限似侬愁。

——《竹枝词》

白居易作有《忆江南》《竹枝词》《杨柳枝》诸词；又有《长相思》《如梦令》各二首，以不见于《长庆集》，或以为非他所作。

江南好，风景旧曾谙。日出江花红胜火，春来江水绿

白居易
上官周作

如蓝,能不忆江南。

——《忆江南》

红板江桥买酒旗,馆娃宫暖日斜时,可怜雨歇东风定,万树千条各自垂。

——《杨柳枝》

借问江潮与海水,何似君心与妾心。相恨不如潮有信,相思始觉海非深。

——《浪淘沙》

大历中，江南人盛为《谪仙怨》曲。"其音怨切，诸曲莫比"。随州刺史刘长卿[①]左迁睦州司马。祖筵之内，长卿遂撰其词。[②] 词为六言律诗体。"晴川落日初低，惆怅孤舟解携。鸟向平芜远近，人随流水东西。白云千里万里，明月前溪后溪。独恨长沙谪去，江潭春草萋萋。"长卿之词，不过因其音怨切，故撰其词，以志迁谪之感。窦弘余[③]则广之，以为此曲系咏杨贵妃马嵬之事；康骈[④]则又广之，以为系明皇思贤之作。[⑤] 这两首咏史词都不及长卿词之自然有真情。

诗人杜牧[⑥]曾作《八六子》[⑦]一词。"听夜雨冷滴芭蕉，惊断红窗好梦，龙烟细飘绣衾"诸句，已是大词人温庭筠的前驱了。河南司隶崔怀宝作《忆江南》[⑧]一词，却还带着不少纯朴的民歌气息：

> 平生愿，愿作乐中筝。得近玉人纤手子，砑罗裙上放

---

① 刘长卿见本卷第二篇第七章。
② 说见窦弘余《广谪仙怨》序。
③ 窦弘余，常之子，官至台州刺史。
④ 康骈见本卷第二篇第八章。
⑤ 这三词皆见《全唐诗》第十二函第十册。
⑥ 杜牧见本卷第二篇第七章。
⑦ 《八六子》见《尊前集》(《彊村丛书》本)及《全唐诗》第十二函第十册。
⑧ 《忆江南》见《全唐诗》第十二函第十册。

娇声，便死也为荣。

郑符、段成式与张希复①三人酬答的《闲中好》②三首，很有清隽之趣，很使我们想起了王维的诗。词中像这样富于清趣之作是绝少。兹录其二首：

闲中好，尽日松为侣。此趣人不知，轻风度僧语。

——郑符

闲中好，尘务不萦心。坐对当窗木，看移三面阴。

——段成式

七

温庭筠为词的初期的最大作家，他在后来的词坛上有极大的影响。庭筠字飞卿，太原人，上文已经叙到过他③。他的重要固然在诗而更在词。他著有《握兰》《金荃》二集，《金荃》④为尤著。《旧唐书》谓庭筠"能逐弦吹之音，为侧艳之词"。《花间集》以庭筠为首，实有深意。他的绮靡侧艳之风格，实开了

---

① 郑符等见本卷第二篇第七章。
② 《闲中好》三词，见《全唐诗》第十二函第十册。
③ 见本卷第二篇第七章。
④ 《金荃集》原集已佚，今有《疆村丛书》本，但系总录温氏及韦庄诸人之作，并非温氏原集。

温庭筠　　　上官周作

"花间"的一派。《花间集》录他的词①,凡六十六首,占全集十分之一以上。

> 玉楼明月长相忆,柳丝袅娜春无力。门外草萋萋,送君闻马嘶。　画罗金翡翠,香烛销成泪。花落子规啼,绿窗残梦迷。
>
> 满宫明月梨花白,故人万里关山隔。金雁一双飞,泪痕沾绣衣。　小园芳草绿,家住越溪曲。杨柳色依依,燕归君不归。

——以上《菩萨蛮》

> 玉炉香,红蜡泪,偏照画堂秋思。眉翠薄,鬓云残,夜长衾枕寒。　梧桐树,三更雨,不道离情正苦。一叶叶,一声声,空阶滴到明。

——《更漏子》

> 梳洗罢,独倚望江楼。过尽千帆皆不是,斜晖脉脉水悠悠,肠断白蘋洲。

——《梦江南》

他的词,是第一个用绝细绝腻的文笔来写无可奈何的离情相思的。在他之前的,如《诗经》中的恋歌,如《子夜》

---

① 又见《尊前集》及《全唐诗》第十二函第十册。

《莫愁》《读曲》诸情诗，其情绪皆显露不藏，其语皆直捷无隐，一望可知其为民间的情歌，或拟民间的情歌。庭筠的词则完全不同；他的词是婉曲的，是含蓄不尽的，是文人的恋歌，却非民间的情曲。我们可窥见他的生活是何等样子的生活；是"故人万里关山隔"，是"绿窗残梦迷"，是"离情正苦"。总之是一个漂泊的诗人，过着一个漂泊的生涯。《旧唐书》说他"士行尘杂，不修边幅"，或者他的恋情是甚多苦趣的。

他这种细腻温艳的诗笔，影响虽不少，却不是什么很好的影响，其末流每易至于徒知堆砌"香艳"的文句，深中了传统的"诗意"之毒，摇笔即来了"明月烟柳""残梦未回"，然这不过是"末流"之蔽而已，庭筠虽开其端，却不任其咎。他自是一个大诗人，他的"侧艳之词"是始创的，他的美字佳句也都是用得恰当，并不是堆砌，也不是附会，更不是以多为贵。

参考书目

一、《隋书·音乐志》，见《隋书》卷第十三至卷第十五。

二、《旧唐书·音乐志》，见《旧唐书》卷第二十八至卷第三十一。

三、《教坊记》，崔令钦著，有《古今逸史》本，有《唐代丛书》本。

四、《乐府杂录》,段安节著,有《古今逸史》本。

五、《碧鸡漫志》,王灼著,有《知不足斋丛书》本。

六、《花间集》,有徐氏刊本,有《四部丛刊》本。

七、《尊前集》,有毛氏刊本,有《彊村丛书》本。

八、《全唐诗》,有原刊本,有石印本。关于本章的词,可看第十二函第十册。

第二章　五代文学

一

五代是一个大混乱的时代。自唐末藩镇割据以来，中原不曾有一天安逸过。五十余年之间（公元九〇七年～九六〇年），我们看见了五次的改姓易代的事；国祚之长者如梁，如后唐，皆不过十余年，国祚之短者，如刘汉，则前后二主，仅只有四年的历史。[①]但这里所谓"五代文学"，其时间却要向上拉长了六年（唐昭宗天复元年，即公元九〇一年），向下拉长了十五年（宋太祖开宝八年，即公元九七四年），上是唐昭宗即位之年，下是南唐被灭之岁。在这变乱频仍的时候，真谈不到什么

---

① 梁二主，十七年（九〇七～九二三）。后唐四主，十四年（九二三～九三六）。后晋二主，十一年（九三六～九四六）。后汉二主，四年（九四七～九五〇）。后周三主，九年（九五一～九六〇）。

文化。亏得中原以外的几个地方，如西蜀，如江南，如闽，如越，还比较的太平。因此，有一部分的文人便都避地于这种"一隅之地"。这便是五代的文学，与隋唐乃至两汉的文学有一个不同之点。即两汉隋唐的文艺中心点为国都所在地的中原，而五代的文艺中心点却不在中原而在西蜀与江南诸地，且不止有一个，而有了好几个的中心。下文即将依了这几个中心而逐一的讲述着。其重要的文艺中心有二，即西蜀与南唐。其他闽、浙、荆南皆不十分的重要。

二

五代的文学以新体的诗，或可唱的诗曲，所谓"词"，或长短句者为主。

新体的诗，可唱的诗，所谓"词"的，经过了温庭筠那样的一个大作家之后，便由民间之曲、胡夷之曲的模拟，而入了文家创作的时代了。温氏之前，文人所作的词，不仅曲谱是里巷的或胡夷的，或曲家所已有的，即连曲词也是模拟了他们的情调与笔调的。例如，刘禹锡的《竹枝》，便模拟着民歌的情歌调子，道是："杨柳青青江水平，闻郎江上唱歌声。东边日出西边雨，道是无晴还有晴。"以"晴"字谐合"情"字，完全是民间的同音字游戏的老套子。白居易的《浪淘沙》："借问江潮与海水，何似君情与妾心，相恨不如潮有信，相思始觉海非深。"①也颇与民歌惯用的直譬完全相同。他们都还没有创造出一种"文人词"的新的情调与笔调来。第一个造出"文人词"特有的笔调与情调的是温庭筠。温、李是唐末最大的诗人，在一部分的批评家看来，也许较李、杜更为伟大。他们的伟大便在于能以若明若昧、绝细绝腻，而又秾艳若带露桃花、隽爽如哀家梨的辞句，写出一种诗人所特具的情绪；这些情绪是非诗人所很难赏识的。他们是含蓄不尽的，他们的情意是并不尽于数辞几语之间的。他们可以使人意会，却不可以使人言传，他们可使人感觉得到，却不可以使人直率鲁莽的指证出来。总之，他们是具有近代几个象征派大诗人的特色的。温氏作词时（李义山是不作词的），便也用了这样的一种笔调。他的意境便可尽于他自己的"江上柳如烟，雁飞残月天""花落子规啼，绿窗残梦迷""杨柳又如丝，驿桥春雨时""春露浥朝花，秋波浸晚霞"。②像这样的情调与笔调，迷离而又峻刻、深入而不浅露者，在他之前是不曾有过的；从他后，便开辟了"花间"的一派。所谓"花间"这个名词便是泛指赵崇祚所收集以蜀中词

---

① 此二词皆见《尊前集》(《彊村丛书》本)。
② 皆系温氏《菩萨蛮》中语。

人为中心的一部总集《花间集》中的许多作家以及同时代的几个并未收入《花间集》的作家而言的。自"花间"以后，这一派的流别更长，然其弊则不堪言。这个我们将在下面几章中见到。换一句话，"花间派"的这个名词便可包括了"五代文人词"的全体。这一派中，也有高才惊代的作家，如写着"砌下落梅如雪乱，拂了一身还满"（《清平乐》）、"问君能有几多愁，恰似一江春水向东流"（《虞美人》）的李煜，也有写着直率浅露的"红粉楼前月照，碧纱窗外莺啼"（《何满子》）、"尧年舜日，乐圣永无忧"（《甘州遍》）的毛文锡，与乎写着"秋雨秋雨，无昼无夜，滴滴霏霏"（《河传》）的阎选，然而无论如何，我们总可以说一句，他们多少是受有温氏的影响的，不过有过有不及而已。

花间派有一个绝大的好处，便是开辟了一条前代所未有的"温李诗派"的大路。北宋的杨亿他们的西昆体，不过学义山的皮毛而已，然而花间派却真正的承受了温、李的衣钵而更为发挥光大之。这在中国诗史上是一个很重要的发展。在他们之前，无论是抒情述景，或叙事咏怀的诗，往往多是坦直的，少含蓄之趣的。从他们之后，才有了这样的一种若可解若不可解，且也不必求甚解的诗人的诗出现。他们如幂了面纱的美人，他们如被罩于春雨霏霏中的远山，他们如夜间的溪声，若松涛之吼，若暴雨之落而不可得见，他们如浓雾中的晓江红日，他们如晚霞，如晴云，变幻百出而莫可捉摸。总之，他们是美的，是隐约的，是含蓄不尽的，是富于想象的，是若近若远，可悟解而不可率指的。

花间派也有一个绝大的流弊，便是流演下后来的一大群情思枯竭的诗人，遁入这个门户之内，以美辞雅句自饰，看似辉煌，而中实无有。或陈陈相因，展转相袭，不仅无一新意，也且无一新辞。这是这一派诗人所不能不负导引之责的。

三

花间派的词都是无题的，词牌名便是他们的题目。不像后来的作家一定要于词牌名之外，另外立一个题目，如于《暗香》一个词牌名之下，必要写着"咏梅"。或以为花间词之所以无题，是因为他们所写的左右不过离情闺思，宴席歌曲，不必特地标题，也无所用其标题。[1] 其实不然。花间词人的作品，诚多吟咏离情闺思之作，然离情闺思之作，原是一切抒情诗中

---

[1] 胡适《词选序》："这二百年的词都是无题的，内容都很简单，不是相思，便是离别，不是绮语，便是醉歌，所以用不着标题；题底也许有寄托，但题面仍不出男女的艳歌，所以也不用特别标出题目。"

最多的东西,不独花间词之为然。且这一期的词中,也不完全是离情闺思、宴席歌曲之作。李煜的《菩萨蛮》"安得有英雄,迎归大内中",李煜的《浪淘沙》"想得玉楼瑶殿影,当照秦淮",李煜的《定风波》"十载逍遥物外居,白云流水似相于",鹿虔扆的《临江仙》"藕花相向野塘中,暗伤亡国,清露泣香红"等等,又岂是当宴则歌的靡靡的离情闺思之属的作品?我们要晓得,花间词之所以无题,并不是没有原故的,因为大多数的词牌名,已是他们的题目了,他们的内容也和词牌名往往是相合的,所以更无需乎另立什么题目。例如,在《更漏子》的一个词牌名之下,写的必定是"花外漏声迢递""星斗稀,钟鼓歇""觉来更漏残""玉签初报明""银烛尽,玉绳低,一声村落鸡""梧桐树,三更雨,不道离情正苦"(以上皆温庭筠词)一类的有关于"更漏"的辞语。在《杨柳枝》的一个词牌名之下,咏的必定是"宜春花外最长条""须知春色柳丝黄""苏小门前柳万条""春来幸自长如线""御柳如丝映九重"(以上皆温庭筠词)一类的关于杨柳的辞句。在《天仙子》的一个词牌名之下,写的必定是"刘郎此日别天仙""懊恼天仙应有以"(以上皇甫松词)一类有切于"天仙"二字的句子。在《浪淘沙》的一个词牌名之下,写的必定是"浪恶罾船半欲沉,……去年沙觜是江心""浪起鵁鶄眠不得,寒沙细细入江流"（以上皆皇甫松词）一类的有关于浪、关于沙的辞句。在《女冠子》的一个词牌名之下，咏的必定是"求仙去也，翠钿金篦尽舍""髻绾青丝发，冠抽碧玉簪"（以上皆薛昭蕴词）一类的关于女道士的辞句。此外，如《三字经》，便是指词语皆以三个字为句；《南乡子》便是写南方的"石榴花发海南天"的景色的；《渔父》便是咏渔家的生活的；《春光好》便是咏春日的情思的；《玉楼春》便是咏玉楼中人的春日生活的；《河渎神》便是咏河神庙的；《虞美人》便是咏美女的；《后庭花》便是咏"花"咏"后庭新宴"（孙光宪语）的；《定西番》便是咏边疆归思的；《玉胡蝶》便是咏蝶的；《思越人》便是咏"馆娃宫"的故事的；《望梅花》便是咏梅的。这个例子太多，不能遍举。即在后来，这样的情形也还是有。但其中也有的是词牌名与词意并不相合的，如《菩萨蛮》《河传》《八拍蛮》《河满子》之类。那是因为一则是旧曲相传，已失了原意，二则是当时风尚，于词牌名之外不复另用题目惯了，所以连这种词意与词名并不相合的也索性不用了。

大约词意与词牌名的关系，可以分为三个时期，第一个时期是词牌名与词意完全相合，词牌名便是词的题目，词意也便可在词牌名上看得出。这一个时期是无所谓词牌名以外的什么词题的。早期的词，差不多完全是如此。

第二个时期是词中所咏的已不大切合于词牌名,然而尚未离开了原来在词牌名之下的词所含的意思。例如《渔父》,后来的人虽不直接咏渔家生活,却仍然是含有许多《渔父》词中所含有的鄙薄名利的观念。又如《天仙子》,后来的词家已不必定要切于"天仙"二字而写,然而他却必须仍切于原来的许多《天仙子》中所含有离情别绪而写。

第三个时期是词意与词牌名已完全脱离了关系,词牌名的原意已完全不为作词者所知。他也忘记了许多原词所咏的是什么东西,所含有的是什么意思。他所知的只是依腔填词而已。原来词意本是离情,他也许要抒写欢聚,原来词意本是欢乐,他却取来写愁思。词牌名在这时便成了一个毫无意思的空壳子,只除了表现某一种的曲腔。词家在这个曲谱的名下,无论写出什么都可以。因此,他便于词牌名之外更需要另外的一个词的题目,以表示他的词的为何而作的了。

更浅露的说几句,例如《竹枝》,原是咏竹而联类及于闺思的,到了第二期便忘了"竹"字而只知在闺思做工夫,到了第三期则并"闺思"之意而忘了,只知在《竹枝》的那支曲谱上做工夫了。

每一个词牌名差不多都是要经过这三个时期的。而在五代词中,也已具有了这三个时期。不过这个时代的词大多数都是在第一个时期之内而已。

四

现在先说中原的新文学。中原的主者如李晔（唐昭宗），及李存勖（后唐庄宗）皆好文学，且善于自制词。一时新体的诗——词——在中原亦甚为流行，在他们治下的作者有韩偓、韦庄、皇甫松、牛峤、和凝诸人。然而后来因兵戈变乱，生活不安，韩偓则避地于闽，韦庄、牛峤则避地于蜀，连老诗人罗隐等也都散之四方，定居于兵戈未及之区。以此，中原的文坛大呈冷落之况。留居于中原的诗人仅有一晚出的和凝为"鲁灵光殿"而已。中原的主者，除了李晔、李存勖之外，如朱全忠、石敬瑭、刘知远、郭威之流，皆为横恣的武夫悍卒，不好学，亦不知文，故文艺益为凋残，远不及南唐及西蜀之文采风流，照耀一时。当时的文艺中心盖已移于中国南部与西部而不复在中原了。直至赵匡胤削平诸国，统一天下，降王降臣皆集中于中原，于是中原始恢复其为文艺中心的光荣。

李晔（唐昭宗）[①]生于唐咸通八年（公元八六七年），为唐

---

① 见《旧唐书》卷二十，《新唐书》卷十。

懿宗的第七子。以公元八八九年即皇帝位，公元九〇四年为朱全忠所弑。是时，朱全忠势力全盛，晔虽为皇帝，徒拥虚位而已，事事须听命于全忠，然他即在全忠的旗影刀光之下苟生偷活，却仍免不了一死。他的生活是极可悲哀的，又曾经历数度的播迁，我们读他的《菩萨蛮》：

> 登楼遥望秦宫殿，茫茫只见双飞燕。渭水一条流，千山与万丘。　远烟笼碧树，陌上行人去。安得有英雄，迎归大内中！

末运的帝王真不如一个平常的百姓。然他虽历经困厄，他的诗人性格仍未磨折以尽，或正因受了磨折而更为深刻。他的词传于今者不多，《花间集》不收入，《全唐诗》第一百二十册中亦仅寥寥数首而已。《巫山一段云》是他的最好的诗篇之一：

> 蝶舞梨园雪，莺啼柳带烟。小池残日艳阳天，苎萝山又山。　青鸟不来愁绝，忍看鸳鸯双结。春风一等少年心，闲情恨不禁。

韩偓[①]在昭宗左右为兵部侍郎、待诏、翰林学士承旨。以忤朱全忠贬濮州司马。后避地于闽，依王审知以卒。偓字致

---

① 见《唐才子传》卷第九，《十国春秋》卷九十五。

尧，京兆万年人，著《香奁集》[1]，他的词娇媚如好女子，秾艳如夭桃，足当"香奁"二字而无愧：

> 侍女动妆奁，故故惊人睡。那知本未眠，背面偷垂泪。　懒卸凤凰钗，羞入鸳鸯被。时复见残灯，和烟坠金穗。

——《生查子》

与偓约同时者有皇甫松。松字子奇，为湜之子，牛僧孺之婿，《花间集》列之于温庭筠之下，韦庄之末，而称之为"先辈"。又《花间》称人皆举官衔，惟松称"先辈"，当系不曾出去做过官。《花间集》录其词十一首。他的词疏朗莹洁，不如庭筠诸人之秾艳，却有甚高明者：

> 滩头细草接疏林，浪恶罾船半欲沉。宿鹭鸣鸥非旧浦，去年沙嘴是江心。

——《浪淘沙》

> 兰烬落，屏上暗红蕉，闲梦江南梅熟日，夜船吹笛雨萧萧，人语驿边桥。

——《梦江南》

> 菡萏香连十顷陂（举棹），小姑贪戏采莲迟（年少）。

---

[1] 《韩翰林集》有嘉庆中王氏刊本，后附《香奁集》，又有汲古阁刊本、席氏刊本，亦俱附《香奁集》。

晚来弄水船头湿（举棹），更脱红裙裹鸭儿（年少）。船头湖色滟滟秋（举棹），贪看年少信船流（年少）。无端隔水抛莲子（举棹），遥被人知半日羞（年少）。

——《采莲子》

著名的诗人司空图，也偶一为词。朱温即位后，司空图便隐居于王官谷，自目为"耐辱居士"。今所传的只有《酒泉子》"……旋开旋落旋成空。白发多情人，更惜黄昏，把酒祝东风，且从容"一首而已。

和凝[①]行辈后于韩偓诸人。凝字成绩，郓州须昌人，生于唐昭宗光化元年（公元八九八年），卒于周世宗显德二年（公元九五五年）。他是一个遭遇很有幸的人，中原虽换了不少主者，他的富贵的地位，却总不曾抛却。他与自称为长乐老的冯道，同为那个时代的典型的老官僚。他在后唐天成中为翰林学士，知贡举，石晋时为中书侍郎、同平章事，刘汉时拜太子太傅，封鲁国公，周初，仍为太子太傅。他所作诗文甚富，有集百卷，自篆于版，模印数百帙分赠于人。他少时好为曲子，布于汴、洛，洎入相，契丹号为曲子相公。《旧五代史》也称他"长于短歌艳曲"。他的"短歌艳曲"集（《金奁集》）虽不

---

① 见《旧五代史》卷一百二十七，《新五代史》卷五十六。

传①，就今所存者而论之，实亦尖艳清新，不弱于《花间集》中诸作。

天欲晓，宫漏穿花声缭绕。窗里星光少。冷露寒侵帐额，残月光沉树杪。梦断锦帏空悄悄，强起愁眉小。

——《薄命女》

竹里风生月上门，理秦筝；对云屏，轻拨朱弦，恐乱马嘶声。含恨含娇独自语：今夜约，太迟生。

——《江城子》

李存勖（后唐庄宗）②生于唐僖宗光启元年（公元八百八十五年）。他是李克用的长子。其先本为西突厥人，唐懿宗赐姓李氏。他在中国文学史上是一个很奇特的人物。他非中国人，又是一个武夫，然而他的词却深情婉约，风格旖旎，绝不像是一个武人、一个入籍于中国未久的外国人作的。他于同光元年（公元九二三年）攻灭了世仇的梁，即皇帝位，是为后唐。他精晓音乐，与伶人昵游。在位四年之后（公元九二六年），为伶人所杀。伶人将他的尸首杂着乐器一同焚化了。《五

---

① 《乐府纪闻》关于凝的词集，颇有异闻："和成绩艳词，每嫁名于韩偓，因在政府，讳之也。又欲使人知之，乃作《游艺集》序曰：'予有《香奁》《籝金》不传于世。'"据此则凝的《金奁集》至今尚在。然此说殊不可信。因《花间》中和凝之词与韩偓所作的词风格很不相同。

② 见《旧五代史》卷二十七至卷三十四，《新五代史》卷四至卷五。

代史》说他"既好俳优,又知音能度曲。至今汾晋之俗,往往能歌其声,谓之御制者,皆是也"。

> 曾宴桃源深洞,一曲清歌舞凤,长记别伊时,和泪出门相送。如梦,如梦,残月落花烟重。
>
> ——《如梦令》

五

《花间集》载蜀中词人的作品最多;除了先辈温庭筠、皇甫松,南唐的张泌,中原的和凝,荆南的孙光宪之外,其余自韦庄、牛峤以下,皆为蜀士。《花间》为蜀人赵崇祚所编,其见闻自未免较详于蜀,然蜀中之多才,自为不可掩的事实。在当时混扰的天下之中,惟蜀中较为安定,故不仅蜀中才士,不离故乡,即他乡的才士也皆奔凑于此山清水秀的"桃花源"中。且前蜀主王建、王衍,后蜀主孟昶,也皆好文章,喜作词,又有韦庄诸人主持文坛,故西蜀的一隅,自不由得不成为这数十年来的最重要的文艺中心点。

前蜀主王衍[①]所作的词不多,然颇高,如《醉妆词》虽为

---

① 见《旧五代史》卷一百五十六,《新五代史》卷六十三,《十国春秋》卷三十七。

游戏之语，却流利而富于享乐的直捷意味：

> 者边走，那边走，只是寻花柳。那边走，者边走，莫献金杯酒。

他又有宫词道："月华如水浸宫殿，有酒不醉真痴人。"也是在这个情调之下写出的。而他的《甘州曲》"画罗裙，能结束，称腰身"也盛为人所称许。[1]

后蜀主孟昶[2]所作亦极少，然他的《玉楼春》，苏轼仅记住两句，已为之惊赏不已。轼的《洞仙歌》虽隐括此词[3]，然较之此作，实未能胜之。昶的此作，在静穆疏爽之中，又具有富丽之意；他写的是夜景，是夏夜的清景，是炎夏的午夜，人声寂绝，月色微明的清景。即不在夏日，我们读之也要生一种凉意。《花间》不录君主之作，故此作亦未收入，然此作亦实高出于《花间》中诸作远甚，非《花间》所能包孕得往的[4]：

> 冰肌玉骨清无汗，水殿风来暗香满。绣帘一点月窥

---

[1] 见《古今词话》（《历代词话》卷三引）及《十国春秋》。
[2] 见《旧五代史》卷一百三十六，《新五代史》卷六十四，《十国春秋》卷四十九。
[3] 原作见《温叟诗话》。
[4] 《渔隐丛话》与宋翔凤的《乐府余论》皆辨此词非孟昶所作，系后人隐括苏词，删去数虚字而成的，然也并无什么确切的证据。

人，敧枕钗横云鬓乱。　起来琼户启无声，时见疏星渡河汉。屈指西风几时来，只恐流年暗中换。

——《玉楼春》

韦庄[①]字端己，杜陵人，唐乾宁元年（公元八九四年）进士。他的诗很有名，中和癸卯（公元八八三年）时，他在长安应举，遇到了黄巢之乱，曾作了一首长诗《秦妇吟》。当时人将此诗绣于锦幔上，可见其流传之广。人又称之为"《秦妇吟》秀才"，然此诗后竟失传。近来敦煌石室的遗书出现时，《秦妇吟》乃复被流传于人间。这是一篇很伟大的歌咏"乱离时代"的诗篇，从不曾有过那么痛切深刻的"乱离"描写。一切虚伪的吊古怀乱之作，在《秦妇吟》之前，都要黯然无色：

中和癸卯春三月，洛阳城外花如雪。东西南北路人绝，绿杨悄悄香尘灭。路旁忽见如花人，独向绿杨阴下歇。凤侧鸾敧鬓脚斜，红攒翠敛眉心折。借问女郎何处来，含嚬欲语声先咽。回头敛袂谢行人：丧乱漂沦何堪说。三年陷贼留秦地，依稀记得秦中事。君能为妾解征鞍，妾亦与君停玉趾。前年庚子腊月五，正闭金笼教鹦鹉。斜开鸾镜懒梳头，闲凭雕阑慵不语。忽看门外起红

[①] 见《唐才子传》卷第十，《十国春秋》卷四十。

尘，已见街中擂金鼓。居人走出半仓皇，朝士归来尚疑误。是时西面官军入，拟向潼关为警急。皆言博野自相持，尽道贼军来未及。须臾主父乘奔至，下马入门痴似醉。适逢紫盖去蒙尘，已见白旗来匝地。扶羸携幼竞相呼，上屋缘墙不知次。南邻走入北邻藏，东邻走向西邻避。北邻诸妇咸相凑，户外崩腾如走兽。轰轰崐崐乾坤动，万马雷声从地涌。火迸金星上九天，十二官街烟烘㷝。日轮西下寒光白，上帝无言空脉脉。阴云晕气若重围，宦者流星如血色。紫气渐随帝座移，妖光暗射台星拆。家家流血如泉沸，处处冤声声动地。舞伎歌姬尽暗捐，婴儿稚女皆生弃。东邻有女眉新画，倾国倾城不知价。长戈拥得上戎车，回首香闺泪盈把。旋抽金线学缝旗，缠上雕鞍教走马。有时马上见良人，不敢回眸空泪下。西邻有女真仙子，一寸横波剪秋水。妆成只对镜中春，年幼不知门外事。一夫跳跃上金阶，斜袒半肩欲相耻。牵衣不肯出朱门，红粉香脂刀下死。南邻有女不记姓，昨日良媒新纳聘。琉璃阶上不闻声，翡翠帘前空见影。忽看庭际刀刃鸣，身首支离在俄顷。仰天掩面哭一声，女弟女兄同入井。北邻少妇行相促，旋解云鬟拭眉绿。已闻击托坏高门，不觉攀缘上重屋。须臾四面火光来，欲下回梯梯又摧。烟中大叫犹求救，梁上悬尸已作灰。妾身幸得全刀锯，不敢踟蹰久回顾。旋梳蝉鬓逐军行，强展蛾眉出门去。旧里从兹不得归，六亲自此无寻处。一从陷贼经三载，终日惊忧心胆碎。夜卧千重剑戟围，朝餐一味人肝脍。鸳帏纵入岂成欢，宝货虽多非所爱。蓬头垢面眉犹赤，几转横波看不得。衣裳颠倒语言异，面上夸功雕作字。柏台多半是狐精，兰省诸郎皆鼠魅。还将短发戴华簪，不脱朝衣缠绣被。翻持象笏作三公，倒佩金鱼为两史。朝闻奏对入朝堂，暮见喧呼来酒市。一朝五鼓人惊起，叫啸喧争如窃议。夜来探马入皇城，昨日官军收赤水。赤水去城一百里，朝若来兮暮应至。凶徒上马暗吞声，女伴闱中潜色喜。皆言冤愤此时销，必谓妖徒今日死。逡巡走马传声急，又道军前全阵入。大彭小彭相顾忧，二郎四郎抱鞍泣。泛泛数日无消息，必谓军前已衔璧。簸旗掉剑却来归，又道官军悉败绩。四面从兹多厄束，一斗黄金一斗粟。尚让厨中食木皮，黄巢机上刲人肉。东南断绝无粮道，沟壑渐平人渐少。六军门外倚僵尸，七架营中填饿莩。长安寂寂今何有？废市荒街麦苗秀。采樵斫尽杏园花，修寨诛残御沟柳。华轩绣毂皆销散，甲第朱门无一半。含元殿上狐兔行，花萼楼前荆棘满。昔时繁盛皆埋没，举目凄凉无故物。内库烧为锦绣灰，天街踏尽公卿骨。来时晓出城东陌，城外风烟如塞色。路旁时见游奕军，坡下寂无迎送客。霸陵东望人烟绝，树锁骊山金翠灭。大道俱成棘子林，行人夜宿长安月。明朝晓至三山路，百万人家无一户。破落田园但有蒿，摧残竹树皆无主。路旁试问金天神，金天无语愁于人。"庙前古柏有残根，殿上金炉生暗尘。一从狂寇陷中国，天地晦冥风雨黑。案前神水咒不成，壁上阴兵驱不得。闲日徒歆奠繐恩，危时不助神通力。我今愧恧拙为神，且向山中深避匿。襄中箫管不曾闻，筵上牺牲无处觅。旋教魔鬼傍乡村，诛剥生灵过朝夕。"妾闻此语愁更愁，天遣时灾非自由。神在山中犹避难，何须责望东诸侯。前年又出杨震关，举头云际见荆山。如从地府到人间，顿觉时清天地闲。陕州主帅忠且贞，不动干戈惟守城。蒲津主帅能戢兵，千里晏然无戈声。朝携宝货无人问，暮插金钗唯独行。明朝又过新安东，路上乞浆逢一翁。苍苍面带苔藓色，隐隐身藏蓬荻中。问"翁本是何乡曲，底事寒天霜露宿？"老翁暂起欲陈词，却坐支颐仰天哭。"乡园本贯东畿县，岁岁耕桑临近甸。岁种良田二百廛，年输户税三十万。小姑惯织褐䌷袍，中妇能炊红黍饭。千间仓兮万斯箱，黄巢过后犹残半。自从洛下屯师旅，日夜巡兵入村坞。匣中秋水拔青蛇，旗上高风吹白虎。入门下马若旋风，罄室倾囊如卷土。家财既尽骨肉离，今日垂垂一身苦。一身苦兮何足嗟，山中更有千万家。朝饥山草寻蓬子，夜宿霜中卧荻花！"妾闻此老伤心语，竟日阑干泪如雨。出门惟见乱枭鸣，更欲东奔何处所。仍闻汴洛舟车绝，又道彭门自相杀。野色徒销战士魂，河津半是冤人血。适闻有客金陵至，见说江南风景异。自从大寇犯中原，戎马不曾生四鄙。诛锄窃盗若神功，惠爱生灵如赤子。城壕固护教金汤，赋税如云送军垒。奈何四海尽滔滔，湛然一境平如砥。避难徒为阙下人，怀安却羡江南鬼。愿君举棹东复东，咏此长歌献相公。

——《秦妇吟》

他的诗有《浣花集》十卷。[①]天复元年（公元九〇一年）赴蜀为王建书记，王建为蜀帝，庄便为他的宰相。他的词集名《浣花词》，今失传，仅散见于《花间》《尊前》诸集。近王国维始辑为一卷。庄虽仕蜀，然仍念念未忘中原，他的故乡。他

[①] 《浣花集》有汲古阁刊本、席氏刊本、绿君亭刊本、《四部丛刊》本。《浣花词》有《王忠悫公遗书》第四集辑本。

的词可分为两大类,一类是写郁抑的怀念故乡之情的,如:

洛阳城里春光好,洛阳才子他乡老。柳暗魏王堤,此时心转迷。 桃花春水绿,水上鸳鸯宿。凝恨对斜晖,忆君君不知。

——《菩萨蛮》

春愁南陌,故国音书隔,细雨霏霏梨花白,燕拂画帘金额。 尽日相望王孙,尘满衣上泪痕。谁向桥边吹笛,驻马西望销魂。

——《清平乐》(此作又见《阳春集》)

这一类的词并不很多;最多的是第二类写婉变的离情的,这种离愁别恨,全部《花间》,几十占其八九。庄虽亦用变腻的文句,然却别有风格,不同凡俗,其情深挚,非复如无病呻吟,而似为身亲躬历的遭遇。

挑尽金灯红烬,人灼灼,漏迟迟,未眠时。 斜倚银屏无语,闲愁上翠眉,闷杀梧桐残雨,滴相思。

——《定西藩》

昨夜夜半,枕上分明梦见,语多时。依旧桃花面,频低柳叶眉。 半羞还半喜,欲去又依依。觉来知是梦,不胜悲。

——《女冠子》

空相忆，无计得传消息，天上嫦娥人不识，寄书何处觅。　　新睡觉来无力，不忍把伊书迹。满院落花春寂寂，断肠芳草碧。

——《谒金门》

记得那年，花下深夜，初识谢娘时。水堂西面画帘垂，携手暗相期。　　惆怅晓莺残月，相别从此隔香尘。如今俱是异乡人，相见更无因。

——《荷叶杯》[1]

庄的词格，更在庭筠及其他花间词人之上。他是不雕斫的，他是写真情实景，庭筠他们则未免过于在文字的尖新上着意，庄有几首词亦颇病此，然大体则皆清新明白。五代的词家，自当以庄及李后主、冯延巳为三大作家。

牛峤[2]字松卿，一字延峰，陇西人，唐乾符五年（公元八七八年）进士。亦入蜀为王建判官。王建即帝位，他为给事中，有集三十卷，今亡失殆尽。他的词，今所传者，仅《花间集》中的三十二首而已。就这仅存的三十二首的词而论，全都是写闺情的，而又脱不了温庭筠的影响。较好的几首如：

---

[1] 据《尧山堂外纪》，此词系庄思旧姬而作。姬为王建所夺，入宫。见庄此词，不食死。

[2] 见《唐才子传》卷第九，《十国春秋》卷四十四。

鸂鶒飞起郡城东，碧江空，半滩风。越王宫殿，蘋叶藕花中。帘掷水楼鱼浪起，千片雪，雨濛濛。

——《江城子》

春夜阑，更漏促，金烬暗挑残烛。惊梦断，锦屏深，两乡明月心。　闺草碧，望归客，还是不知消息，孤负我，慢怜君，告天天不闻。

——《更漏子》

其情绪不很深切，其文辞亦颇浅。当然不能预于韦庄诸大家之列。

峤之兄子希济[①]，亦善于为词，仕蜀为御史中丞。降于后唐，明宗拜他为雍州节度副使。他的词大体已在《花间集》中（十一首），此外仅《词林万选》多出三首而已。他的词很有不少好句，较之峤，当行出色之作更多。《十国春秋》云："希济次牛峤《女冠子》四阕，时辈啧啧称道。"《女冠子》今已亡逸，然如《生查子》数首，其情趣亦自佳绝。

春山烟欲收，天澹星稀小。残月脸边明，别泪临清晓。　语已多，情未了，回首又重道。记得绿罗裙，处处怜芳草。

---

① 见《十国春秋》卷四十四。

> 新月曲如眉,未有团圆意。红豆不堪看,满眼相思泪。　终日劈桃穰,人在心儿里。两朵隔墙花,早晚成连理。

薛昭蕴字里均无考,《花间集》称之为"薛侍郎"。其词十九首,皆存于《花间集》中,其题材亦不外为靡腻的闺思:

> 红蓼渡头秋正雨,印沙鸥迹自成行,整鬟飘袖野风香。　不语含嚬深浦里,几回愁煞棹船郎,燕归帆尽水茫茫。

——《浣溪沙》

毛文锡[①]字平珪,南阳人,仕蜀为翰林学士,迁内枢密使,进文思殿大学士,拜司徒,贬茂州司马,随衍降唐。后复事后蜀,与欧阳炯等并以词章供奉内庭,所著有《前蜀纪事》二卷,《茶谱》一卷。他的词大都已见于《花间集》中(三十一首)。叶梦得谓文锡词"以质直为情致,殊不知流于率露。诸人评庸陋词,必曰此仿毛文锡之《赞成功》而不及者"。其实文锡亦殊雕斫,无深厚的情趣。姑录其较好的一首:

> 鸳鸯对浴银塘暖,水面蒲梢短。垂杨低拂曲尘波,蛛

---

① 见《十国春秋》卷四十一。

丝结网露珠多,滴圆荷。　　遥思桃叶吴江碧,便是天河隔。锦鳞红鬣影沉沉,相思空有梦相寻,意难任。

——《虞美人》

魏承班父弘夫,为王建养子,赐姓名王宗弼,封齐王。承班为驸马都尉,官至太尉。他的词,《花间集》选十三首,《全唐诗》又多出五首。他的词措语遣辞很有许多新颖尖丽的,自较毛文锡为高。元好问以为"承班词但为言情之作,大旨明净,不更苦心刻意以竞胜者"。《柳塘诗话》以为"承班词较南唐诸公更淡而近,更宽而尽,人人喜效为之"。

高歌宴,月初盈,诗情引恨情。烟露冷,水流轻,思想梦难成。罗帐袅香平,恨频生。思君无计睡还醒,隔层城。

——《诉衷情》

雪飞飞,风凛凛,玉郎何处狂饮?醉时想得纵风流,罗帐香帏鸳鸯寝。　　春朝秋夜思君甚,愁见绣屏孤枕。少年何事负初心,泪滴缕金双衽。

寒夜长,更漏永。愁见透帘月影。王孙何处不归来?应在倡楼酩酊。　　金鸭无香罗帐冷,羞更双鸾交颈。梦中几度见儿夫,不忍骂伊薄幸。

——《满宫花》

尹鹗[1]，成都人，事王衍为翰林校书，累官参卿。《花间集》载他的词六首，《尊前集》较多。其情调亦不外欢歌腻饮，离愁别恨。如《醉公子》之类，其意趣殊倩巧可爱。张炎以为他的词"以明浅动人，以简净成句"。

> 暮烟笼薜砌，戟门犹未闭。尽日醉寻春，归来月满身。　　离鞍偎绣袂，坠巾花乱缀。何处恼佳人，檀痕衣上新。

李珣[2]字德润，先世本波斯人。为蜀秀才。其妹李舜弦为王衍昭仪。有《琼瑶集》一卷，今亡。然他的词《花间集》录至三十七首，《尊前》又加出十七首。他的词，虽不能与西突厥人的李存勖相比论，却不失为花间中的一个能手。其题材不尽为闺情，亦多有抒写潇洒的处士心怀者。除了张志和的几首《渔歌子》之外，这一类的情调，在唐、五代词中，是很少见到的。

> 十载逍遥物外居，白云流水似相于。乘兴有时携短棹，江鸟，谁知求道不求鱼。　　到处等闲邀鹤伴，春岸野花，香气扑琴书。更饮一杯红霞酒，回首，半钩新月贴清虚。
>
> ——《定风波》
>
> 双髻坠，小眉弯，笑随女伴下春山。玉纤遥指花深

---

① 见《十国春秋》卷四十四。
② 见《十国春秋》卷四十四。

处，争回顾，孔雀双双迎日舞。

——《渔父》

在这个时候，蜀中的文学，已不复是客卿的文学，而是本土的文学了；韦庄、牛峤他们已经过去。虽经过了王氏与孟氏的朝代变迁，词人却不曾另易了一批新起的。孟氏时代的蜀中词人，大部分仍是前代王氏时代的人物。如顾敻，如鹿虔扆，如欧阳炯等皆是。

顾敻[①]字里未详。前蜀时官刺史，后事孟知祥，官至太尉。他的词，全见于《花间集》，凡五十五首。其佳作如《诉衷情》及《河传》数首，皆传在人口，他所咏的虽亦为人人所咏的闺情，而含情独厚。论者以为"顾太尉《诉衷情》云'换我心为你心，始知相忆深'，虽为透骨情语，已开柳七一派"。[②]

永夜抛人何处去，绝来音。香阁掩眉敛，月将沉，争忍不相寻。怨孤衾，换我心为你心，始知相忆深。

——《诉衷情》

棹举，舟去，波光渺渺，不知何处。岸花汀草共依依，雨微，鹧鸪相逐飞。　　天涯离恨，江声咽，啼猿切，

---

① 见《十国春秋》卷五十六。
② 《历代词话》引《蓉城集》语。

此意向谁说。倚兰桡，独无憀，魂销，小炉香欲焦。

——《河传》

鹿虔扆[①]字里未详。事孟昶为永泰军节度使，进检校太尉，加太保。他的词，仅存见录于《花间》的六首。《乐府纪闻》谓他："国亡不仕，词多感慨之音。"倪瓒谓："鹿公高节，偶尔寄情倚声，而曲折尽变，有无限感慨淋漓处。"《临江仙》一首，更为有感而作，甚似李后主或唐昭宗的名作。

金锁虚门荒苑静，倚窗愁对秋空。翠华一去寂无踪。玉楼歌吹，声断已随风。　烟月不知人事改，夜阑还照深宫。藕花相向野塘中。暗伤亡国，清露泣香红。

欧阳炯[②]益州人，初事王衍。前蜀亡后，又事孟知祥及昶，累官翰林学士，进门下侍郎、同平章事[③]。后昶降宋，炯亦随之归宋，授左散骑常侍。炯在当时，为一个很负盛名的作家，与昶甚相得。每言："愁苦之音易好，欢愉之语难工。"其词大抵婉约轻和，不欲强作愁思。[④]他曾于广政三年，为赵崇祚作《花间集》序。《花间》录他的词凡十七首，《尊前集》又多出

---

① 见《十国春秋》卷五十六。
② 见同书同卷。
③ 炯事孟蜀后主，时号五鬼之一，见《尧山堂外纪》。五鬼者，炯、鹿虔扆、韩琮、阎选及毛文锡也。
④ 见《蓉城集》(《历代词话》卷三引)。

第二章　五代文学　／　059

三十一首。他的词，是《花间》正体，大都为闺情之作，婉腻娇秀，而失之于靡细。然描写当前景色及刻划小儿女之情态甚至，此实《花间》之一大特色，即其大成功处。炯之作，可算是其代表之一。

嫩草如烟，石榴花发海南天。日暮江亭春影绿，鸳鸯浴，水远山长看不足。

——《南乡子》

天碧罗衣拂地垂，美人初著更相宜。宛风如舞透香肌。　独坐含颦吹凤竹，园中缓步折花枝。有情无力泥人时。

——《浣溪沙》

忆昔花间初识面，红袖半遮脸。轻捻石榴裙带，故将玉指纤纤，偷捻双凤金线。　碧梧桐锁深深院，谁料得两情，何日教缱绻。羡春来双燕，飞到玉楼，朝暮相见。

——《贺明朝》

毛熙震，蜀人，官秘书监。周密谓他的词"新警而不为僻薄"。《花间》录他的词二十九首，已尽于此，他处更不可得。其情调亦为婉娈的闺思，蕴藉而不直率，是其长处，亦间有感慨之音，或为乱后所作，所谓"暗伤亡国"者：

莺啼燕语芳菲节，瑞庭花发，昔时欢宴歌声揭，管弦清越。　自从陵谷追游歇，画梁尘黦，伤心一片如珪月，闲锁宫阙。

——《后庭花》

春暮黄莺下砌前，水精帘影露珠悬。绮霞低映晚晴天。　弱柳千条垂翠带，残红满地碎香钿。蕙风飘荡散轻烟。

——《浣溪沙》

春光欲暮，寂寞闲庭户。粉蝶双双穿槛舞，帘卷晚天疏雨。　含愁独倚闺帏，玉炉烟断香微。正是销魂时节，东风满院花飞。

——《清平乐》

阎选①字里未详。《花间集》称之为"阎处士"，当为未入仕者。他的词存于今者不多，皆见于《花间》《尊前》，语多率直，非复如欧阳炯诸人之蕴藉多趣。

愁锁黛眉烟易惨，泪飘红脸粉难匀。憔悴不知缘底事？遇人推道不宜春。

——《八拍蛮》

---

① 见《十国春秋》卷五十六。

六

南唐为西蜀以外最重要的文艺中心点。西蜀的前后二代，王氏与孟氏，其主皆好文而喜士，南唐亦然。中主李璟，后主李煜，其诗才皆绝代无匹。又蜀中尚数经丧乱，南唐则历来皆处于晏安之中，直至宋人统一天下之时，江南方才略受兵祸。其文学宜当更盛于西蜀。然除了璟、煜二主及冯延巳、张泌四人之外"他皆无闻焉"。《花间集》所选者只及张泌，而冯延巳且不在内。或疑《花间集》中的张泌并非南唐的张泌，或为另一个人。[1]如此，则南唐之词人，诚不过寥寥可数的几个。蜀中词人如无《花间》之结集，其中的一大部分词人，或皆将不免于作品沦亡，不为世人所知。以此推之，则南唐当时必更有许多诗人存在着，也许更有第一流的诗人存在着，然而因为没有像赵崇祚那样的"好事者"出来选集其作品，故遂湮没，不为我们所知。

南唐嗣主李璟字伯玉[2]，生于贞明二年（即公元九一六年），

---

[1] 胡适《词选》："我们疑心词人张泌另是一人，大概也是蜀人。他的年辈很早，故他的词在《花间集》里列在韦庄、薛昭蕴之后。"

[2] 见《旧五代史》卷一百三十四，《新五代史》卷六十二，马令《南唐书》卷二至卷四，陆游《南唐书》卷二，《十国春秋》卷十六。

卒于建隆二年（即公元九六一年）。他偏安于江南的一隅，有似于浙之钱氏，惟以保境安民为事，不敢有大志，也不敢得罪于中原的主人翁。因此，江南的文物称为繁盛。他好文士，自作的词也殊高隽，惜不甚多，传于世者尤鲜。《浣溪沙》数首最负盛名。①

　　手卷真珠上玉钩，依前春恨锁重楼。风里落花谁是主，思悠悠。　　青鸟不传云外信，丁香空结雨中愁。回首绿波三楚暮，接天流。

　　菡萏香销翠叶残，西风愁起绿波间。还与韶光共憔悴，不堪看。　　细雨梦回鸡塞远，小楼吹彻玉笙寒。多少泪珠无限恨，倚阑干。

后主李煜，字重光，璟之子。②生于天福元年（公元九三六年）。曹彬克金陵，煜降于宋，后迁住于宋都，终日愁闷不平，以眼泪洗面。宋太宗甚忌之，遂于太平兴国二年（公元九七七年）赐以毒药而杀之。他的天才甚高，善属文，工书画，妙于音律，著《杂说》百篇，时人以为可继曹丕的《典论》，又有集十卷，今皆不传。今所传者仅零星诗词五十余首

---

① 李璟词与李煜词，类都合刻在一处。《南唐二主词》有《晨风阁丛书》本，《南唐二主词笺》刘继曾著，有无锡图书馆铅印本。又《李后主词》，戴景素编，商务印书馆出版。

② 见新旧《五代史》卷同上，马书卷五，陆书卷三，《十国春秋》卷十七。

李後主像

李煜

而已。他的诗不足论，词则可以雄视于《花间》诸作家；当世大诗人之称，非他莫属。他的词可以分为两个时代，一个时代是开宝八年之前，一个时代是开宝八年之后，换一句话，即前者为他宴安于富贵荣华之境时所作的，后者为他苟安偷活的俘虏时代所作的。这两个时代的作品，其情调相差至远。第一个时代是温馥柔美、无思无虑的少年帝王生活，有的是嬉笑欢乐，有的是密约私情，有的是"酒恶时拈花蕊嗅，别殿遥闻箫鼓奏"（《浣溪沙》），有的是"画堂南畔见，一向偎人颤"(《菩萨蛮》),有的是"脸慢笑盈盈,相看无限情"(《菩萨蛮》),有的是"归时休放烛光红,待踏马蹄清夜月"(《玉楼春》)的生活。这一时期的作品,情绪自然还未深刻动人,然其词华则已有异于我们上面所历举的《花间》诸词人。他的用语遣辞完全不同。他不十分写"无可奈何"之离情别恨,因为他生在"眼色暗相钩,秋波横欲流"(《菩萨蛮》)的境界里,他不必作,也不能作什么伤春悲秋的调子。他的爱情,即有一点小周折,也仅足以增进他的情趣,而不足以使他憔悴愁思。到了第二期他的生活便完全不同了:他如今已不是一个颐指气使的至尊了,他如今已是一位偷生苟活不知命在何时的囚徒了;他的辉煌煊丽的宫殿已不是他的了,他的娇憨秀美的宫娥都星散了,他已不复能回他的江南了;他住的是监狱似的府第,他的一举一动都有人监视着。作了一场美梦,醒来时还要惆怅不已,何况过去的美境乃是一个"现实"呢?像他那样一个多感的诗人,一个不知低心下气以苟延残喘的诗人,自然免不得要高呼着"故国不堪回首,月明中"(《虞美人》)、"烛残漏滴频欹枕,起坐不能平"(《乌夜啼》)、"故国梦重归,觉来双泪垂"(《子夜歌》)了!自然免不得要遭忌,要被害了!词——新体的诗——里,有的是柔情腻语,有的是豪迈潇洒的情调,而似重光那样的悲愤的痛词,则绝不多见，只有宋徽宗的词还有些相类，这当然因为境地相同，故不知不觉的会情调相同。至于南宋末年诸作家，如隐如现、如是如非的亡国痛语，却是很不足道的。

云一缗，玉一梭，澹澹衫儿薄薄罗，轻颦双黛螺。秋风多，雨相和，帘外芭蕉三两窠，夜长人奈何！

——《长相思》

多少恨，昨夜梦魂中。还似旧时游上苑，车如流水马如龙，花月正春风。　多少泪，断脸复横颐。心事莫将和泪说，凤笙休向泪时吹，肠断更无疑。

——《望江南》

别来春半，触目柔肠断。砌下落梅如雪乱，拂了一身还满。　雁来音信无凭，路遥归梦难成。离恨恰如春草，更行更远还生。

——《清平乐》

往事只堪哀，对景难排。秋风庭院藓侵阶。一任珠帘闲不卷，终日谁来。　金锁已沉埋，壮气蒿莱。晚凉天净月华开。想得玉楼瑶殿影，空照秦淮。

——《浪淘沙》

帘外雨潺潺，春意阑珊，罗衾不耐五更寒。梦里不知身是客，一晌贪欢。　独自莫凭栏，无限关山，别时容易见时难。流水落花春去也，天上人间。

——《浪淘沙》

无言独上西楼，月如钩，寂寞梧桐深院锁清秋。剪不断，理还乱，是离愁，别是一般滋味在心头。

——《乌夜啼》

冯延巳[①]一名延嗣，字正中，广陵人。仕南唐为翰林学士，后进中书侍郎、同平章事。有《阳春集》一卷。相传李璟见他所作的《谒金门》，说道："吹皱一池春水，干卿底事？"延巳对道："未若陛下'小楼吹彻玉笙寒'也。"于此可见当时江南文章极盛，君臣亦皆以词语相戏。延巳的词调亦不外闺情离思，而措辞用语，殊有尖新独到之处；论者每盛推之，以为胜于《花间》诸作远甚，其实较之端已诸第一流作者，正中亦未为胜之，而较之重光，则正中似犹当臣事之。《花间》虽不录正中作，然《阳春集》[②]至今尚传，故正中词传于今者独多。

窗外寒鸡天欲曙，香印成灰，起坐浑无绪。庭际高梧凝宿雾，卷帘双鹊惊飞去。　　屏上罗衣闲绣缕，一晌关

---

① 见马令《南唐书》卷第二十一，《十国春秋》卷二十六。
② 《阳春集》有侯刻《名家词》本（《粟香室丛书》中有之），王刻《四印斋所刻词》本。

情，忆遍江南路。夜夜梦魂休谩语，已知前事无寻处。

——《鹊踏枝》

金波远逐行云去，疏星时作银河渡。华景卧秋千，更长人不瞑。　　玉筝弹未彻，凤髻鸾钗脱。忆梦翠蛾低，微风吹绣衣。

——《菩萨蛮》

风乍起，吹皱一池春水。闲引鸳鸯芳径里，手捋红杏蕊。　　斗鸭阑干独倚，碧玉搔头斜堕。终日望君君不至，举头闻鹊喜。

——《谒金门》

张泌[①]（一作泌）字子澄，淮南人，初官句容尉。李煜征为监察御史，进中书舍人，改内史舍人。随煜归宋，仍入史馆。有集一卷。其词录于《花间集》者凡二十七首，《全唐诗》又多出一首。或以为《花间》中的张泌未必为南唐的张泌，或另有同姓名的一人，但也没有充分的证据。姑从旧说。泌的词亦以幽艳尖新著，好句甚多，自是《花间》中第一流的词人。《古今词话》[②]称其以《江城子》得名。少与邻女浣衣善。经年不见，夜必梦之。女别字，泌寄以诗云："多情只有

---

① 见《十国春秋》卷二十五。
② 《历代词话》卷三引。

春庭月，犹为离人照落花。"浣衣为之陨涕。他的《浣溪沙》的一首，有"露浓香泛小庭花"之语，后人竟有将此词改名为《小庭花》者。

> 柳色遮楼暗，桐花落砌香。画堂开处远风凉，高卷水精帘额，衬斜阳。

——《南歌子》

> 马上凝情忆旧游，照花淹竹小溪流，钿筝罗幕玉搔头。
> 早是出门长带月，可堪分袂又经秋，晚风斜日不胜愁。

——《浣溪沙》

> 独立寒阶望月华，露浓香泛小庭花。绣屏愁背一灯斜。
> 云雨自从分散后，人间无路到仙家，但凭魂梦访天涯。
> 晚逐香车入凤城，东风斜揭绣帘轻。慢回娇眼笑盈盈。
> 消息未通何计是，便须伴醉且随行。依稀闻道太狂生。

——以上《浣溪沙》

成彦雄字文干，与延巳等同时，亦仕于南唐。有《杨柳枝》词十首，见于《尊前集》如：

> 残照林梢裹数枝，能招醉客上金堤。马骄如练缨如火，瑟瑟阴中步步嘶。

诸语也颇新警可喜。

七

西蜀、江南之外，其他如荆南，如闽，如浙，亦多文学之士，然较之西蜀与江南，则皆远不及之。闽有韩偓，上文已经提及，荆南则有孙光宪，浙则有罗隐诸人。罗隐将在下文叙述之，今仅叙孙光宪。

孙光宪[①]亦《花间集》中的词人之一。光宪字孟文，贵平人，唐时为陵州判官。天成初，避地江陵。遘兵戈之际，尚以金帛购书数万卷。著《北梦琐言》。高季兴据荆南，署为从事。历事三世，累官荆南节度副使、检校秘书少监、兼御史中丞。后劝高继冲归宋。赵匡胤授以黄州刺史。光宪自号葆光子，有《荆台》《笔佣》《橘斋》《巩湖》诸集。他的词，《花间集》选六十首，《全唐诗》又多出二十四首，他在《花间》词人中亦可谓第一流的作家，很有不少境界高超的诗篇。

> 门首春水白蘋花，岸上无人小艇斜。商女经过江欲暮，散抛残食饲神鸦。
>
> ——《竹枝》

---

① 见《十国春秋》卷一百〇二。

蓼岸风多橘柚香，江边一望楚天长，片帆烟际闪孤光。
目送征鸿飞杳杳，思随流水去茫茫，阑红波碧忆潇湘。

——《浣溪沙》

揽镜无言泪欲流，凝情半日懒梳头，一庭疏雨湿春愁。
杨柳只知伤怨别，杏花应信损娇羞，泪沾魂断轸离忧。

——《浣溪沙》

泛流萤，明又灭，夜凉水冷东湾阔。风浩浩，笛寥寥，万顷金波澄澈。　杜若洲，香郁烈，一声宿雁霜时节。经雪水，过松江，尽属侬家日月。

——《渔歌子》

孙洙称其《浣溪沙》绝无含蓄而自然入妙。

八

比之新曲的词来，五七言的旧体诗，在此时殊为衰落；并不是说没有作者，五七言的古律诗，在此时作者仍是很多的；然而作者虽不少，却很少有伟大的诗人。陈陶、司空图、伍乔、罗隐、韩偓、贯休、齐己他们都不能算是很伟大的作者。当时的大诗人都用力于新体诗——词——一方面去了；即偶有作诗者，其所作亦往往不如其词远甚。如和凝、李煜诸人，其诗都是大不如其词。以下姑举几个比较重要的旧诗作家，以见当时五七言的旧诗坛的一斑。

司空图①字表圣，河中虞乡人。咸通末擢进士第。僖宗时为知制诰、中书舍人。知天下必乱，归隐中条山王官谷。以后累召皆不起。入梁，召为礼部尚书，也不应。昭、哀二帝相继被杀，图不怿数日，遂卒。有《一鸣集》三十卷。②图的诗完全超出于晚唐的风气以外，以质朴恬淡为宗。间有格言诗，如"好鸟无恶声，仁兽肯狂噬？宁教鹦鹉哑，不遣麒麟吠"（《感时》）之类。然大体多逸韵清情之作，如"川明虹照雨，树密鸟冲人"（《华下送文涓》），"荷香泡露侵衣润，松影和风傍枕移"（《争名》）。以及：

> 凡鸟爱喧人静处，闲云似妒月明时。世间万事非吾事，只愧秋来未有诗。
>
> ——《山中》
>
> 岳北秋岑渭北川，暗云渐薄薄如烟。坐来还见微风起，吹散残阳一片蝉。
>
> ——《携仙箓》

---

① 见《旧唐书》卷一百九十下，《新唐书》卷一百九十四，《唐才子传》卷第八。
② 《司空表圣文集》，有明刊本、《乾坤正气集》本、《四部丛刊》本。

他也曾写了一部《诗品》[1]，以四言体诗，咏写二十四种的诗的境界，如雄浑、冲淡、沉着、高古、典雅之类。这是一部不朽的作品，她的本身便是二十四首绝妙的诗。如：

不著一字，尽得风流。语不涉己，若不堪忧。是有真宰，与之沉浮。如满绿酒，花时反秋。悠悠空尘，忽忽海沤。浅深聚散，万取一收。

——《含蓄》

生者百岁，相去几何。欢乐苦短，忧愁实多。何如尊酒，日往烟萝。花覆茅檐，疏雨相过。倒酒既尽，杖藜行歌。孰不有古，南山峨峨。

——《旷达》

罗隐[2]字昭谏，余杭人。与罗邺、罗虬并号江东三罗，而隐名最著。光启中，依浙江钱镠。镠辟他为节度判官、副使。朱温召之，不行。年八十余卒。隐在当时以机警妙悟著，至今浙人尚相传着他许多聪明的故事。他的诗多用通俗之语，有许多已成了民间的习语。《咏斋闲览》："唐人诗句中用俗语者，惟杜荀鹤、罗隐为多。罗隐诗如曰：'西施若解亡人国，越国

---

[1] 《诗品》有汲古阁本、《龙威秘书》本、明辨斋本、《历代诗话》（何文焕编）本。

[2] 见《唐才子传》卷第九，《十国春秋》卷八十四。

亡来又是谁？'曰：'今宵有酒今宵醉，明日愁来明日愁。'曰：'能消造化几多力，不复阳和一点尘。'曰：'只知事逐眼前去，不觉老从头上来。'曰：'时来天地皆同力，运去英雄不自由。'曰：'采得百花成蜜后，不知辛苦为谁甜。'曰：'明年更有新条在，绕乱春风卒未休。'今人多引此语，往往不知谁作。"隐有《罗昭谏集》③，又有《谗书》④。诗格、文格皆不甚高，但在五代中却是一个足以雄视侪辈的作家。

罗邺⑤也是余杭人。杨慎的《丹铅总录》说："晚唐江东三罗，皆有集行世，当以邺为首。"他的诗，如：

> 梦断南窗啼晓乌，新霜昨夜下庭梧。不知帘外如珪月，还照边庭到晓无？

——《闺怨》

> 腊晴江暖鹧鸪飞，梅雪香沾越女衣。鱼市酒村相识遍，短船歌月醉方归。

——《南行》

慎以为"此二诗隐与虬皆不及也"。⑥

---

③ 《罗昭谏集》有张瓒刊本、汲古阁刊本、席氏刊本，又康熙中戴氏、张氏两刻本；道光中，吴氏刊本。
④ 《谗书》有吴骞《愚谷丛书》本。
⑤ 见《唐才子传》卷第八。
⑥ 《罗邺集》有《唐人小集》本。

罗虬①为台州人，依鄜州李孝恭为从事。曾作《比红儿诗》百首。虬狂宕无检束。他在孝恭坐，杀了妓女杜红儿。后悔之，乃作《比红儿诗》。当时盛传。辛文房以为"体固凡庸，无大可采"。②

杜荀鹤③字彦之，石埭人，七岁便志存经史。景福二年进士及第。计有功以他为杜牧出妾之子。擢第时，年已四十六。朱温握权时，荀鹤去献诗，得其厚遇。到了朱温受禅，拜他为翰林学士，数日而卒。荀鹤自序其诗为《唐风集》。其友人顾云乃以为"可以左揽工部（杜甫）袖，右拍翰林（李白）肩。吞贾（岛）喻（凫）于胸中，曾不芥蒂"。然荀鹤诗凡近者为多。其最著名的"风暖鸟声碎，日高花影重"一联，或且以为他人所作。但他的诗因为能通俗，却有许多已成了当时的习语，如"举世尽从愁里老，谁人肯向死前休""世间多少能言客，谁是无愁行睡人""逢人不说人间事，便是人间无事人"之类。④

曹唐⑤字尧宾，桂州人。初为道士，后举进士不第。以作

---

① 见《唐才子传》卷第九。
② 《比红儿诗话》一卷，沈可培著，《昭代丛书》本。
③ 见《唐才子传》卷第九，《十国春秋》卷十一。
④ 《唐风集》有席氏刊本，《唐四名家集》本。
⑤ 见《唐才子传》卷第八。

《游仙诗》百首著名。胡曾①，邵阳人，咸通中举进士不第。有《咏史诗》②百首，也盛行于世。曹、胡俱与杜、罗诸人同时，但诗格皆不高。

又有方干③者，字雄飞，桐庐人，咸通中屡举进士不第。他的诗时有高警之句，如："鹤盘远势投孤屿，蝉曳残声过别枝。"④

韩偓的诗却高出于罗、杜诸人远甚。他是绮丽的，他是蕴藉的，他不作一句凡近之语，他所写的全都是深情绮腻之句。

> ……香瓣更衣后，钗梁拢鬓新。吉音闻诡计，醉语近天真。妆好方长叹，欢除却浅颦。绣屏金竹屋，丝幰玉为轮。致意通绵竹，精诚托锦鳞。歌凝眉际恨，酒发脸边春。……
>
> ——《无题》

和凝作旧诗不少，今皆不传，传者仅《宫词》百首，及零星诗篇几首而已。今举其《宫词》一首于下，较之他的词当然

---

① 见《唐才子传》卷第八。
② 《咏史诗》有明刊本。
③ 见《唐才子传》卷第七。
④ 方干《玄英集》有席氏刊本。

意境大差。

> 宝瑟凄锵夜漏余，玉阶闲坐对蟾蜍。秋光寂历银河转，已见宫花露滴疏。

王仁裕①字德辇，天水人，亦当时的一个典型的老官僚。初为泰州判官。入蜀为中书舍人，翰林学士。历唐、晋、汉，终户部尚书，罢为太子少保。周显德初卒。仁裕晓音律，喜为诗，尝集平生所作诗为《西江集》。今存诗一卷，在《全唐诗》中。仁裕的诗很浅显明白，无甚意趣，姑录其一首：

> 立马荒郊满目愁，伊人何罪死林丘。风号古木悲长在，雨湿寒莎泪暗流。莫道文章为众嫉，只应轻薄是身雠。不缘魂寄孤山下，此地堪名鹦鹉洲。
>
> ——《过平戎谷吊胡翙》

胡翙有文学，佐荆湖藩幕，后为人所构，被主帅将他全家坑于平戎谷。受祸之惨，文士之中少见。祢衡被黄祖所杀，亦止杀其一身而已。仁裕与翙相知，故过平戎谷而吊之。然"只应轻薄是身雠"一句却甚有责翙之意，何也？

冯道②字可道，自号长乐老，景城人。与和凝、王仁裕皆为"历劫不磨"的老官僚，而道却独被恶名。道初为刘守光参

---

① 见《旧五代史》卷一百二十八，《新五代史》卷五十七。
② 见《旧五代史》卷一百二十六，《新五代史》卷五十四。

军。后历唐、晋、汉、周，事四姓十君，并在政府。卒谥文懿，追封瀛王，有诗集十卷，今仅存数首。道为小心翼翼之人，其诗亦小心翼翼之诗，观其所遗数诗，不脱任天听命、行好事、不作恶之意。

穷达皆由命，何劳发叹声。但知行好事，莫要问前程。冬去冰须泮，春来草自生。请君观此理，天道甚分明。

——《天道》

李涛字信臣，避地湖南，事马殷。后唐天成中举进士，历事晋、汉、周至宰辅，封莒国公。赵匡胤即帝位，涛又归宋。其诗全者仅存一首，不足观；然其零句见于《吟窗杂录》诸书者，却甚有趣，远非冯道、和凝诸人所可及。如"溪声长在耳，山色不离门"，见《诗人玉屑》。"扫地树留影，拂床琴有声"，见《吟窗杂录》。

南唐词人虽少，而作旧体诗的人却甚多。后主及冯延巳、张泌等亦能诗，不过所作远不逮其词。韩熙载、李建勋、伍乔、陈陶、李中、徐铉诸人则皆以诗鸣，其词未见。

韩熙载[①]字叔言，北海人。后唐同光中登进士第。李昪建国，用为秘书郎。璟嗣位，拜虞部员外、史馆修撰、知制诰。

---

① 见马令《南唐书》卷十三，陆游《南唐书》卷十二，《十国春秋》卷二十八。

后主时卒。有集五卷，今仅存诗五首。

仆本江北人，今作江南客。再去江北游，举目无相识。
金风吹我寒，秋月为谁白。不如归去来，江南有人忆。

——《奉使中原署馆壁》

这一首诗道尽了江北人而避地于江南的官僚的心事。韦庄诸词，感怀故乡者，亦多有此意，然殊蕴藉，不若此之直率。同一情绪，一则装在旧诗瓶，一则装在新诗瓶，却竟不同如此。此可见旧诗瓶实不宜于装这种诗料或诗意。

李建勋[①]字致尧，陇西人。李昪时拜中书侍郎、同平章事。升元五年，放还私第。嗣主璟召拜司空，寻以司徒致仕，赐号钟山公，集二十卷。建勋的诗颇有佳句，善写景。他的句，如"薄暮浴清波，斜阳共明灭"（《白雁》），"眼底好花浑如雪，瓮头春酒漫如油"（《春日尊前录从事》），以及《殴妓》《宿山房》诸诗皆可喜。

自为专房甚，匆匆有所伤。当时心已悔，彻夜手犹香。
恨枕堆云髻，啼襟揾月黄。起来犹忍恶，剪破绣鸳鸯。

——《殴妓》

石窗灯欲尽，松槛月还明。就枕浑无睡，披衣却出行。

---

① 见马令《南唐书》卷十，陆游《南唐书》卷九，《唐才子传》卷第十，《十国春秋》卷二十一。

岩高泉乱滴，林动鸟时惊。倏忽山钟曙，喧喧仆马声。

——《宿山房》

左偃，南唐人，不仕，居金陵，有《钟山集》一卷，今存十四首。他的诗颇有轻倩潇洒之致。

关河月未晓，行子心已急，佳人无一言，独背残灯泣。

——《送君去》

张泌的诗也和他的词同样的著名，"绿杨花扑一溪烟"（《洞庭阻风》）一语，曾为论者所盛称。他作亦多凄惋之音，靡艳之色，有类于词，不似时人的朴朴质质的诗。

别梦依依到谢家，小廊回合曲栏斜。多情只有春庭月，犹为离人照落花。

——《寄人》

雨溟溟，风泠泠，老松瘦竹临烟汀。空江冷落野云重，村中鬼火微如星。夜惊溪上渔人起，滴沥篷声满愁耳。子规叫断独未眠，罨岸春涛打船尾。

——《春行雨》

沈彬[①]是一个很老的诗人。彬字子文，高安人。唐末应进士举，不第，浪迹湖湘。后事吴为秘书郎，以吏部郎中致仕。年

---

① 见马令《南唐书》卷十五，《唐才子传》卷第十，《十国春秋》卷二十九。

八十余时,南唐嗣主璟以旧恩召见,赐粟帛,官其子。他的诗,悲愤的气息很重,大约是身经乱离、饱历沧桑的必然的结果。

岸柳萧疏野荻秋,都门行客莫回头,一条灞水清如剑,不为离人割断愁。

——《都门送别》

杀声沉后野风悲,汉月高时望不归。白骨已枯沙上草,家人犹自寄寒衣。

——《吊边人》

尚有几个零句,也很有些隽永之味。《湘江行》"数家鱼网疏雪外,一岸残阳细雨中",《潘天锡同题古观》"松欹晚影离坛草,钟撼秋声入殿风"等皆能状人所不能状之情景。

伍乔[①],庐江人。南唐时举进士第一,仕至考功员外郎。《全唐诗》录其诗为一卷。其诗多咏景,多写隐居的心怀,大约多为未第时所作。虽少惊人之作,却间有飘逸之句;如《僻居谢何明府见访》"马嘶穷巷蛙声息,辙到衡门草色开""满斋尘土一床藓"以及零句"积霭沉诸壑,微阳在半峰"(《省试雾后望钟山》)皆可耐寻味。

---

① 见马令《南唐书》卷十四,《唐才子传》卷第七,《十国春秋》卷三十一。

陈陶①也是一个老诗人。陶字嵩伯，岭南人（一作鄱阳人，又作剑浦人）。大中时游学长安。南唐升元中，隐洪州西山，后不知所终。诗十卷，《全唐诗》编为二卷。他是历经丧乱的，所以他的诗也多凄楚之音，但虽时作超世语，却多用世之意。他多写长诗，惜无佳者，倒是短诗却有几首很好的：

誓扫匈奴不顾身，五千貂锦丧胡尘。可怜无定河边骨，犹是春闺梦里人。

——《陇西行之一》

近来诗思清于水，老去风情薄似云。已向升天得门户，锦衾深愧卓文君。

——《答莲花妓》

李中②字有中，陇西人。仕南唐为淦阳宰。有《碧云集》三卷。他的诗很平易，少有清新的句子，但如"遥天疏雨过，列岫乱云收"（《秋日途中》），"泉冻如顽石，人藏类蛰虫。豪家应不觉，兽炭满炉红"（《腊中作》）以及《春晓》一首：

残火犹存月尚明，几家帏幌梦魂惊。星河渐没行人动，历历林梢百舌声。

---

① 见马令《南唐书》卷十五，《唐才子传》卷第八，《十国春秋》卷二十九。
② 见《唐才子传》卷第十。

都还不算坏诗。

徐铉①字鼎臣，广陵人，十岁能属文，与韩熙载齐名江东，谓之韩、徐。初仕吴为秘书郎，后仕南唐为吏部尚书；又随李后主归宋，为散骑常侍，坐贬卒。有《骑省集》②三十卷，今存。铉的诗甚多，然亦甚平易坦白，无深挚的诗情，更不必说有什么新警的篇什了。但如"绿野徘徊月，晴天断续云，燕飞犹个个，花落已纷纷"（《春分日》）及《临石步港》：

　　碕岸堕萦带，微风起细涟。绿阴三月后，倒影乱峰前。

吹浪游鳞小，黏苔碎石圆。会将腰下组，换取钓鱼船。

也还不坏，惟惜此类的篇什不多耳。

铉弟锴③，字楚金。仕南唐为屯田郎中、知制诰、集贤殿学士。亦能诗，其诗今仅存五首，且少佳者；姑举其《秋词》一首：

　　井梧纷堕砌，寒雁远横空。雨久梅苔紫，霜浓薜荔红。

他的不朽之作，不是诗，也不是散文，乃是他的对于《说文》的研究。他著有《说文系传》四十卷，又《说文解字篆韵

---

　　① 见马令《南唐书》卷二十三，《十国春秋》卷二十八，《宋史》卷四百四十一。
　　② 《徐骑省集》有光绪癸巳李宗煝刊本，有李之鼎刊宋人集本。
　　③ 见马令《南唐书》卷十四，《十国春秋》卷二十八。

谱》五卷，皆为研究《说文》者所奉为经典的名书。

孟贯[①]字一元，建安人，初亦在南唐，后乃入仕于周。其诗今存者一卷，见《全唐诗》中，亦间有佳作，如《山中答友人》：

> 偶爱春山住，因循值暑时。风尘非所愿，泉石本相宜。坐久松阴转，吟余蝉韵移。自惭疏野甚，多失故人期。

成彦雄字文干，南唐进士，有《梅岭集》五卷。他的词已见前。其诗如《寒夜吟》等，殊为佳妙：

> 洞房脉脉寒宵永，烛影香消金凤冷。猾儿睡魇唤不醒，满窗扑落银蟾影。

西蜀文人能旧诗者不多，大诗人韦庄之外，只有一个女流作家花蕊夫人、一个和尚诗人贯休和一个后期的欧阳炯。欧阳炯做着几首精心结构的长歌，如《贯休应梦罗汉画歌》及《题景焕画应天寺壁天王歌》，然皆非出于性灵之作。又有牛希济，他的诗存于今者仅有《奉诏赋蜀主降唐》一首。这一首诗极难做，他是蜀臣，随主降于后唐明宗的军前，而明宗却命他赋这样的一首诗，真是极难措辞，极难应付，而他却吟道：

> 满城文武欲朝天，不觉邻师犯塞烟。唐主再悬新日

---

① 见《唐才子传》卷第十。

月，蜀王难保旧山川。非关将相扶持拙，自是君臣数尽年。古往今来亦如此，几曾欢笑几潸然。

他含着不敢落下的酸泪勉勉强强的不抗不卑说道"自是君臣数尽年""古往今来亦如此"，无可奈何而委之于数，委之于"古来有之"。真是无声之泪，其悲苦较号啕大哭为尤甚百倍！

又有王周，登进士，曾官巴蜀。其诗如《过武宁县》末"……岸回惊水急，山浅见天多。细草浓蓝泼，轻烟匹练拖……"，颇见新警。

花蕊夫人为西蜀最著的女作家；她［是］青城人，姓徐氏（一作费氏），幼能文，蜀主孟昶深喜之，赐号花蕊夫人。昶降宋，夫人亦随去。为赵匡胤所爱幸，一日，匡义引箭射杀之。所作以《宫词》为最有名，《宫词》外，今所存者仅《述国亡诗》（"君王城上竖降旗，妾在深宫那得知！十四万人齐解甲，宁无一个是男儿。"）一首而已，且此诗或且以为是蜀臣王承旨所作；故花蕊夫人所作，可以说只有《宫词》[①]。

作《宫词》者自唐王建以外，时有其人，然而大都出之于外臣之手，而非出之于宫中之人，所以不是记述失实，便是奢

---

① 花蕊夫人《宫词》有汲古阁刊《诗词杂俎》本及《三家宫词》本。

花蕊夫人　　仇英作

夸过度，我们要知道历代禁城中或女儿城中的风光与生活，却非求之于花蕊夫人之作不可。她住于深宫之中，终日无所事事，锦裹身，花插头，一无思虑，故能曲曲的将"晓钟声渐严妆罢，院院纱窗海日红""但是一人行幸处，黄金阁子锁牙床"的情景写出。在那里有的是嬉笑，有的是悲妒，有的是郁闷，有的是娱乐；是另一种的社会，是另一样的伴侣，是另一类的囚狱生活。然花蕊夫人所写的这个另一种的社会，却尽是花香鸟语，尽是笑声歌影，绝少有怨望悲愁之意。这乃是片面的抒写，却不是宫廷生活的全部；这乃是她的一个缺点，也许因为她自己深得孟昶的宠爱,所以无从忖写那些不幸的宫女"十二楚山何处是,御楼曾见两三峰"的生活吧。然她写这个宫城中少女们的光明一面的生活却写得十分的好。

春风一面晓妆成,偷折花枝傍水行。却被内监遥觑见,故将红豆打黄莺。

殿前宫女总纤腰,初学乘骑怯又娇。上得马来才欲走,几回抛鞚抱鞍桥。

侍女争挥玉弹弓,金丸飞入乱花中。一时惊起流莺散,踏落残花满地红。

秋晚红妆傍水行,竟将衣袖扑蜻蜓。回头瞥见宫中唤,几度藏身入画屏。

贯休[1]字德隐,俗姓姜氏,兰溪人,七岁出家。工诗善画。初客于吴越,后于天复中入益州。王建礼遇之,署号禅月大师。终于蜀,年八十一。有《宝月集》[2]三十卷。今传者非全本。他的诗,评者称为奇险,实则盘空硬语亦殊不多。但在五代时,却可谓为旧诗坛中的一个大家。

茶烹绿乳花映帘,撑沙苦笋银纤纤。窗中山色青翠

---

[1] 见《唐才子传》卷第十,《十国春秋》卷四十七。
[2] 《贯休诗集》有《唐人小集》本,又《宝月集》有《四部丛刊》本。《禅月集》有汲古阁刊本,《金华丛书》本。

粘，主人于我情无厌。

——《书倪氏屋壁》

寒思白阁层，石屋两三僧。斜雪扫不尽，饥猿唤得应。香然一字火，磬过数潭冰。终必相寻去，孤怀久不胜。

——《怀白阁道侣》

西蜀的旧派诗人，重要者已尽于这几个人了。

西蜀、江南之外，尚有几个地方，如长沙，如闽，如荆南，也有几个诗人。

徐仲雅（一作东野），其先秦中人，徙居长沙，事马氏为观察判官、天策府学士，所作百余卷，今存诗六首。他的诗不很清隽，然如《耕夫谣》一首，却颇有些深意，不类一般咏农工之滥作：

张绪逞风流，王衍事轻薄。出门逢耕夫，颜色必不乐。肥肤如玉洁，力拗丝不折。半日无耕夫，此辈总饿杀。

翁宏字大举，桂林人，与当时逸士廖融等为友。他的诗，全者仅余三首，此外更有零句三联，然在此寥寥的篇什中，清隽深警之语，却很有些，如《春残》：

又是风残也，如何出翠帏。落花人独立，微雨燕双飞。寓目魂将断，经年梦亦非。那堪向愁夕，萧飒暮蝉辉。

其中警语"落花人独立，微雨燕双飞"，宋人曾窃去，放入他自己的词中。又宏的零句如"漏光残井甃，缺影背山椒"（《咏晓月》），"风回山火断，潮落岸冰高"（《湘江吟》）皆隽绝。

颜仁郁字文杰，泉州人，仕王审知为归德长。他的《农家》一诗，甚似徐仲雅的《耕夫谣》，然远没有仲雅那么深切愤慨了：

夜半呼儿趁晓耕，羸牛无力渐艰行。时人不识农家苦，将谓田中谷自生。

王延彬为闽王审知弟审邦之子，官节度使。那时中原文士如韩偓、郑璘、杨承休等避乱入闽，依审邦。审邦命延彬作招贤馆以礼诸文士。他的诗今存二首。《春日寓感》中有："雨后绿苔侵履迹，春深红杏锁莺声。因携久酝松醪酒，自煮新抽竹笋羹。"颇隽逸可喜，然他语却不称。

齐己[1]与贯休齐名，为五代时的两个大诗僧。齐己名得生，姓胡氏，潭之益阳人。出家大沩山同庆寺。后欲入蜀，经江陵，高从晦留他为僧正，居之龙兴寺。自号衡岳沙门。有《白莲集》[2]十卷。他的诗，颇有清空灵转之致，不似贯休之老拙，却多了清韵。如《夜坐》："百虫声里坐，夜色共冥冥。"《留

---

[1] 见《唐才子传》卷第九。
[2] 齐己诗集有《唐人小集》本，又《白莲集》，有汲古阁刊本、四部丛刊本。

题仰山大师塔院》:"岚光叠杳冥,晓翠湿窗明。"《落日》:"晚照背高台,残钟残角催。"之类皆很好。惟僧语禅语,却是他的本色,任这样也革除不去。

永夜不欲睡,虚堂闭复开。却离灯影去,待得月光来。落叶逢巢住,飞萤值我回。天明拂经案,一炷白檀灰。

——《不睡》

幽院才容个小庭,疏篁低短不堪情。春来犹赖邻僧树,时引流莺送好声。

——《幽斋偶作》

和尚诗每喜作了语,那是很讨厌的,齐己与贯休亦偶有之,然究竟是比别人少得多了。

九

五代的散文作家,绝少可述者。江南的徐铉,曾作《稽神录》六卷[1],历二十年始成,所载凡一百五十事。然所记皆琐屑怪异之事,没有什么结构完备或情趣隽永的短故事在内。西蜀

---

[1] 《稽神录》有《学津讨原》本,有《唐代丛书》本,有商务印书馆出版的《宋人小说》本。

虬髯客赠宅

从明玩虎轩刊《红拂记》

道士杜光庭①所作的《虬髯客传》②，流传极广，明人乃误以为张说作。光庭此作，结构殊佳；在传奇派的小说中，确是一篇很好的作品，成为后代好几个戏曲家的作品的资料（如凌初成的《虬髯翁》〔《盛明杂剧二集》本〕，张凤翼的《红拂记》〔《六十种曲》本〕皆是）。光庭又有《广成集》一百卷，今传者凡十一卷，仅表及斋醮文二类，故《虬髯客传》不在此集中。又

---

① 见《十国春秋》卷四十七。
② 杜光庭的《广成集》有《四部丛刊》本，《虬髯客传》见《太平广记》及《唐代丛书》中。

有谭峭[1]，作《化书》[2]亦殊有名。《化书》今尚存。史虚白[3]作《钓矶立谈》，记南唐琐事，为杂记之属的著作。[4]今亦尚存。在石晋的时候，有刘昫者，奉诏撰《旧唐书》二百卷。这是一部很伟大的史籍，能在混乱的五代告成，却是一件奇事。但这部书原有凭借，不过经昫笔削排比之而已。宋嘉祐后，宋祁、欧阳修重撰《唐书》，别名之为《新唐书》，而刘昫的《旧唐书》几废。然其长处终不可泯灭。后人每多表章昫书而攻新书者。到了清代刊行《二十四史》时，遂并收新旧二《唐书》，而研究唐事者，也无不并及新旧二《唐书》者。

参考书目

一、《花间集》，[蜀]赵崇祚编。有《四印斋所刻词》本，有徐干刊本，有《四部丛刊》本（多出附录二卷），有《四部备要》本。

二、《尊前集》，北宋人编。有汲古阁刊本，有《彊村丛书》本。

三、《金奁集》，温庭筠、韦庄诸人著。有《彊村丛书》本。

四、《唐五代二十家词》，王国维编。有《王忠悫公遗书》四集本。

---

[1] 见《十国春秋》卷三十四。
[2] 《化书》有光绪六年刊本。
[3] 见《十国春秋》卷二十九。
[4] 《钓矶立谈》有《知不足斋丛书》本。

五、《唐五代词选》，成肇麐选。有光绪十三年江宁刊本，有商务印书馆刊印本。

六、《全唐诗》第十二函，第十册，所载皆唐五代词。

七、《全唐诗》第十一函，第四册至第六册，所载皆五代诗。

八、《旧五代史》，薛居正著，有《二十四史》本。

九、《新五代史》，欧阳修等编，有《二十四史》本。

十、《唐才子传》，辛文房著，日本《佚存丛书》本。(《佚存丛书》有商务书馆影印本。)

十一、《十国春秋》，吴任臣撰，有顾氏小石山房刊本。

第三章　敦煌的俗文学

一

在二十年前，有一个绝可惊人的大发现，这个发现就中国文化史而论，几可引起一个小小的革命；历来的传统见解，几乎有一部分要被推翻。在中国文学史上，这个发现所贡献者尤多。这个发现并不是我们中国人自己所发现的；这个发现乃是一位匈牙利人，在英国人的印度政府之下办事者所发现的。他对于中国知识，曾自己承认过一点也没有，然而他竟发现了这个绝可惊人的文艺宝库！

这个发现的地点是甘肃敦煌千佛洞，这个发现物是千佛洞石室中的藏书库，这个发现的人是斯坦因（A.Steine），这个发现的日期是一千九百零七年五月二十日。

斯坦因为中央亚细亚的地理专家。他为了要考察中央亚细亚的地理与考古学，带了一位翻译蒋君，到了敦煌；第一次来时是一九〇七年三月间；他先发现了千佛洞中的画壁。因风闻千佛洞道士有发现古代写本之事，于是于同年的五月，又到了敦煌，欲购求这些写本。其中经过了几次的秘密交涉；道士便允许他入这个宝库中参观。这个藏书室甚暗，在油灯的黄光中，见到成堆的卷帙，自地上高堆至十英尺左右，其容积约有五百立方英尺。除写本之外尚有纸画绢画等杂件。他又托了蒋君与道士（这道士姓王）秘密交涉，费了一笔很少的钱，买了二十四箱的写本与五箱的图画绣品及他物而归。中国人方面在这时尚没有一个人知道有此物，也没有一个人注意到此事。后来，箱子运到了伦敦，打开来之后，敦煌石室中的写本始为人所喧传。法国人立刻也派了伯希和（Paul Pelliot）去搜求，他也满载而归。经了这两次的搜括，敦煌写本已所存无几了。中国官厅在这时方才知道此事，便由几个人鼓吹，从北京行文到甘肃，再由甘肃省长官行文到敦煌，属将所余的写本、杂物，扫数运京。然而经了一级一级官厅的私自扣留、私自送人之后，运京的写本，也就十无一二了。后来，斯坦因第二次到了千佛洞，王道士还将私自所秘藏、未为中国官厅所搜得者再售给了他。他很慨叹地说，假定他不将这些宝物运走，不知他们将如何的散失在外呢！他曾在一个官吏那里，见到他所私留的

第三章　敦煌的俗文学　／　095

一幅绝好的绢画。他说，以此推之，敦煌宝物之为个人所私留者尚不在少数。现在这些东西的存亡已都在不可知之数了！所以斯坦因便颇自居功。以为他之运走这些宝物，实大有造考古学。不运走也将是沦灭无存的！然而我们也真说不出到底应对他表示什么才对！

敦煌的古藏书库，其所藏，在艺术上也大有价值，如绢画纸画及绣物等等；但其最大的价值，则在写本。写本之中，大多数为中译的抄本佛经，间有梵文书、吐蕃文书等。而在文学上最可注意者则为俚曲、小说及俗文、变文、古代文学的抄本等等。

总计今日所已知的敦煌石室的汉文写本书，在伦敦者有六千卷，在巴黎者有一千五百卷，在北京者有二千五百卷。散在私家的究竟有多少，我们不能知道。

就宗教而论，就历史而论，就考古学而论，就古书的校勘而论，这个古代写本的宝库自各有他的重要的贡献，而就文学而论，则其价值似乎更大。第一，他使我们知道许多已佚的杰作，如韦庄的《秦妇吟》、王梵志的诗集之类；第二，他将中古文学的一个绝大的秘密对我们公开了。他告诉我们以小说、弹词、宝卷以及好些民间小曲的来源。他使我们知道中国近代的许多未为人所注意的杰作，其产生的情形与来历究竟是怎样的。这是中国文学史上的一个绝大的消息，可以因这个发现而推翻了古来无数的传统见解。

这个宝库中的写本有好些是记上了抄写的年月与人名的，有好些是没有年月的。就有年月的而论，最早的在公元第五世纪，最晚的在公元第十世纪的末年。大约这个文库是在那个时候被封闭了的。

现在敦煌写本还没有全部的目录刊出；巴黎的已有目录，伦敦的不久亦将编就，北京的则尚不知何时始可编出。因为没有全部目录，我们殊难知道其中究竟有多少惊人的资料。但就已知道的少数而论，已足够使我们在中世纪的中国文学史上添了一个很惊人的篇章了。

二

先就诗歌而论之。诗歌可分为三类。第一类是民间杂曲，如《叹五更》《孟姜女》《十二时》等。这些民间杂曲，至今还在流行着，但我们决想不到，在一千年之前的中国西陲，也竟流行着这些杂曲。这可证明，第一，民间歌曲的运命是很长久的，在这千余年间，词已不能上口了，北曲已不能上口了，即后起的昆曲也已将成为"广陵散"了，然而如《叹五更》之类，却仍在流行着；第二，民间杂曲有一部分虽变成了文人学士的所有物，如《杨柳枝》《竹枝词》之类，然仍有一部分却始终不曾为文人学士所注意，所采纳，或者他们竟不屑注意于他们，也说不定。这种民间杂曲，其声调传至今日或已几经转变，远非其旧，然而其主要的结构却始终是保存着不变，例如《叹五更》，总是一更、二更、三更……等分为五段；《十二时》总是平旦寅、日出卯……的分为十二段。这些杂曲，当有情歌之类的抒情诗曲在内，但今所知者却都为教训式的劝孝文，或《禅门十二时》之类，毫无文学的价值。希望将来敦煌文库全都整理后，或可于中得到些美好的民歌。今姑举一二例于下：

叹五更

一更初，自恨长养枉生躯。耶娘小来不教授，如今争识文与书？

二更深，《孝经》一卷不曾寻。之乎者也都不识，如今嗟叹始悲吟。

三更半，到处被他笔头算。纵然身达得官职，公事文书争处断？

四更长，昼夜常如面向墙。男儿到此屈折地，悔不《孝经》读一行。

五更晓，作人已来都未了。东西南北被驱使，恰如盲人不见道。

——《敦煌零拾》五

禅门十二时

夜半子，临睡还须去；端坐政观心，济却无朋彼。鸡鸣丑，摘木看窗牖。明来暗自知，佛性心中有。平旦寅，发意断贪嗔。莫令心散乱，虚度一生身。日出卯，取镜当心照。情知内外空，更莫生烦恼。食时辰，努力早出尘。莫念时时苦，早取涅槃因。隅中巳，火宅难归止。恒在败坏身，漂流生死海。正南午，四大无梁柱。须知寡合身，万佛皆为主。日昃未，造罪相连累。无常念念至，徒劳漫破费。晡时申，修见未来因。念身不久住，终归一微尘。日入酉，观身知不救。念念不离心，数珠恒在手。黄昏戌，归依须闍室。罪垢亦未知，何时见慧日。人定亥。吾今早欲断。驱驱不暂停，万物皆失坏。

——《敦煌零拾》五

以上两篇文字都是不很通的，讹字别字，也满纸皆是（今已略为改正），这正是民间俗文学的本色的真实面目；想不到千年前的浅陋无比的俗文学，至今尚保存完好，真是一个奇迹！

第二类比第一类远为伟大，即民间文学中的叙事诗是。这些叙事诗，例如《孝子董永》《季布歌》《太子赞》等。这些叙事诗，文字很笨拙，时有不通语，显然也是不曾经过文人学士手订的原始的俗文学，然结构却甚伟大。这种民间叙事诗，其音调格式，似皆出于佛赞，而非出于已成古文学的《孔雀东南飞》及《木兰辞》。其内容能将简短的故事，敷演为甚长的歌辞，且描状亦活泼切至，有生动之趣。《太子赞》叙述的是释迦牟尼出家修道事，今引一段：

……东匿报耶殊，太子雪山居。路远人稀烟火无。修道甚清虚。寂静青山好，猛兽共同缘。破嶒石阁与天连，藤萝绕四边。孤山高万仞，雪领石曾霄。寒多枯叶□成条，太子乐逍遥。雪山嵯峨峻峻嶒，石壁忡忡近天河，险峻没人过。千年旧雪在溪谷。又冰多草木，磷层挂绮罗。石壁险嵯峨……

——抄不列颠博物馆藏本

仅写雪山的景色，已用了这大段的文字了。如"千年旧雪在溪谷"诸句，写景也写得很是不坏。

董永行孝事为民间所熟知的故事之一：二十四孝中，便有这么一则的事在内。这个故事的来历，大约始于传为刘向所作的《孝子传》（《太平御览》卷四百十一引，又见于《汉学堂丛书》中）；干宝的《搜神记》中亦有之。董永父母死，无钱埋葬他们，却自己卖身，得钱去葬了他们。后来天女乃降下给他为妻，生了一个孩子，又腾空而去。以后，他们的孩子却终于寻到了他的母亲。这故事的后半，颇似全世界的各处都有流行的《鹅女郎》的故事。《董永行孝》全文皆存，《沙州文录补遗》所刊者为不全的节录之本；今录其全文于后。这一篇叙事诗，写得很坏，不成语句之处极多，结构也似断似连，非"意会"不能贯穿其全篇。惟一种浑浑噩噩的气魄，却为很可珍异的原始的俗文学的素质。

人生在世审思量，暂□少闹有何方。大众志心须净听，先须孝顺阿耶娘。好事恶事皆抄录，善恶童子每抄将。孝感先贤说董永，年登十五二亲亡。自叹福薄无兄弟，眼中流泪数千行。为缘多生无姊妹，亦无知识及亲房。家里贫穷无钱物，所买当身殡耶娘。便有牙人来勾引，所发善愿便商量。长者还钱八十贯，董永只要百千强。领得钱物将归舍，拣择好日殡耶娘。父母骨肉在堂内，又领攀发出于堂。见此骨肉齐哽咽，号咷大哭是寻常。六亲今日来相送，随东直至墓边傍。一切掩埋总以毕，董永哭泣阿耶娘。直至三日复墓了，拜辞父母几田常。父母见儿拜辞次，愿儿身健早归邦。又辞东邻及西舍，便进前呈数里强。路逢女人来委问："此个郎君住何方？何姓何名依实说，从头表白说一场。"娘子把言再三问：一一具说莫分张。"家缘本住眼山下，知姓称名董永郎。忽然慈母身得患，不经数日早身亡。慈耶得患身先故，后乃便至阿娘亡。殡葬之日无钱物，所卖当身殡耶娘。""世上庄田何不卖，擎身去入贱人行？""所有庄田不将货。""弃货令辰事阿郎。""娘子有询是好事，董永为报阿耶娘。""郎君如今行孝仪，见君行孝感天堂。数内一人归下界，暂到浊恶至他乡。帝释宫中亲处分，便遣汝等共田常。不弃人口同千载，便与相逐事阿郎。"（中似有缺文）董永向前便跪拜，"少失父母大恓惶。"（中似有缺文）所卖一身商量了，"是何女人立□傍？"董永对言依实说，"女人住在阴山乡。""女人身上解何艺？""明机妙解织文章。"便与将丝分付了，都来只要两间房。阿郎把数都计算，计算钱物千匹强。弦丝一切总尉了，明机妙解织文章。从前且织一束锦，梭齐动地乐花香。月日都来总不识，夜夜调机告吉祥。锦上金仪对对有，两两鸳鸯对凤凰。织得锦成便截下，采将下来便入箱。阿郎见此箱中物，念此女人织文章。女人不见凡间有，生长多应住天堂。但织绮罗数已毕，却放二人归本乡。二人辞了须好去，不用将心怨阿郎。一人辞了便进路，更行十里到永庄。却到来时相逢处，辞君却至本天堂。娘子便即乘云去，临别吩付小儿郎。但言好看小孩子，共永相别泪千行。董仲年长到七岁，街头游喜道边傍。小儿行留被毁骂，尽道董仲莫阿娘。遂走家中报慈父："汝等因何没阿娘？""当时卖身葬父母，感得天女共田常。"如今便即思意母，眼中流泪数千行。董永放儿觅娘去，往行直至孙宾旁。夫子将身来誓挂，此人多应觅阿娘。阿娘池边澡浴来，三个女人同作伴。脱尽天衣便入水，奔波直至水边傍。先于树下阴潜藏，中心抱取紫衣裳。此者便是董仲母，此时才见小儿郎。"我儿幽小争知处？孙宾必有好阴阳。"阿娘拟收孩儿养，"我儿不宜住此方。"将取金瓶归下界，捻取金瓶孙宾傍。天火忽然前头现，先生失却走忙忙。将为当时总烧却，捻寻却得六十张。此日不知天上事，总为董仲觅阿娘。

《季布歌》便较之《董永行孝》伟大得多了，前后皆已残阙，然仍可看见伟大的结构之一斑。季布助项羽以敌刘邦，邦仇之甚。及邦得天下之后，便行文各处，严捉季布。今存的《季布歌》便从季布的主者周氏闻知严搜的命令后，惊惶无措的去告诉他时叙起。前面的一段或由布与刘邦相敌叙起，或仅由布之逃亡叙起，今都不可知。然今存之歌辞，仅叙的是，周氏闻知了刘邦的命令，去告知季布说，搜得那么严紧，竟至于"先拆重棚除复壁，后应播土更扬尘"。如斯严搜的命令，使季布也不禁忧惧不已。但当他问周氏，天使是谁人，周氏报说是"朱解"时，他却"点头微笑两眉分"了。于是季布遂改装为仆人，由周氏卖给了朱解。一月之后，季布乃将本相告诉了朱解。朱解便欲出首，却吃季布吓住了。季布教他一计，定期请大臣们饮宴，由季布亲出乞命，事便可了。朱解只好依从了他。本文至此截然而止，下皆残阙。仅叙这一小段故事，已用去了二百四十句，句七字，计共一千六百八十字，可见其原文结构之弘巨。今且引一段于下：

其时季布闻朱解，点头微笑两眉分。"若是别人忧性命，朱解之徒何足论！见论无能虚受福，心粗阙武又亏文。直饶堕却千金赏，遮莫高堆万挺银。皇威刺牒虽严迅，扬尘播土也无因。既交朱解来寻捉，有计隈依出得身。"周氏闻言心大怪，"出语如风弄国君！本来发使交寻捉，兄且如何出得身？"季布乃言："今日计，弟但看仆出这身。九发剪头披短褐，假作家生一贱人。但道兖州庄上汉，随君出入往来频。待伊朱解回归日，扣马行头卖仆身。朱家忽然来买口，商量莫共苦争论。忽然买仆身将去,擎鞭执帽不辞辛。天饶得见高皇面,犹如病鹤再凌云。"便索剪刀临欲剪,改形移貌痛伤神。解发捻刀临拟剪,气填胸臆泪纷纷。自嗟告其周院长:"仆恨从前心眼昏!枉读诗书虚学剑,徒知气候别风云。辅佐江东无道主,毁骂咸阳有道君。致使发肤惜不得,羞看日月耻星辰。本来事主夸忠赤,变为不孝辱家门!"言讫捻刀和泪剪,占项遮眉长短匀。浣染为疮烟肉色,吞炭移音语不真。出门入户随周氏,邻家信道典仓身。朱解东齐为御史,歇息因行入市门。见一贱人身六尺,遍身肉色似烟薰。神迷忽惑生心买,持将逞似洛阳人。问此贱人谁是主?"仆拟商量几贯文?"周氏马前来唱喏:"一依钱数且咨闻。氏买典仓缘欠阙,百金即买救家贫。大夫若要商量取,一依处分不争论。"

——从第四十句至第一〇三句

这一小段写季布心理的变动如何的好!他初闻有人来搜,乃大惊惶,及知是朱解,却又笑了。他从容的说出剪发为奴,卖给朱解之计,何等的智计满胸,态度从容。及至执了剪刀在手,临欲剪发,却又凄楚自伤,"气填胸臆泪纷纷"。这不仅是俗文学中的杰作,在古文学上也可以算是篇不易见的杰作!可惜是残阙了,使我们不能见到其完全的面目!巴黎国家图书馆中，又藏有《季布骂阵词文》一种，可见当时季布故事流行得如何的广。

这一类的民间叙事诗，纯用七言诗（如《季布歌》及《董永行孝》）或杂用五七言诗（如《太子赞》）者，其流别至为久远。至今流行的大鼓词等尚沿此体未变。

第三类是杂曲子，如《凤归云》《天仙子》《竹枝子》《洞仙歌》《破阵子》《柳青娘》《渔歌子》《长相思》《雀踏枝》等。我在上文已讲过（第二章，五代文学），凡最初的词，本都是没有题目的，因为词牌名便是题目，不必再另立他题。例如，《渔歌子》便是咏渔父垂钓鄙夷名利的，《杨柳枝》便是以杨柳为起兴的，或直是咏柳的。这一个假定，证据很强。在这里我们又得到了不少的这种证明。《凤归云》咏的是男子外出，女子在家相忆；凡是这个题目的四首，便至少有三首是这样的，试举一例：

怨绿窗独坐，修得为君书。征衣裁缝了，远寄边虞。想得为君贪苦战，不旦驰驱。中朝，沙碛里山，凭三尺，勇战奸愚。岂知红粉，泪滴如珠！往把金钗卜，卦卦皆虚。魂梦天涯无暂歇，枕上长嘘待卿回。故日容颜憔悴，彼此如何？

《天仙子》也是切题而做的，所谓"五陵原上有仙娥""天仙别后信难通"，岂不都是合题的文句么？《竹枝子》也是如此，要切于"竹"字而写，例如：

> 罗幌尘生，鞘帏悄悄。笙篁无绪理。恨小郎游荡经年，不施红粉镜台前。只是焚香祷祝天！垂泪珠滴。点点滴成斑。待伊来［时］共伊言，须改往来段却颠。

《柳青娘》也是如此，咏的乃是那么样的一位少妇。

> 碧罗冠子结初成，肉红衫子石榴裙。固着胭脂轻轻染，淡施檀色注歌唇。含情唤小莺，只教玉郎何处去？才言不觉到朱门。扶入锦［帐效］殷勤，因何辜负倚阑人？

这一首诗在他的本身，也是很有价值的。短短的九句，首四句已用去描写这个"柳青娘"或"小娘子"的打扮了，底下只有五句，却婉曲的写出了三个意思；先问小莺，玉郎到那里去了？不料玉郎却已经到了门边。既见了他，却又去责备他："因何辜负倚阑人？"在词中，像这样的连续传状三四个情意的却是很少。更有《长相思》者，凡三首，亦皆切男子不归，致令女娘相思无已时，或他自己"思乡而不得归"的。一首是写"富不归"，一首是写"贫不归"，一首是写"死不归"。今姑举"贫不归"一首为例：

> 哀客在江西，寂寞自家知。尘土满面上，终日被人欺。朝朝立在市门西，吹泪□双垂。遥望家乡长短，此是

贫不归!

《雀踏枝》也是切于"雀"字而写的。凡二首,第一首完全是借灵鹊与少妇的对话而写少妇怀念征夫之情绪的。这也是很有趣的一首词:

> 叵耐灵鹊多满语,送喜何曾有凭据!几度飞来活捉取,锁上金笼休共语。"比拟好心来送喜,谁知锁我在金笼里。欲他征夫早归来,腾身却放我向青云里。"

其他亦有不切题的,那当然因为后来忘记了原意之故;譬如《竹枝子》当初写的是借竹来抒写离情别绪,后来作者仅知模切原词的离情别绪而写,却忘记了"竹"的比兴。再以后,便连这一层也忘记了,仅知模切原词的音节而不知其他了。

在这些"词"中,我们还可以晓得,其中虽带了些俗文学的语意,却还不是《叹五更》《十二时》那么样的浑浑噩噩,有时简直是不通。在这些"词"中,没有一句不是文从字顺的,且我们已有了不少华雅的文句,若"华灯光晖,深下帡帷""悲雁随阳,解引秋光""高卷珠帘垂玉牖"之类。这显然的可知其为文人学士的手笔,或经过文人学士的润饰的。词在这时,离民间已远,已完全成了文人学士的东西,而民间所流传者却反出之于文人学士之手。原来粗拙无文的俗文学,已为文人学士的华赡的作品所克服,所消灭,即在这个中国的西陲,也已不可得见。然而因此，词乃离民间日益远。民间所最保守歌吟者却是那些《叹五更》《十二时》之类的俚曲。至于词，却已有些耳熟其声而心昧其义的情形了。

三

次讲敦煌发现的散文。散文的俗文学，在敦煌的发现，乃是一件绝大的消息。这个发现可使中国小说的研究其观念为之一变。我们最初以为语体的散文，不过见之于和尚语录、宋儒语录而已。后乃知在南宋的时候，已有了这种的散文的俗文学，如《宣和遗事》之类。更后，乃知在南宋的时候，不仅有这种半文半白的《宣和遗事》，还有纯然俗文构成的《五代史平话》及《京本通俗小说》呢！而《京本通俗小说》的语体文，其遣辞用语的流转如意，状物写情的婉曲入微，已足与明、清之际被称为小说的黄金时代的作品相颉颃而无愧。当初，我颇怀疑这一类小说，以为未必是南宋人作的。观《三国演义》之行文笨拙，不能自脱于文言的窠臼，《四游记》中的《西游记》之粗鄙无趣，仅乃成文，往往会使人怀疑宋、元之时语体文是决未曾成熟到像《京本通俗小说》那么一个样子的。然而《京本通俗小说》的逼真的描状与种种非当代作家不能写出的事物情态，又使我们难于疑心它们是伪作的。最近见到一部明刊本《警世恒言》，其中如《崔待诏生死冤家》(第八卷)的题目之下，写明"宋人小说，题作《碾玉观音》"，如《一窟鬼癞道人除怪》(第十四卷)的题目之下，又写明"宋人小说，旧名《西山一窟鬼》"，这是一个很有力的证据，可以使人对于《京本通俗小说》无可怀疑。由粗拙无文的散文的俗文学，而变成那样流利精切的语体小说，像《京本通俗小说》者，那决不是一朝一夕之功所可致的。所以中国俗文学的小说，在民间一定已流传得甚久甚久了。苏轼的《志林》里有一段话："王彭尝云：'涂巷中小儿薄劣，其家所厌苦，辄与钱，令聚坐听说古话。至说三国事，闻刘玄德败，频蹙眉，有出涕者，闻曹操败，即喜唱快。以是知君子小人之泽，百世不斩。'"可见在北宋时，已有《三国志通俗演义》一类的说书先生的"话本"了。最近日本内阁文库中，元至治（公元一三二一～一三二三年）刊印的《三国志平话》等五种发现，更可证明此说。然而最早的语体文小说，在什么时候才发生呢？也许竟在北宋之前，也说不定。这个假定，如今又有敦煌发现的《唐太宗入冥记》《秋胡小说》等证明了之。这些小说，行文亦笨拙无伦，时有不成语处，当是俗文学的本来面目。然结构很好，状述亦多曲折，描写亦多精切入微者。可见这些小说尚不是最初的俗文小说，或已经了不少次的变化，也说不定。由此，我们可以假定了一个中国小说的起源说：

中国俗文的小说，不是起于元，也不是起于南宋，也不是起于北宋，最迟当在五代之前。《唐太宗入冥记》的纸背，有抄书的人记上的年月，是："天复六年（公元九〇六）丙寅岁闰十二月二十六日。"（按天复只有三年，天复六年即天祐三年，当系边陲之人，不知中原易朝换帝之事，故仍写旧帝年号。）写这篇东西的时间是"天复六年"，可见作此篇者当生在天复之前。自六朝至唐，正是印度及中国的佛教僧侣，以全力宣扬佛教于中国的时代；他们一方面注意于士大夫阶级，一方面却不能忘记了大多数的民众，于是不能不用语体文来译经。仅仅译经还嫌不够，还要将经中动人的故事，演为俗文，以便对民众宣讲。于是民众便相习成风的喜听故事的传讲。仅仅传讲佛经的因果报应，不足以满足他们的欲望，于是便由佛经而推广到中国原有的古传记。这便是《秋胡小说》及《唐太宗入冥记》[①]诸作的来历，也便是中国小说的起源。

这个假定，或不至十分的不稳妥。我们要晓得，在那时，

---

① 胡适之君处尚藏有一种关于隋唐故事的敦煌抄本，但这个抄本，他不在手边，未能借阅，不知是否散文体的小说。

不仅故事被敷演为小说，即古书也曾被翻译为俗文，例如干宝的《搜神记》，敦煌文库中，也有一部句道兴的俗文译本在着（句道兴的《俗文搜神记》虽不完全译自干宝之作，却大多数是出于干宝之作）。可见当时俗文小说及故事如何的流行，如何的为民众所欢迎。这些俗文小说，到了后来，却分为好几个支派。第一派是完全保存了原来面目，未为文人学士所注意、所润饰、所改订的，如《唐太宗入冥记》等。第二派是一半保存着本来面目，却经历了好几个年代，时时为说书先生所增修，为文人学士所润饰的，这又可分为两派：一是率就原来面目，而仅仅改正其文句，或添加些史实进去的，如《隋唐志传》；一是扩大了原文叙述，且又增删改正其中的故事的，如《三国志通俗演义》《西游记》《忠义水浒传》等。第三派是文人学士采取了俗文小说的体制，而另制一种新的作品出来，如《京本通俗小说》《金瓶梅》等。

旧的民间小说，往往一个故事不止一个本子；例如，《五代史平话》与《残唐五代传》所叙述者完全不同，至治本《三国志平话》与罗贯中的《三国志通俗演义》，又十分的相异。当时或者是改正旧作，去其不合理处；或者是旧本经了辗转的口传，口传之作渐与原作不同，当第二个人将口语写了下来时，便与第一作生了殊异。到了后来，旧本又被发现，所以便有了好几个本子。这好几个不同的本子，在我们研究小说的发展上是极有用的；不仅可看出故事的变迁转化，且可看出文字上的演进与描写力、想象力的发展。为了这种原因，我们对于《唐太宗入冥记》诸作，却应当十分的珍视，不仅为了他们是中国仅存的最早的俗文小说之故。

《唐太宗入冥记》藏于伦敦不列颠博物院中，前后皆阙，仅存中段，叙唐太宗入冥见崔子玉，及子玉设法送太宗还阳事。《沙州文录补遗》所载者更少，仅伦敦藏抄本中的首节一部分而已。就我自己所录的抄本全文而观之，这篇小说的结构是很弘伟的，虽阙了前后，仍可见出其大概。虽多不通语，描写力却甚强。太宗入冥事，始见于《朝野佥载》(《太平广记》第一百四十六卷引)，不料至天复之时便已敷演为小说了。《朝野佥载》仅记：太宗无病，而李淳风言他"夕当晏驾"。至夜半，果然见一人引他到地府中去，自说"臣是生人判冥事"。太宗入见判官，问六月四日事后，即令还。向见者又迎送引导出。至明，遂求所见者，令所司与一官。在这里，事实是很简单的，且所见的生人乃是引导者，并非判官，亦不记其姓名。在《唐太宗入冥记》中却以判官为生人，且明记其姓名为崔子玉，大约是民间附会的增注。但自此以后，凡记太宗入冥事者，却皆言判官为崔子玉，如《崔府君》《神异录》及《西游记》首几回所叙者皆是如此。想系后人依据这个俗文小说而又加润改者。这篇小说,写崔子玉的心理变化甚好。这样的一篇简短无味的故事,却写得那么生动可爱,很可使我们不敢去菲薄俗文学的作家,而讥他们为粗鄙无文。今且摘录一段于下:

……使人奏曰:"伏惟陛下,且立在此,容臣入报判官速来。"言讫,使者到一厅前,拜了,启判官:"奉大王处□太宗皇生魂到领判官推勘。见在门外未敢引□。"子玉闻语,惊忙起立,惟言:"祸事!"兼云:"子玉是人臣,□远迎□皇帝,却交人君向门外祗候,微臣子玉□□乖礼。又复见在辅阳县尉,当家五百余口,跃马肉食,是皇帝所司。今到冥司,全无主领之分,事将□□急。若勘皇帝命尽,即万事绝言。或者有寿,□□长安五百余口,则须变为鱼肉。岂不缘子玉冥司□□□□乖。"此时崔子玉忧惶不已。皇帝见使人久不出,□□□□思惟:"应莫被使者于崔判官说□朕恶事?"□皇□□时未免忧惶,于崔子玉忙然索公服,执槐笏,□□下厅,安定神思,须臾自通名衔,唱喏走出,至□□帝前拜舞谢,叫呼万岁,匐面在地,专候进旨。□帝问曰:"朕前拜舞者,不是辅阳县尉崔子玉否?"□□称臣。"赐卿无畏,平身应对。朕此时□"皇帝缘心□□，便问崔子玉："卿与李乾风为知己朝庭否？"崔子玉□："臣与李乾风为朝庭。"□帝曰："卿既与李乾风为□□朝庭，情□如何？"子玉曰："臣与李乾风为朝庭以来，管鲍□。"帝曰："甚浓厚，李乾风有书与卿，见在□□□。"崔子玉闻道有书，情似不悦。□皇帝遂取书分付，子玉跪而授之，拜舞谢帝讫，收在怀中。皇帝问崔子玉，"何不读书？"崔子玉奏曰："臣缘卑，不合对陛下读朝，有失朝仪。"帝曰："赐卿无畏，与朕读之。"崔子玉既□□命拜了，对帝前□书便读。子玉读书已了，情意更无君臣之礼。对帝前遥望长安，便言："李乾风□真□，你是朝庭，岂合将书嘱这个事来！"皇帝此语，无地自容。遂低心下意，软语问崔子玉曰："卿书中事意，可否之间，速奏一言，与宽朕怀！"崔子玉曰："得则得，在事实校难。"皇帝又问道校难之□□□意，便努惨然，遂即告子玉曰："朕被卿追来束手至……"

《秋胡小说》亦首尾不全，叙秋胡辞妻别母，前去求学，后得仕归来，乃在途调戏采桑女子，不料此女子却即其妻事。此事见于《列女传》，宋颜延之亦作《秋胡诗》。元曲中亦有石君宝的《秋胡戏妻》一剧。此小说的叙述，较《太宗入冥记》却相差很远；今姑引一节：

……"汝今再三弃吾游学,努力勤心,早须归舍,莫遣吾忧。"秋胡辞母了手。行至妻房中,愁眉不尽,顿改仪容。蓬鬓长垂,眼中泣泪。秋胡启娘子曰:"夫妻至重,礼合乾坤,上接金兰,下同棺椁。二形合一,赤体相和,附骨埋身,共娘子俱为灰土。今蒙娘教,听从游学,未知娘子听许已不?"其妻听夫此语,心中凄怆,语里含悲,启言道:"郎君,儿生非是家人,死非家鬼,虽门望之主,不是耶娘检校之人,寄养十五年,终有离心之意。女生外向,千里随夫。今日属配郎君,好恶听从处分。郎君将身求学,此惬儿本情。学问虽达一朝,千万早须归舍。"辞妻了,道服得十种文书,是《孝经》《论语》《尚书》《左传》《公羊》《谷梁》《毛诗》《礼记》《庄子》《文选》,便即发程。不经旬月,行至朦山,将身即入此山,与诸山不同,……秋胡行至床下,见一石堂,讫由羞一寻仕,数千年老仙,洞达九经,明解方略,秋胡即谢。便乃祇承三年,得九经通达,学门晚了,辞先生出山,便即不归,却投魏国,意欲觅官。披发倡伴,伴痴放骏,……秋胡妻自从夫游学后,经历二年,书信不通,阴符隔绝。其妻不知夫在己不□,孝养勤心,出亦当奴,入亦当婢。冬中忍寒,夏忍热,桑蚕织络,以事阿婆。……

四

但敦煌抄本的最大珍宝,还不是诗歌与散文;诗歌与散文,除了历史上的价值以外,其本身颇难当得起"文学"二字的称谓,即间有结构弘伟、描写有力之作品,而终是民间的粗制物,不通之语、讹别之字,连篇累牍,读之使人脑昏头胀。敦煌抄本的最大珍宝,乃是两种诗歌与散文联缀成文的体制,所谓"变文"与"俗文"者是。他们本身既是伟大的作品,而其对于后来的影响,又绝为伟大。我们对于他们决不应该忽视!这两种体制,在那时是未之前闻的。这两种体制,显然都是受外来的影响的。在印度文学——连佛教文学也在内——里,像这一类的体制是很流行的。他们的戏曲如此,小说也有些如此;经典中也常是在散文之中夹杂以古诗,或于诗歌之中,夹杂以散文。从前,我们的诗歌是决包括不了散文在内的,散文也决包括不了诗歌在内。偶有如《列女传》《韩诗外传》之类的引诗以结束全文,或如墓志铭碑文之类以韵语结束全篇者,然其作用却完全不同;彼是引古以证今,引诗以证事,或以铭语总括前文之意的,此则夹诗夹文,相映成趣,既非总结,又非举证,而是以诗引文,以文引诗,相引相生地。

虽在最初，我们可以看出其在所以递变演进的痕迹来，而在后来，则这种以文引诗的痕迹却完全不见了。

上虞罗氏刊印《敦煌零拾》，中载"俗文"三种，而题其名曰《佛曲三种》。我初亦以为他们是"佛曲"，在我作《佛曲叙录》（《中国文学研究》）时，还将这三种及京师图书馆所藏的几种列于佛曲（即宝卷）之首。今经仔细的考察之后，知道这种"俗文"，虽可说是"佛曲"的起源，却并不是"佛曲"。"变文"之体，似更近于"佛曲"。所以，我们应该更正确的名之曰"俗文"[1]，曰"变文"[2]，不应加以后来的一种性质并不十分相同的名称。

"变文"与"俗文"粗视似为一物，实则十分相异。二者虽同以诗与散文合组而成，然而组配的性质却完全不同。综言之，此二者之大别有二：

第一，"俗文"是解释经典的，先引原来经文，后再加以演释；换言之，即将艰深不为"俗人"所懂得的经文，再加以通俗的演释，使人人都能明白知晓，所以可以称之曰"俗文"。

---

[1] 京师图书馆藏本的几种演释佛经的作品，编目者名之为"俗文"，如《维摩诘经俗文》，不知原文是否如此。然"俗文"二字甚好，比之"佛曲"之称似为更妥。

[2] "变文"为敦煌写本所常见的名称，如《目连救母变文》等。

"变文"二字的意义没有那么明了，但就其性质而言，我们亦可知其为采取古来相传的一则故事，拿时人听闻的新式文体——诗与散文合组而成的文体——而重加以敷演，使之变为通俗易解，故谓之曰"变文"。

第二，"变文"与"俗文"两者在文字上便有了很大的差异。"俗文"是以"经文"提纲，先列原来经文，然后再将经文敷演为散文与诗句的，所以散文体的经文便是纲领，其他的全部散文与诗句便是"笺释"，便是"演文"。换言之，即系复述经文之意的。至于"变文"则其全部的散文与诗句皆相生相切，映合成篇，既无一段提纲的文字，又不是屡屡复述前文的。换言之，则他们是整片的记载，纯全的篇章，其所取的故事，并不是仅仅加以敷演，而是随意的用他们为题材的。

总之，"俗文"不能离了经典而独立，他们是演经的，是释经的，"变文"则与所叙述的故事的原来来源并不发生如何的关系；他们不过活用相传的故事以抒写作者自己的情文而已。

"俗文"与"变文"，哪一种发生得早呢？二者之同源于佛教文学，我们是很明白的。但"俗文"则切近于佛教经典，"变文"则离了佛教经典较远；"俗文"必须以经典为提纲，不能离开了经典，所以他们必须叙述经典中的文意。"变文"则不然，他们亦可以演述佛教经典中的文意，如《大目犍连救母变文》，然而他们却不为佛教经典所拘束；他们可以在经典以外去找材料，如《舜子至孝变文》。因此之故，我们或可以说"俗文"是较早于"变文"的。然而那种诗与散文交组而成的新文体，在印度本是极通行的；反倒是演释佛经的"俗文"，即那样的以经文为提纲的一种体制不大经见。所以我们也有理由去推测："变文"的一体是原来有的，"俗文"则有意的采取了"变文"的新体制，用以解释或敷演经典。将这个问题，下一个确切的定案，我们现在还不能够，所以且止于此。

"俗文"与"变文"虽至今才为我们所发现，然其影响则极为伟大；中国有许多民间流传的伟大作品，曾经千百年代的口述、版印，曾经万万人的欣赏赞美，曾经鼓吹了、燃炽了万万人的兴趣，而给他们以种种教育——或者竟是唯一的教育——者，一考其来源，大都来自"俗文"与"变文"。在没有详细说到他们的影响之前，且先将这两种新的文体的本身研究一下。

五

"俗文"非即"佛曲"，上文已经讲过。今所知的"俗文"，有京师图书馆所藏的《佛本行集经俗文》《八相成道经俗文》(共有二部)、《维摩诘所说经俗文》(皆未有刊本)，又《维摩诘所说经俗文》在伦敦及巴黎二处亦各藏有几卷，罗氏印行的《敦煌零拾》中亦有佛曲三种，其中，《文殊问疾》一种，亦为《维摩诘所说经俗文》之一部分，其他一种则未知出于何经。也许将来敦煌遗书全部整理就绪后，或可更得到几种"俗文"，而今则所知者已止于此。今就所知者略加以撮述如下。

《佛本行集经俗文》叙佛从兜率降到人间，为净饭国王太子，生时，从母右胁而出，备诸祥瑞。到了太子长大，应婚之时，出外游历，到于东门，见一人忙忙急走。问其故，答言因家中有一生母，欲生其子，痛苦非常。太子为之不乐，回宫而去。次日，又到于西门，见一老人，白发面皱，形容憔悴。太子问之，具道年老之苦，太子又闷闷不乐而回。又次日，到于南门，见了病人之苦，又闷闷不乐。明日，到于北门，却又见尸身胀烂，卧于荒郊。于是太子经见了生老病死之苦，决意弃国弃家，出家修行。原文残缺太多，可以全段认得者，仅有数段而已。

这部"俗文"的文字很流利明白，绝无不通重叠之处，——其实"俗文"皆是如此——与其他敦煌的俗文学，如《太子赞》之类，不同。

《八相成道俗文》叙释迦如来于过去无量世时，不惜生命，常以己身及一切万物给施众生。某日，我佛观见阎浮提众生业障深重，苦海难离，欲拟下界，拔超生死，遂托生于迦毗卫国为太子。生时，从母氏右胁而出。既生之后，九龙吐水沐浴一身，举左手而指天，垂右臂而于地，东西徐步，起足莲花。诸大臣却以为太子本是妖精鬼魅，存立人间，必定破国灭家。当时文殊即化为一臣，越班奏对，救全了太子。太子十九岁时，恋着五欲，亏得天帝释劝化了他。某日，太子去巡游四门，天帝释遂各化一身于此四门，令太子悟出生死之道。在东门他化为一人，匆匆而走，说出生之苦；在南门，他化为一个老人，说出老之苦；在西门，他化为一个病夫，说出病之苦；在北门他化为一个尸身，倒于地上，使太子悟出死之苦。于是太子遂决心到雪山去修道。

京师图书馆又藏一本《八相成道俗文》，文句与此本大同小异，颇可相证。惟仅至太子至东门见一人行色匆匆，说知家中新妇难产为止，此下皆阙。

今引第一种《八相成道俗文》的一段于下：

我佛观见阎浮提众生，业障深重，苦海难离，欲拟下界劳笼，拔超生死，遂遣金团天子，先届凡间，选一奇方，堪降质。于此之时，有何言语？

我今欲拟下阎浮，汝等速须拣一国。

遍看下方诸世界，何处堪吾托生临。

尔时，金团天子奉遣下界，历遍凡间，数选奇方，并不堪世尊托质。唯有迦毗卫国，似膺堪居。却往天中，具由咨说。

当今金团天子，潜身来下人间。金朝菩萨降生□，福报今生何处？遍看十二大国，旋□皆道不堪。唯有迦毗罗城，天子闻名第一。社稷万年国主，祖宗千代轮王。我观过去世尊，现皆生佛国□。看了却归天界，随于菩萨下生□。时当七月中旬，记荫摩耶腹内。百千天子排空下，同向迦毗罗国生。

释迦托生下界，雪山修道，为"俗文"中最流行的题材之一，像以上的三种，皆述此事。这个故事的流行，便于民间发生了另一种相类的故事，——大凡修道历劫的人，皆同是这个型式——例如，观世音菩萨的修行，便完全是脱胎于此。在后来，有一部《香山宝卷》，即叙妙庄王之女经历尽千辛万苦，方始成为观世音菩萨事。《香山宝卷》的作者为宋时人，实今日流行的宝卷的最早者。这个宝卷，不仅体裁脱胎于"俗文"，即题材亦脱胎于"俗文"，真是很有趣的一个巧合。在《香山宝卷》中，叙一个少女，如何的弃家修道，恰好与一个少年太子弃家修道的释迦对照，而写得似较《八相成道俗文》等更是凄楚，更为有力。惟其阻碍愈多，魔焰愈高，故主人翁的人格

乔答摩的降生

便愈觉得伟大,愈觉得使人感动。《香山宝卷》之所以较《八相成道俗文》更足以感人,更为流行者,其原因似在此。至今每逢开讲《香山宝卷》时,尚有许多老媪少女,为那个坚苦修行,不畏艰险的妙庄王女流伤心同情之泪者;且每逢开讲一次,落泪总还不止一次二次!(相传《香山宝卷》为宋普明禅师在崇宁二年八月受灵感而编撰者。)

《维摩诘经俗文》在今所已知的几篇"俗文"中是最伟大的一部著作,在中国文学史上,也许也是最伟大的著作之一。《维摩诘经》是佛经中最流行的一种,富有小说的趣味。而这个"俗文"也极为美丽精工,绝不像平常的做"俗语文学"的文笔不大通顺的人做的。我们猜想写这部"俗文"的人至少是一位极有文学素养的人,他能将一百字的原文,演成了三四千字,演得又生动,又美妙;假定全文具在的话,至少要有好几百万字呢!可惜今所存者皆为零星残文,未能得其全部。然即就所存的残文而观之,已足以使人震骇于这位无名作家的作品是如何的精美伟大了。这位作者的时代也没有知道。但巴黎所存的这个"俗文"的一卷之末,有"广政十年(公元九四七年)八月九日,在西川静真禅院写此第二十卷文书,恰遇抵黑书了",卷首又黏有一张问候帖子,末有"普贤院主比丘靖通"等字。此书的作者未必便是写此帖子的靖通,也未必便是作于广政十年，但至少是写作于广政十年之前。①在那个时代，产生那么伟大的作品，产生那么精好的白话文学，真使我们再也不至于怀疑南宋时候之产生《京本通俗小说》了。今举京师图书馆所藏的本书第二卷的概略于下，然后再引其中的一段，以见本书作者的文字的一斑：

第二卷《持世菩萨》中，叙的是持世菩萨坚苦修行，魔王波旬，欲破坏其道行，便幻为帝释之状，从万二千天女，鼓乐弦歌，来诣持世菩萨修行之所。这些天女，一个个都是如花似玉之貌，或擎鲜花，或献异香，或合玉指而礼拜，或出巧语而劝告，"或擎乐器，或即吟哦，或施窈窕，或即唱歌"，"任伊铁作心肝，见了也许粉碎"。持世菩萨不识魔王，错认作帝释，与他谈了许久。魔王说："将天女一万二千奉上师兄，可酬说法，幸望慈悲鉴纳。"持世却坚辞不受，说："我是修行菩萨，我是出世高人，一身尚是有余，何要你许多天女。"第二卷至此即止。

> 经云：时魔波旬从万二千天女，状帝释，鼓乐弦歌，来诣我所。
>
> 是时也，波旬设计，多排采女嫔妃，欲恼圣人。剩烈

---

① 胡适之君的《伦敦读书记》(《留英学报》第一期)为方便计，即以靖迈为这部大著作的作者。

奢花艳质，希音魔女一万二千，最异珍珠，千般结果。出尘菩萨，不易恼他，持世上人，如何得退。莫不剩装美貌，元非多著婵媚。若见时交坊出言词，税调着必生返退。其魔女者，一个个如花菡萏，一人人似玉无殊，身柔软兮，新下巫山，貌娉停兮，才离仙洞。尽带桃花之脸，皆分柳叶之眉。徐行时，若风飒芙容，缓步处，似冰摇莲亚，朱唇旖旎，能赤能红，雪齿齐平，能白能净，轻罗拭体，吐异种之馨香，薄縠挂身，曳殊常之声彩，排于坐右，立于宫中，青天之五色云舒，碧池之千般花发，罕有罕有，奇哉奇哉！空将魔女绕他，维恐不能惊动。更请分为数队，各逞逶迤。擎鲜花者，殷勤献上，焚异香者，倍切虔心，合玉指而礼拜重重，出巧语而诈言切切，或擎乐器，或即吟哦，或施窈窕，或即唱歌，休夸越女，莫说曹娥。任伊持世坚心，见了也须退败。大好，大好，希哉，希哉！如此丽质婵娟，争不忘生动念！自家见了，尚自魂迷，他人睹之，定当乱意。任伊修行紧切，税调着必见回头，任伊铁作心肝，见了也须粉碎。魔王道：我只没去，定是菩萨识我，不如作帝释队仗，问许伊时菩萨。于是魔王大作奢花，欲出宫城，从天降下，周回捧拥，百迎千连，乐韵弦歌，分为二十四队，步步出天门之界，遥遥别本住官中。波旬自乃前行，魔女一时从后。擎乐器者，宣宣奏曲，响聒清霄，爇香火者，澹澹烟飞，氤氲碧落。竞作奢花美貌，各申窈窕仪容。擎鲜花者，其花色无殊，捧珠珍者，其珠珍不异。琵琶弦上，韵合春鹦，箫笛管中，声吟鸣凤，杖敲揭鼓，如挠碎玉于盘中，平弄秦筝，似排雁行于弦上。轻轻丝竹，太常之美韵莫偕，浩浩唱歌，胡部之岂能比对。娥容转盛，艳质更丰，一群群若四色花敷，一队队似五云秀丽，盘旋碧落，菀转清霄。远看时意散心惊，近睹者魂飞目断。从天降下，若天花乱雨于乾坤，初出魔宫，似仙娥芬霏于宇宙。天女咸生喜跃，魔王自己欣欢。此时计较得成，持世修行必退。容貌恰如帝释，威仪一似梵王。圣人必定无疑，持世多应不怪。天女各施于六律，今调弄五音。唱歌者诈作道心，供养者假为虔敬。莫遣圣人省悟，莫交菩萨觉知。发言时直要停滕，税调处直须稳当。各请擎鲜花于掌内，为吾烧论麝于炉中。呈珠颜而剩逞妖容，展玉貌而更添艳丽。浩浩箫诏前引，喧喧乐韵夺声。一时皆下于云中，尽入修禅之室内。

［吟］魔王队杖利天官，欲恼圣人来下界。广设香花申供养，更将音乐及弦歌。清冷空界韵嘈嘈，影乱云中声响亮。胡乱莫能相此并，龟兹不易对量他。遥遥乐引出魔宫，

隐隐排于霄汉内。香蓺烟飞和瑞气，花擎察乱动祥云。琵琶弦上弄春鹦，箫笛管中鸣锦凤。杨鼓杖头敲碎玉，秦筝丝上落珍珠。各装美貌逞逶迤，画出玉颜夸艳态。个个尽如花乱发，人人皆似月娥飞。从天降下闭乾坤，出彼宫中遮宇宙。怎见人人魂胆碎，初视个个尽惊心。

〔韵〕波旬是日出天来，乐乱清霄碧落排，玉女貌如花艳圻，仙娥体是月宫开。妖桃强逞魔菩萨，羡美质徒恼圣怀。鼓乐弦歌千万队，相随捧拥訾徘徊。夸艳质，逞身才，窈窕如花向日开。十指纤纤如削玉，霍肩隐隐似刀裁。擎乐器，又吹唯，苑转云头渐下来。箫笛音中声远远，琵琶弦上韵哀哀。歌沥沥，笑哈哈，围绕波旬迨匝排。队杖恰如帝释下，威仪直似梵王来。须隐审，莫教猜，诈作虔诚礼法台。问讯莫教生惊觉，殷勤勿遣有遗乖。沉与麝，手中台，供养权时尽意怀。直侍圣人心错乱，随伊动处娆将来。须记当，领心怀，莫遣修行法眼开。持世若教成道后，魔家眷属定须摧。巧税调，好定排，强着言词说意怀。着相见时心堕落，随情倾处诱将回。歌与乐，竞吹唯，合杂喧哗盖路排。魔女魔王入室也，作生娆恼处唱将来。

《文殊问疾》第一卷为上虞罗氏所藏敦煌石室发现的抄本

第三章　敦煌的俗文学 / 129

之一种，今刊于《敦煌零拾》中。叙佛使文殊到维摩诘处问疾事。佛先在会上，问五百圣贤，八千菩萨，谁能前去，皆曰不任，无人敢去，酌量才辩，须是文殊。于是佛告文殊曰："吾为维摩大士染疾毗耶，汝今与吾为使，亲往毗耶，诘病本之因由，陈金仙之恳意。汝看吾之面，勿更推辞。"文殊乃合十指掌，立在筵中，说道："去即不辞为使去，幸凭圣力赐恩怜。"原来维摩辩才无碍，词江浩浩，"能谈妙法邪山碎，解讲真经障海隈"，故大众俱怕去。今见文殊肯去，无不欣慰。于是文殊遂别佛而至维摩方丈处。原文至此而止，底下尚未完。

这是演的《维摩诘所说经》的一节，当也便是《维摩诘所说经俗文》的第一卷。其文气语调，我们如仔细加以研究，便知与上面所引的一段无不相同者。"文殊受佛告敕，起立花台，整百宝之头冠，动八珍之璎珞。香风飒飒，摇玉佩以珊珊；瑞色氤氲，惹珠衣而沥沥。"这岂不与上文所引者文气相类？"若遣毗耶问净名，遥凭大圣垂加护。维摩诘，金粟主，四智三身功久具。若遣须教问净名，遥凭大圣垂加护。"这岂又不与上文所引者辞格相同？罗氏仅注《文殊问疾》第一卷而并不注明这一卷演的是《维摩诘所说经》，故殊使人生疑，实则细察原文，便可知与《持世菩萨》第二卷实同出于一个人的手笔。今引一小段于下：

> 经云：文殊师利乃至诣彼问疾。
>
> 此唱经文，分之为三：一、文殊谦让白佛；二、赞居士，经云，道彼上人者至，皆以得度；三、托佛神力，敢往问疾。经云：虽然承佛圣旨。且第一，文殊蒙佛告敕，起立筵中，欲由师资之恩，谦让自己之事，合十指掌，立在筵中，启三界慈尊，问于会上。
>
> 文殊有偈白佛：（断）
>
> 特蒙慈父会中宣，感激牟尼争不专。自揣荒虚无辩海，度量智慧未周圆。金仁既遣过方丈，妙德须遵大觉仙。去既不辞为使去，幸凭圣力赐恩怜。
>
> 又有偈赞维摩：（断）
>
> 方丈维摩足辩才，词江浩浩泉难偕。能谈妙法邪山碎，解讲真经障海隈。大通每朝兴教纲，三途长日救轮回，虽为居士同凡辈，心似秋蟾雾里开。（白）
>
> 陈情谦让，多为使于毗耶，赞彼净名，表上人之难对。声闻五百，证八智于身中，菩萨三千，超十地于会上。文殊虽承圣旨，当日思忖千般，只拟辞退于筵中，又怕逆如来之语，只欲便于方丈，有耻象内之高人。世尊若差我去时，今日定当过丈室：

时文殊有偈：（断）

师蒙圣主遣殷勤，不敢推辞向会陈。衔敕定过方丈室，宣恩要见净名尊。金冠动处祥光现，月面舒时瑞色新。此日圣贤皆总去，吾为首领尽陪轮。

《维摩诘俗文》实是一部极伟大的著作，决可证其为出于文人学士之手，或有文学素养的和尚之手。文中的"白"，皆为当时流行的俪偶的句子，一个俗字也看不见，这确是许多"俗文学"中所没有的一个特点。又其中有"断""白"之分，又有"唱""韵"之分，亦皆为他种"俗文"中所未有者。

我们不能得到《维摩诘经俗文》的全部，实是我们的一个大损失，但我们于这个大著已失的千年之后，又得以发现其一部分，又不可以说不是我们的大幸。

又有俗文一种，未知何名，亦为上虞罗氏所藏敦煌"佛曲"之一，与《文殊问疾》同见《敦煌零拾》中。叙西天有国名欢喜国，有王名欢喜王。王之夫人有名有相夫人者，容仪窈窕，如春日之夭桃。自入宫中，极称王意。正当富贵欢悦之极处，于某日歌舞方酣之际，国王见夫人面上身边气色，知其只有七日之命，即当身亡。于是不禁泪下。夫人见王忽然下泪，再三诘问。王只得以实告，于是夫人乞归辞别父母。父母闻知此事，亦大惊失色，力求救治。闻石室比丘尼有威德，欲往求之以延身命。石室比丘尼却劝夫人了教求生天，莫求浮世寿。于是夫人日归，便乃日亡，生在天中，受诸快乐。原文至此，下阙。

按佛经中，演述有相夫人之事者甚多；吉迦夜昙曜合译的《杂宝藏经》卷十《优陀羡王缘》载有相夫人生天事；又义净译的《根本说一切有部毗奈耶》卷四十五《入王宫门学处第八十二之二》载有仙道王及月光夫人事，亦与此同。可见这个故事流行甚广。

又有俗文一种，未知何名，亦见于《敦煌零拾》中，全文首尾不全，仅余中段；叙舍利佛与六师斗法事；波斯匿王令佛家立于东边，六师立于西畔。六师先化出宝山一座，顶侵天汉，顶上隐士安居，更有诸仙游观，驾鹤乘龙，仙歌撩乱。四众谁不惊嗟，见者咸皆称叹。舍利佛虽见此山，心里都无畏难。须臾之顷，忽然化出金刚，其大无比，口犹江汉之广阔，手执宝杵，杵上火焰冲天。用此杵打山，登时粉碎，莫知所在。原文至此即止，底下并皆残缺。

这个"俗文"，虽仅余一小段，然全文气势尚可约略看出，实为弘伟之至、绚烂之极的一部大著作。姑引一小段于下：

> 舍利佛忽从定起，左右不见余人，唯见须达大臣，兼有龙神八部，前后捧拥，四面周围，阿修罗执日月以引

前，紧那罗握刀枪而从后。于是风师使风，雨师下雨，湿却嚣尘，平治道路，神王把棒，金刚执杵，简择骁雄，排比队伍，然后吹法螺，击法鼓，弄刀枪，振威怒，动似电奔，行如云布，亦有雪山象王，金毛狮子，震目扬眉，张牙切齿，奋迅毛衣，摇头摆尾，队杖□天，枪戈匝地，诤能各拟逞威神，加被我如来大弟子，若为：

舍利佛与众而辞别，是日登途便即发。毗楼天王执金旌，提头赖吒将玉□。甲仗全身尽是金，刀箭浑论纯用铁。青面金刚色黯然，大头金刚瞋不歇。钟鼓轰轰声动天，瑞气明明而皎洁。天仙空里散名花，赞叹之声相逞口。降魔杵上火光生，智慧刀边起霜雪。但愿诸佛起慈悲，那撞不久皆摧折。神力不经弹指间，须臾即至城隍阙。

波斯匿王见舍利佛，即敕群臣，各须在意。佛家东边，六师西畔，朕在北面，官庶南边，胜负二途，各须明记。和尚得胜，击金鼓而下金筹，佛家若强，和金钟而点金字。各处本位，即任施张。舍利佛徐步安祥，升师子之座，劳度叉身□宝帐，捧拥四边，舍利佛即升宝座，如师子之王，出雅妙之音，告大众而言曰：然我佛法之内，不乏人我之心，显正摧邪，假为施设，劳度叉□何变现，即往施张。六师闻语，忽然化出宝山，高数由旬，钦峰碧

□，崔嵬白银，顶侵天汉，丛竹芳新。东西日月，南北参晨，亦有松树参天，藤萝万段，顶上隐士安居，更有诸仙游观，驾鹤乘龙，仙歌撩乱，四众谁不惊嗟，见者咸皆称叹，舍利佛虽见此山，心里却无畏难。须臾之顷，忽然化出金刚，乃作何形状，其金刚□首顶□天，天圆只堪为盖，足方万里，大地才足为钻。眉郁翠□□□□，口叱咤犹江海之广阔，手执宝杵，杵上火焰冲天，□□□登时粉碎，山□萎化□零，竹木莫知所在。百（下阙）

在"俗文"的韵句里，有两个不同的句法，像《佛本行集经俗文》《八相成道俗文》等都是七言句到底的，例如"启口申说夫人孕，生下太子大奇哉！仙人忽见泪盈目，呼嗟伤叹手颤腮"（《八相成道俗文》）等是。这是第一体。像《维摩诘所说经俗文》等，则于七言句之中，往往杂以两句的三字句，例如"身命财中能悟解，使能久远出三灾。须记取，领心怀。上界天宫却情回，五欲业山随日灭"（《维摩诘所说经俗文·持世菩萨第二卷》）等是。这是第二体。这两个体裁，在后来都还承袭的运用着。

"俗文"的结构，就今所知者而言，共有三种体裁：第一体是先引原来经文，然后再敷演此经文为散文的故事。而于其中，更于紧要处敷演以韵语，以便歌唱。这是《维摩诘所说经俗文》等的一体；在上文所举的几段原文里，我们已可见到此种体裁的一斑。第二体是泛述本来经文，作为叙述的主干，然后便在紧要处敷演以韵语，而在将入韵语之前，必先之以"当尔之时，道何言语？道人道"，或"当尔之时，有何言语"，或仅说"当尔之时"，或仅举"云云"二字（此"云云"二字当即"当尔之时"的略语），这是《八相成道俗文》等的一体。这一体在上文也已举过例。第三体是开端或略述本文因由，入后即用诗与散文相间而写，相映相生，并不用什么"当尔之时"等语来引起"韵文"的。这一体是《有相夫人生天俗文》的体裁。这三种体裁，仔细观之，本无多大区别。例如，第三体之不用"当尔之时，有何言语"等字以引起"韵文"，或由于作者的省略，或由于本来不必用到；第二体之不引原来经文，或以为可以不必引述，只要叙述大意便够了。总之，不管是引述经文，或仅述经文大意，"俗文"的一体，毕究是非依据于经不可的。"引经据典"四字，真可以送给了"俗文"的一体。所以"俗文"的特色便是依"经"（佛经）而作，专为了要将艰深的经典化为通俗的文字，以便宣传"佛道"的。

在"俗文"中，每一段之前，往往注明"白""断诗""平侧""经""侧""断""侧吟""经平"等字者，"白"即指散文的一节，"断诗"即指韵文的一节；"断"当即"断诗"的略语；

"侧"当为"侧吟"的略语。"侧吟"及"经""平侧""经平",皆指韵语的一节;其间究竟有何分别,今已不可考知。

六

"变文"不必依经附传,只不过叙述一种故事而已,上文已经说起过这一层了。"变文"的作者很有活用故事的余地,他可以振笔直书,随他的想象的奔驰而著作着,或者不必根据什么佛经、史传,而可以仅凭着民间的传说而写着。所以"俗文"的作者大多是一位有文人学士气概的"俗家"或和尚,至少也是一位文从字顺的"有文墨者";"变文"的作者则与《太子赞》《董永行孝》的作者们一样的不通达文理;他们仅有深入的想象力,弘伟的结构力,然而他们的那一支笔却不能听从他们的自由如意的指挥。所以在伟大的作品之中,所驱遣的文语却多半是似通非通不成文理的;且还挟着了不少的讹字别体,使人无从辨白起。假定这些"变文"能有一个时期与文人学士相接触,他们还不会成为绝代的名篇巨制么?

敦煌文库中所藏的"变文",尚未知道究竟有多少。今所知者仅有《舜子至孝变文》《大目犍连冥间救母变文》《明妃曲》残卷及《列国传》残卷数种而已。《舜子至孝变文》是叙舜的孝于父母，历遭陷害，而并不怨望的事。《大目犍连冥间救母变文》则结构甚为伟大，且确能将作恶不悛的青提夫人，一心救母、经百厄而不悔、有殉教者的精神的目连都活现于我们之前，目连救母的故事，在民间本有了相当的来历与威权，作者捉住了这个大流行的传说而加以烘染，使这个传说增上了不少的光彩。在其后，有了《目连救母行孝戏文》三卷一百出的巨作，又有了《劝善金科》十二卷一百二十出的巨作，又有了《目连救母宝卷》。可谓盛极一时，任何故事都不曾有过那么弘巨的篇幅过。而我们试一考查《目连救母行孝戏文》及殿版的《劝善金科》便知他们原都是由这篇"变文"而来的，因内容所叙者极为相同（《劝善金科》原系润改《救母戏文》者）；而在结构上，我们却只觉这篇"变文"的比较高明、紧凑、合理，而《救母戏文》比较松懈，不深入——虽然有时写得很好。《劝善金科》一作为尤散漫附会，不大合理。

《大目犍连冥间救母变文》的概略如下：佛的弟子目连自父母双亡以后便出家为僧。他以善因，得证阿罗汉果。借了佛力，他上了天堂，见到他的父亲，然而他的母亲却并不与父亲同在一处。他不知母亲究竟何在。他悲啼的向佛泣告，佛乃指示他说："你的母亲在地狱中呢。"他便哀苦的向地狱中求母。他在地狱中到处访问，遍历刀山剑河、油釜奈何之境，皆不见他的母亲。最后，到了阿鼻地狱中，问管狱者有无青提夫人时，管狱者却说仿佛是有的。于是管狱者一层一层的唤叫着："青提夫人，青提夫人！"青提夫人这时正被十八支大钉钉在铁床之上，不敢开口答应，恐怕他们要将他迁于更恶之地。最后，她只得答应道："青提夫人，即老身便是。"狱卒告诉她说，狱门外有她的一个儿子目连和尚来访问她。她说，自己没有儿子做和尚的。狱卒即去质问和尚，为何来此冒认犯人为母，目连乃含悲再告狱卒说，他的出家乃在母亲死后，他在家时，原名为罗卜。青提夫人再闻狱卒传说，乃知和尚即为其子罗卜，即出来相见，目连借了佛力，将母亲救出了这个阿鼻地狱之苦，然而佛力却不能救她出于恶鬼之道。她饥饿不堪，然而不能近食，见食即化为火，见水亦化为脓。目连无法，行乞供饭给她，亦皆化为猛火，不能食用。目连只得含悲又去问佛。佛乃告诉他于七月十五日建兰盆大会，可以使她一饱。她在那一天，果然饱了一顿，然自此以后，目连却再也寻不到她。目连不得已又去问佛，佛说，她现在已转生人世，变为黑狗之身，并嘱目连到人间去化缘，不问贫富，沿途化去，便可见到她。果然，他竟又寻到了她。引她住于王舍城中，佛塔之前，七日七夜，转咏大乘经典，忏悔念戒，乃得使她乘此功德，转却狗身，退却狗皮，挂于树上，还得女人身。此时，目连又引她至于佛前，得以修到"天女来迎接，前往忉利天受快乐"。这部"变文"的全部即结束于此。

全文之后，有附注两行，一行作"贞明七年辛巳岁四月十六日净土寺学郎薛安俊写"，一行作"张保达文书"。当系薛安俊为张保达书写，故此卷乃成为张保达的藏书之一。又此作系写于贞明七年，则其著作之时，自当远在其前。至迟也是唐末的东西。薛安俊仅仅抄写此文而已，当非此文的作者。

今引此作中间的一节如下，俾读者得见一斑：

> 目连蒙佛威力，得见慈母，罪根深结，业力难排，虽免地狱之酸，堕在饿鬼之道，悲辛不等，苦乐玄殊，若并前途感□□千万信，咽如针孔，滞水不通，头似太山，三江难满，无闻浆水之名，累月经年受饥羸之苦；遥见清源泠水，近看变作脓河，纵得美食香飡，便即化为猛火。嬢嬢见今饥困，命若悬丝，汝若不去悲岂名孝顺之子。生死路隔，后会难期，欲救悬沙之危，事亦不应迟晓。出家之法，依信施而安存。纵有常住，饮食恐难消化。而辞嬢嬢，向王舍城上取饭与嬢嬢相见。目连辞母掷钵腾空，须臾之间，即到王舍城中，次弟吃饭。行到长者门前，长者见目连非时乞食，盘问逗留之处。和尚且□□□□□，斋过食门已过，吃饭将用何为？目连启言，长者，贫道阿娘

□□，亡过已后，魂神一往落阿鼻。近得如来相救出，身如枯骨气如丝。贫道肝肠寸寸断，痛切傍人岂得知。计亦不合非时乞，为以慈亲而食之。长者闻言大惊愕，思寸无常情不乐。金鞍永绝晶珠心，玉貌无由上妆阁。促且歌，促且乐，人命由由如转烛。何觅天堂受快乐，惟闻地狱罪人多。有时吃，有时着，莫学愚人财多积。不如广造未来因，谁能保命存朝夕！两两相看不觉死，钱财必莫子身惜。一朝撒手入长棺，空哓冢上知何益。智者用钱多造福，愚人将金买田宅。平生辛苦觅钱财，死后总被他分拍。长者闻语忽惊疑，三宝福田难可愚。急摧左右莫交迟，家中取饭以阇梨。地狱忽然消散尽，明知诸佛不思议。长者手中执得饭，过以阇梨发大愿。非促和尚奉慈亲，合狱罪人皆饱满。目连吃得耕良饭，持钵将来献慈母。于时行至大荒交，手捉金匙而自哺。青提夫人虽遭地狱之苦，悭贪久竟未除，见儿将得饭钵来，望风即生悋惜……

《目连救母变文》在中国的著作中，可以说是最早的一部叙述周历地狱的情况的；在希腊大诗人荷马（Homer）的《奥特赛》（*Odyssey*）里已有了游历阴府之记载，罗马黄金时代的"桂冠诗人"委琪尔（Virgil）在所作的《阿尼特》（*Aeneid*）里，也载着访问地狱之事。至于意大利大诗人但丁（Dante）的《神曲》中所叙的地下世界则更为人人皆知的了。而在中国，本土的地狱或第二世界的情形，则古代的作家绝少提起，仅有《招魂》《大招》二文略略的说起其可怖之景色人物而已。（那里所指的并不是地狱，不过是第二世界，即灵魂所往的地方而已。）直到了佛教输入之后，于是印度的"地狱"便整个的搬入了中国。自阎罗王以下，几乎地狱中的人物及景色都还可显然的看出是印度的本来面目。但在前写此地狱者还不详细，直到了《目连救母变文》的出现，我们才知道在唐时，已有了那么详细的地府描写了。后世的地府描写较此更详细的亦有之，然这已是很后代的事了，且大致也都脱离不了这部变文中所说的那个模式。故我们可以断定这部变文中的地府描写乃是最早且最详细中的一种。此外尚有好几点可以注意的，在这里皆可略去了不提。

《列国志》残卷今藏于伦敦，前后皆残，不知始于何时，止于何事，但就所存者而观之，则完全是叙述伍子胥的始末的，或者仅为伍子胥故事的本末而非演述全部"列国志"者也难说。巴黎藏有一卷《伍子胥》，大约即为此作，其题似较《列国志》三字为切当。（按全卷皆无题目，《列国志》之名当为整理敦煌遗书的人所题的。）

在这部《列国志》残卷中，所叙述的伍子胥故事，与几部通俗小说的《列国志》以及史传所记载者皆大为不同。今日最籍籍于人口的"过昭关一夜白了鬓发"的一段事也不见于此卷，而此卷所叙述的事中，则更有为后人所完全不知的，今且述全文的概略于后：

这个残卷的开场是，楚平王命使臣去追伍子胥，使臣却空手而回，只好自缚以见平王。平王听见使臣说子胥要"即日兴兵报父仇"，便大怒起来，立刻于狱中取出伍奢及子尚杀了。同时并下令严捉伍子胥。伍子胥闻知父兄被杀，便向南而逃，欲之越国。他逃到了颍水之边，听见有打纱之声，便循声而去，看见一个女子在水边打纱。女子知他是一个奇人，便将粮食供他吃；他再三推辞，却不过她的殷勤便吃了她的饭。饭后，将己事告诉了她，并托她不要宣扬出去。子胥走后，这女子却抱石自沉于河而死。子胥经历了许多山川泉涧，又到了一家，叩门乞食；这一门却是他自己姊姊的家。姊姊见他，乃设隐语命他速去。二人抱头而哭，不得已而相别。他的外甥子承、子安二人却想捉他去献功，便去追他。亏他设了一计，假装身亡，得以逃脱。次后又至一家向前乞食。开门出来的却是他的妻。他的妻一见即知为自己的丈夫，然不敢骤然的向前认识。她亦作为隐语，向他质问，他却以枝辞掩饰过去，不肯承

伍员　　　从明环翠堂《人镜阳秋》

认为她的丈夫。二人遂相别了。他到了一条大江边，江流浩阔，无法渡过去。忽见一位渔父，垂丝钓鱼，讴歌拨棹而来。子胥乃唤住了他，要他渡自己过江，渔父见他面有饥色，便请他在此看船，自己却到家中去预备酒饭。子胥等了一会，恐渔父要唤人同来捉他，便隐于芦苇之中。渔父将了酒饭而来，不见子胥，乃悲歌而唤道："芦中之士，何故潜身？出来此处相看，吾乃终无恶意，不须疑虑。"子胥遂出芦中，与他共酌，饱餐了一顿。饭后，他便送子胥过江，子胥将怀中璧玉及宝剑赠他，他皆不受。他问子胥："只今逃逝拟投何处。"子胥说要到越国。他指示子胥说，越国不可投，因方与楚交好。吴与楚正相为仇，可投也。子胥上岸后，回头见渔父覆船而死。他哽咽悲啼不已。更复前行，遂到了吴国。披发佯狂，以泥涂面，东西奔走于市。吴王知其为异人，即命宣入朝中，乃大用他。数年之后，子胥治得吴国人口繁殖，府库充实，乃启吴王，欲为父兄报仇。吴王乃下令招募勇士，应募者极多，凡选得七十万人，即交子胥为元帅，率之伐楚。这时，平王已卒，昭王即位。子胥连胜楚人，捉了昭王，掘出平王之尸，杀之亦见血，又斩昭王百段，以祭父兄。回师时并伐郑、梁。郑、梁皆望风而降。子胥乃策立渔父之子为楚帝而退。他班师回国后，吴王以之为相。后来越王勾践不用范蠡之谋，兴兵伐吴，又为子胥所大败，仅乃得免死。后来吴王死，其子夫差即位，因与子胥不合，乃赐他宝剑，叫他自杀。子胥道，"我死后，乞斩首挂于东门，待看越兵之入城"。果然，过了几年，越王勾践便起兵攻吴。吴国百姓饥饿，气力衰弱，无人可敌。当夜，吴王又梦见伍子胥告诉他说，越王将兵来伐了！残卷的叙述至此而止。全卷当系叙伍子胥的本末而以吴越事为余波者。

这部残卷，未记抄写年月，亦不知为何人所作。惟原文"文语"颇多，描写也颇不弱，似为读过史籍的文人所作的，而抄手则极为拙劣，别字讹字，连篇累牍，原文往往因之而晦。因此，我们可知此文的作者与抄者决不是一人，更可知作者当远在抄者之前。

原文见者绝少。今引一节于下以为例；

……椀心并恋割，九族总须亡。若其不如此，誓愿不还乡。作此语了，遂即南行，行得廿余里，遂乃眼瞤，画地而卜占，见外甥来趁，用水头土攘之，将竹插于腰下，又用木剧倒着，并画地户天门，遂即卧于芦中，咒而言曰："捉我者殃，趁我者亡。急急如律令！"子胥有两个外甥，子安、子承，少解阴阳，遂即画地而卜占，见阿舅头上有水，定落河傍，腰间有竹，冢墓城荒，木剩倒着，不进傍徨。若著此卦，必定身亡。不假寻觅，废我还乡。子胥屈节著文，乃见外甥来趁，遂即奔走，早夜不停。川中又过一家，墙壁异常严丽，孤庄独立，四回无人，不耻八尺之躯，遂即叩门吃食。

子胥叩门从吃食，其妻敛容而出应。划见知是自家夫，即欲教言相识认。妇人卓立审鬼量，不敢向前相附近。以礼设拜乃逢迎，怨结啼声而借问。妾家住在荒郊侧，四回无邻独栖宿。君子从何至此间，面带愁容有饥色。落草瘴狂似佉人，屈节撑形而吃食。妾虽禁闭在深闺，与君影响微相识。子胥报言娘子曰：仆是楚人充远使，涉历山川归故里，在道失路乃迷昏，不觉行由来至此。乡关迢邈海西头，遥遥阻隔三江水。适来专辄横相干，自恻于身实造次。贵人多望借相认；不省从来识娘子。今欲进发往江东，幸愿存情相指示。

其妻遂作药名问曰：妾是仵茄之妇，细辛早仕于梁，就礼未及当归，使妾闲居独活，膏茛姜芥，泽泻无邻仰叹槟榔，何时远志。近闻楚王无道，遂发材狐之心，诛妾家破亡消，屈身苜蓿，葳蕤怯□，石胆难当，夫怕逃人，茱萸得脱，潜刑茵草，匿影藜芦，状似被趁野干，遂使狂夫苣蓎，妾亿泪沾赤石，结恨青箱，衣寝难可决明，日念舌乾卷百。闻君乞声厚朴，不觉踯躅君前。谓言夫婿麦门，遂使苁蓉缓步。看君龙齿，似妾狼牙，桔梗若为，愿陈枳壳。子胥答曰：余亦不是伍家之子，亦不是避难逃人，听说余之行李。余乃生于巴蜀，长在藿乡，蜈公生居，贝母遂使，金牙采宝，交子远行，刘寄奴是余贱朋，徐长卿为之贵友。湾蘘荷被，寒水伤身，三伴芒消，唯余独活。每日悬肠断续，情思飘飒，独步恒山，石膏难度，坡岩巴载,数值狼胡,乃意款冬,忽逢钟乳,留心半夏,不见郁金。余乃返步当归,穹穷至此。我之羊齿,非是狼牙。桔梗之情,愿知其意。

妻答曰:君莫急急,即路途长。纵使从来不相识,错相识认有何妨。妾是公孙钟鼎女,匹配君子事贞良,夫主姓伍身为相,束发千里事君王。自从一别音书绝,忆君愁肠气欲结。远道冥冥断寂寥,儿家不惯长头别。红颜憔悴不如常,相思落泪何曾歇。年光虚掷守空闺,谁能度得芳菲节。青楼日夜减容光,只缘荡子事于梁。懒向庭前睹明月,愁归帐里抱鸳鸯。远附雁书将不达,天寒阻隔路逢长。欲织残机情不熹,画眉羞对镜中妆。偏怜散语蒲桃架,念燕双栖白玉堂。君作秋胡不相识,妾亦无心学采桑。见君口中双板齿,为此识认意相当。粗饭一餐终不惜,愿君且住莫荒忙。子胥被认相辞谢,方便软言而帖写。娘子莫漫横相干,人间大有相似者。娘子夫主姓伍身为相,仆是寒门居草野。傥见夫婿为通传,以理劝谏令归舍。今缘事急往江东,不得停留复日夜。……

《明妃传》残卷,今藏巴黎国立图书馆,有伯希和、羽田亨合编的《敦煌遗书第一集》本。编者在题上加了"小说"二字,其实《明妃传》乃是变文,并非小说,原题为何,今已不可知，因已经残脱。王嫱远嫁匈奴的事，在中国的故事中原是最流行的一个。最古的记载，叙的比较详细的要算《西京杂记》，在那里，说起王嫱因自恃美貌，不给贿赂于毛延寿，因此延寿遂故意将她画得丑陋。元帝遂不召幸。后匈奴请婚，元帝按册以王嫱许之。到了辞别之日，元帝却见王嫱是一位又聪明又娴雅的绝美少妇。他不欲失信于夷狄，乃遣王嫱北嫁，同时欲案治诸画工欺罔之罪，同日赐死者，延寿等凡十余人，京师画工为之减少。在这里，《西京杂记》的著者并没有说到王嫱嫁匈奴而死的事。元马致远的《汉宫秋》杂剧则别增波澜，另添新意，以为元帝在宫中发现了王嫱的美貌，便欲诛戮毛延寿，延寿逃到匈奴，将王嫱真像献给了单于，并说单于指名要王嫱为阏氏。元帝这时正与王嫱热恋着，因恐北敌的侵入，只得生生的割舍了王嫱给匈奴。王嫱辞帝之后，到了边界，便自投黑水而死。单于闻知王嫱已死，便复与汉和亲，且缚送了毛延寿到汉廷。我们在此见到这故事的前后变迁，如何的巨大。由不相干的宫人，一变而为至亲密的情侣，由贪贿的画工，一变而为卖国的奸人，由明媚可爱的少女，一变而为贞烈的妇人，由远嫁匈奴，一变而为自投黑水，这其间的变异，决不是一朝一夕所可臻及的。（《双凤奇缘》这一部小说则根据于《汉宫秋》而又有所变更。）敦煌发现的《明妃传》恰可证明了这个明妃的

王昭君
从《盛明杂剧》

故事的两个大殊点间的连锁,在《明妃传》里,不曾写到明妃的自杀。却着力于写出明妃在胡的抑抑不欢,以至病殁。这其间离"自投黑水"的那段事固已相距不远了。《明妃传》开始于什么地方,今已不可知,但以意推之,当系始于汉元帝的图画宫女与毛延寿的索贿不遂。其结束则远至于明妃死后,汉哀帝遣使祭她的"青冢"的一段事;最后录了汉使的一篇祭文,当系已经完结。《明妃传》分为两卷。作者不知何时代人,但传中有云:"可惜明妃奄从风烛八百余年,坟今尚(原作上)在。"

则当为唐末时人。这部变文亦多不甚可解之语，且多讹字，自是俗文学的本色。但叙明妃怀乡悲怨与其见漠外景色而惊憎的心事则写得十分的细腻可爱。虽然单于费了许多气力去温存她，慰藉她，都减灭不了她的郁抑。且引下卷里的一段，以见一斑。

……心惊恐怕牛羊吼，头痛生曾奶酪毡。一朝愿妾为红□，万里高飞入紫烟。初来不信胡关险，久住方知虏塞□。祈雍更能何处在，只应弩郁白云边。

昭君一度登千山，千回千泪。慈母只今何在？君王不见追来。当嫁单于，谁望喜乐，良由画匠捉妾陵持，遂使望断黄沙，悲连紫塞，长辞赤县，永别神州。虞舜妻贤能变竹，杞良妇圣，哭烈长城，乃可恨积如山，愁盈若海……

七

俗文与变文的影响，在后来的中国文坛上是极大的。我们在此，不可不比较详细的叙述一下。他们的影响可分为四方面；这四方面虽其影响的痕迹有显有隐，有大有小，而其皆深受俗文与变文的影响则为显然的事实。

第一，宝卷。宝卷在今日尚未成为一种公认的文学的著作，然而其中也有不少是可以列于文学名著之中而无愧的。宝卷之受俗文与变文的影响是最直接的、最显然的，所以我从前便直接的将"俗文"与"宝卷"并列于"佛曲"的一个名称。但宝卷的内容虽与"俗文"一样，叙的是佛家的故事，然其体裁却与"俗文"不大同。亦有于开卷时引"经云"一段者，然却与故事的本文无关，不像"俗文"之必须以经文为提纲而铺叙之也。惟其于每一段落处，须宣扬佛号之一点，则与"俗文"十分的相合。在大体上看来，我们与其说"宝卷"是"俗文"，不如说他是"变文"，因为他也是活用佛家的故事，而非严正的经文的敷演。到了后来，宝卷的取材，日益广大，已不复限于佛家故事，而且及于道家仙家的故事、一般的劝善故事，更且及于与劝善一无干涉的孟姜女故事、梁山伯故事；更且及于惟以游戏记诵的花名宝卷一类了。所以今日的宝卷，除了宣扬佛号的一节以外，已与弹词无大区别。宝卷杂用散文、韵语以组成，这是与"俗文""变文"完全相同的，弹词也是如此，所以我们很可以说，宝卷初时流行于佛家，弹词则初时流行于俗家；宝卷带有劝善的色彩，弹词则不必有；总之，二者皆为"俗文"与"变文"的直系的子孙则为无可怀疑的事。

第二，弹词。在前文里，已略说弹词与俗文变文的关系了，这里不必更多说。惟我们如一玩赏弹词的文句的组织，则更可诧惊于他们的文调的如何的相同。且引一段于下：

……代巡一见安兄面，不由坐上自抬身。多情自喜还多恨，道是无情却有情。丝连藕断心如乱，几乎开口表兄称。见他下拜忙回拜，惊动旁观人意情。春熹在侧忙拖住，大人尊重请平身。小人青衿居晚辈，况且深受大人恩。宋王那时含笑答，嗣吾涿君大才人。一番礼毕分宾坐，代巡烦恼一时生。（《安邦志》卷四）

在弹词里，道白，或散文，总较之韵文为少；我们可以说，弹词是以韵文为主的，不似俗文与变文之散文与韵文皆无什么侧重可见。（在有的地方，似乎还以散文为重要。）这当然是经了后来的变异之故。

第三，小说。宝卷与弹词是俗文与变文的直系子孙，小说则不然。粗观之，我们似寻不出小说如何的受有俗文与变文的影响，但我们如果仔细考察一下，便知小说虽以散文为主，而其中则也参入了"诗"与"词"，在论断引证处便引诗，在特殊的描写处便引词。例如："正是：恨小非君子，无毒不丈夫！""怎见得？有昔人《满江红》一词，单道少女晓妆的美。"这些，不是与俗文变文里的每到入于韵文所在，必有"偈曰""若为陈说""当此之际，有何言说"相同么？又小说的开端，每有"且说""话说"，在一回之末，将入于后文之前，必有"欲知后事如何，且听下回分解"。这些，又不是与俗文变文的"如何白佛,也唱将来""上卷立铺毕,此入下卷"有些关联么?印度的小说,原有"且说""下回分解""诗曰""有诗为证"之方式。中国小说的这样体裁,如果不是受有俗文变文的影响,则必是直接承受之于印度的小说无疑。在宋之前,我们没有看见过这种体裁的小说,即敦煌中所发现的《秋胡小说》《唐太宗入冥记》,就其残文而观之,也不见有此种体裁,则此种体裁的输入,当在五代以后,即在俗文与变文的盛行以后。我们至今除了佛教文学以外,尚未发现有其他印度文学的翻译本子,所以我颇疑心,说书体的中国小说似为深受俗文变文的影响,而不十分像是直接的受有印度小说的影响。

第四,戏剧。我国戏剧之可考者直至宋时始有之;而在戏剧中,俗文与变文的影响也深可见到。像散文与韵文的交错体,我们在宋之前是没有的;别的不必说,戏剧中之有白有曲,便至少是深受了俗文与变文之影响的。演剧的艺术,有许多理由可以相信是印度的来源(这将于下几章中有详细的讨论),但剧本之由曲白的交错组成,则至少唐末的俗文与变文的盛行有给他们以很大的助力的。

就此四方面而观之,我们已可知俗文与变文的影响是如何的伟大了。我们在没有提到中国的小说、戏剧、弹词、宝卷等重要的文体之前,而先之以埋于敦煌的一千余年的俗文与变文的研究，当然不是一点也没有理由的。

参考书目

一、《沙州文录》二卷，蒋斧编，罗福苌补。有上虞罗氏铅印本。在补编中，有敦煌俗文学数种，但皆系节录不全者。

二、《敦煌零拾》七卷，罗振玉编，中有俗文学不少。有上虞罗氏铅印本。

三、《敦煌遗书》第一集，法国伯希和、日本羽田亨合编，有上海东亚考究会印本；凡二册：一为大册，珂罗板印本，一为小册，活字本。活字本中有《明妃传》。

四、《敦煌的俗文学》第一集——俗文，郑振铎编。

五、《敦煌的俗文学》第二集——变文，郑振铎编。

六、《敦煌的俗文学》第三集——小说杂曲，郑振铎编。

七、《敦煌掇琐》第一辑，刘复编，北新书局出版。

八、欲知敦煌遗书的发现经过，可看 A.Steine 的 "*Serendia*"（五巨册）及同人的 "*Ruins of Desert Cathay*" 又王国维的《王忠悫公遗书》第三集中亦有他译的 Steine 在伦敦皇家地学会的报告一篇，但太简略。

九、关于俗文，可参看著者的《佛曲叙录》（《小说月报》号外《中国文学研究》）的前几节。

第四章　北宋词人

一

敦煌俗文学的影响，在北宋的文坛上还未十分显著；我们猜想，这些俗文学、叙事诗、民曲、俗文与变文等等，必已在民间十分的流行着，然而文人学士却完全不加以注意。即到了南宋的时候，虽已有几个很富天才的无名作家，在那里拟仿着俗文学的调子，写着《错斩崔宁》《冯玉梅团圆》一类的杰作，而大多数的文人学士却还在那里长歌曼吟着流传于他们的一个阶级及与他们的一个阶级接触最繁的歌妓舞女阶级之间的词，提倡着载道的古文与古来相传的五七言古律诗。词在唐末与五代，已成了文人学士的所有物，民间虽仍在流行着，然已染上了不少的"文"气，加上了不少的雅词丽句，离俗文学的本色日远，换一句话，即离民间的爱好亦日远。同时，他们却几乎为文人学士的阶级所独占。他们的不能诉之于诗古文的情绪，他们的不能抛却了的幽怀愁绪，他们的不欲流露而又压抑不住的恋感情丝，总之，即他们的一切心情，凡不能写在诗古文辞之上者无不一泄之于词。所以词在当时，是文人学士所最喜爱的一种文体。他们在闲居时唱着，在登临山水时吟着；他们在繁语密话时微讴着，在偎香倚玉时细絮着；他们在欢宴迎宾时歌着，在临歧告别时也唱着。他们可以用词来发"思古之幽情"，他们可以用词来抒写难于在别的文体中写出的恋情，他们可以用词来庆寿迎宾，他们可以用词来自娱娱人。总之，词在这时已达到了她的黄金时代了。作家一做好了词，他便可以授之歌妓，当筵歌唱。"十七八女孩儿按执红牙拍，歌'杨柳岸晓风残月'"，这个情境岂不是每个文人学士所最羡喜的。所以，凡能做词的，无论文士武夫，小官大臣，便无不喜做词。像秦七、像柳三变、像周清真诸人且以词为其专业。柳三变更沉醉于妓寮歌院之中，以作词给她们歌唱为喜乐。所以我们可以说一句，在词的黄金时代中，词乃是文人学士的最喜用之文体，词乃是与文人学士相依傍的歌妓舞女的最喜唱的歌曲，换言之，词在这个黄金时代中乃是盛传于文人学士的一个阶级及与文人学士的一个阶级最接近的歌女阶级中的一个文体。到了最后，词之体益尊且贵，且已有了定型。词的生命便日益邻于

"没落"了。我们猜想,当时民间或仍流行着唱词的风气。非文人学士的阶级或仍保存了或模拟着文人学士的唱词的习惯。然而词的文语已日渐的高雅了,词的格调已日渐的艰隐了,词的情绪已日渐的晦暗隐约了;听者固未必深明其义,即唱者也只能依腔照唱而已。所以这一个时代的民间的听词者或已到了"耳熟其音而心昧其义"之时了。当时的人,往往讥嘲柳三变的词太俗。然而哪一位的词人的词,有柳氏的词那样的流行呢?柳氏的词所以能够"有井水饮处,即能歌"之者,正以其词之浅近,能够通俗。其实柳氏已太高雅,其音调虽甚谐俗,其辞语恐已未必为当时民间所能懂得。

综言之,词的黄金时代恰可当于"北宋"的这一个时期。到了北宋以后,词的风韵与气魄便渐渐地近于"日落黄昏"之境了。南宋词,论者每多以为是词的正宗;其实像那样的词,所谓白石、草窗、梦窗诸大师之所作的,如置之于《珠玉》《六一》《东坡》《乐章》《淮海》诸集子中,诚未免有些"小家气"。《珠玉》《六一》诸作家是真挚的,是无意于做作的,其作品是吐之于本来的胸臆中的,是有什么说什么的;白石、草窗诸人便未免近于做作,不真切,有刻画过度之病了。所以北宋人的词往往是热的,是可令人讽吟难舍的,南宋人的词,除了几个词人所作的以外,大多数是徒在字面上做文章的,或整洁合律，或媚秀动人，然而却经不起长久的吟咏。这正是一切文体在后期所表现的必然的现象。

北宋的词坛，约可分为三个时期。第一个时期是柳永以前；这是晏殊、范仲淹、欧阳修的时代；在这个时代里，花间派与二主、冯延巳的影响，尚未尽脱。真挚清隽是其特色，奔放的豪情却是他们所缺少的。他们只会做花间式的短词，却不会做缠绵宛曲的慢调。他们会写"寸寸柔肠，盈盈粉泪，楼高莫近危栏倚，平芜尽处是春山，行人更在春山外"（欧阳修《踏莎行》），他们会写"绿酒初尝人易醉，一枕小窗浓睡"（晏殊《清平乐》），他们会写"山映斜阳天接水，芳草无情，更在斜阳外"（范仲淹《苏幕遮》）；他们却不会写"都门帐饮无绪，留恋处，兰舟催发。执手相看泪眼，竟无语凝咽，念去去，千里烟波，暮霭沉沉楚天阔"（柳永《雨霖铃》），他们也不会写"便携将佳丽，乘兴深入芳菲里，拨胡琴语，轻拢慢捻总伶俐。看紧约罗裙，急趣檀板，霓裳入破惊鸿起。正颦月临眉，醉霞横脸，歌声悠扬云际。任满头红雨落花飞，渐鹍鹊楼西玉蟾低，尚徘徊未尽欢意"（苏轼《哨遍》）。又，这一个时期之内，尚多依声傍腔，利用旧调，自创之作很少。

第二个时期是创造的时候，这一个时期是柳永的，是苏轼的，是秦观、黄庭坚的。但柳永的影响在当时竟笼罩了一切，连苏门的"秦七、黄九"也都脱不了他的圈套。东坡的词却为词中的一个别支,在当时没有什么人去仿效,其影响要过了一百余年后才在辛弃疾他们的作品里表现出来。所以这一个时期,我们也可以说她是"柳永的时代"。《吹剑续录》说:"东坡在玉堂日,有幕士善歌,因问:'我词比柳耆卿何如?'对曰:'柳郎中词,只好十七八女孩儿按执红牙拍,歌"杨柳岸晓风残月"。学士词,须关西大汉执铁绰板,唱"大江东去"。'公为之绝倒。"按此语大约指《大江东去》诸词,其实东坡词亦多绮丽隽妙者,不尽如《大江东去》之朴质的有若史论。柳永词每谐于音律,东坡词则为"曲子内缚不住者"。然这两位大作家,亦有一个同点,即二人皆注意于慢词,皆趋于豪放宛曲的一途,这是他们与第一个时期中诸作家的不同之点。又,第一期多用旧调,而这一期则多自行创作新调,以便歌唱。前期的诸大家往往非音律家,而这一期中的大家柳永便是一位深通于音律的人。所以他能够写许多慢词,他能够创许多新调。有人说,秦观是深受他的影响。但观的词与其说是柳派,不如说他是受花间派的影响更深。比较的还是黄庭坚受他的影响多些。庭坚多用俗字入词,极为通俗,在这一方面,他们二人是很相近的;不过庭坚较永却更为大胆。

  第三个时期是深造的时期,也可以说是周美成的时代。在这一个时期里，音律更为注重，"曲子内缚不住"的作品已经是绝无仅有的了。新的歌调仍在创造，而第二期的豪迈不羁的精神则渐渐的不见了。综言第三期的精神，可以称她为循规蹈矩的时代。第一期的清隽健朴的特质，他们是没有的，第二期奔放雄奇的特色，他们又是没有。他们的特质是严守音律，是日益趋于修斫字句，即在严格的词律之中，以清丽婉美之辞章，写出他们的心怀。他们实开辟了南宋词人的先路。但在这一期的最后，却有两个大词人出现，其精神与作风却与周美成他们不同。这两个大词人是皇帝词人赵佶与女流作家李清照。宋徽宗词近似李后主，清照的词则回复到第二期的豪放，而不流入粗鄙，有第一期的清隽，而又有豪情逸思。柳永、苏轼、周美成会有人去学的，会成了一派的，而清照的词却永不会有人学得成功，即永不会成为一个派别。她是独往独来的。第三期以她为殿军，我们颇觉得是一个奇迹。唐诗之变为温、李，尚为可知的一个趋势，北宋词之终于清照，却不是我们所能料得到的。

二

第一期的大作家，自当以晏殊、欧阳修、范仲淹、张先为首。但他们的崛起，离五代词人的最后几个，已经是近一百年了。北宋的初年，东征西讨，人不离骑，马不离鞍，注意于词者绝少。及曹彬、潘美他们削平了诸国，构成了大一统的局面以后，降王降臣奔凑于皇都，文化的事业大为发达。又有《太平御览》《太平广记》《文苑英华》的编纂，似乎词坛应该很热闹的了。然而当时的词的作者，除了降王李煜、降臣欧阳炯等之外，却没有什么新兴的作家。我们与其以李煜、欧阳炯等为盛代的先驱，还不如以他为"残蝉的尾声"为更妥切些。真实的一个大时代的先驱，乃是晏殊他们，而非李煜他们。

在晏殊之前，有几个词人，也应该在此一为叙及。

徐昌图[①]，莆阳人，宋太祖时守国子博士，后迁至殿中丞。他的词不多，然如《临江仙》之"残灯孤枕梦，轻浪五更风"诸语也很美隽。如将他放在《花间》中，他乃是顾敻的一流。

> 饮散离亭西去，浮生长恨飘蓬。回头烟柳渐重重。淡云孤雁远，寒日暮天红。　　今夜画船何处？潮平淮月朦胧。酒醒人静奈愁浓。残灯孤枕梦，轻浪五更风。
>
> ——《临江仙》

---

① 他是五代时人，为诸降臣之一，姑列于宋词人之首。

潘阆字逍遥，大名人，有《逍遥词》①。他是北宋初年一位很重要的诗人。太宗朝赐进士第，坐事被收系，后乃得释，为滁州参军。他的词仅有《酒泉子》十首，皆咏杭州西湖的景色者。有几首写得很好。如"别来几向画阑（一作图）看，终是欠峰峦""三三两两钓渔舟，岛屿正清秋""寒鸦日暮鸣还聚"之类，皆可称得起是"好句"。第五首《长忆孤山》：

> 长忆孤山，山在湖心如黛簇。僧房四面向湖开，轻棹去还来。　芰荷香喷连云阁，阁上清声檐下铎。别来尘土污人衣，空役梦魂飞。
>
> ——《酒泉子》五

陆子通曾许之为："句法清古，语带烟霞。近时罕及。"

寇准②字平仲，下邽人。太平兴国中进士，累官尚书右仆射、集贤殿大学士，封莱国公。后为丁谓所构，乾兴初贬雷州司户参军卒（公元九六一～一〇二三）。有《巴东集》。③他的词未脱《花间》的衣钵，但较为浅露。

> 寒草烟光阔，渭水波声咽。春朝雨霁，轻尘歇，征鞍发。指青青杨柳，又是轻攀折。动黯然，知有后会甚时

---

① 《逍遥词》有《四印斋汇刻宋元三十一家词》本。
② 见《东都事略》卷四十一，《宋史》卷二百八十一。
③ 《寇忠愍诗集》三卷，有明刊本，有宜秋馆汇刊宋人集本。

节。　更尽一杯酒，歌一阕。叹人生里，难欢聚，易离别。且莫辞沉醉，听取阳关彻。念故人千里，自此共明月。

——《阳关引》

王禹偁[①]字元之，巨野人，太平兴国八年进士第。累知制诰。入翰林为学士。咸平初出守黄州，徙蕲州卒（公元九五四~一〇〇一）。有《小畜集》[②]。他的诗名很著，在北宋初，乃是一位很重要的五七言诗作者。他偶作小词，也颇有意绪，如《点绛唇》"一缕孤烟细"一语，便很足耐味。

雨恨云愁，江南依旧称佳丽。水村渔市，一缕孤烟细。　天际征鸿，遥认行如缀。平生事，此时凝睇，谁会凭栏意。

——《点绛唇》

钱惟演[③]字希圣，吴越王俶之子。归宋为右屯卫将军，累迁枢密使，后为崇信军节度使卒。有《拥旄集》。他虽为降王之子，居大位，然而他的小词却甚为动人，不失为一位很好的诗人。他的《玉楼春》，黄叔旸谓："此暮年作，词极凄惋。"

城上风光莺语乱，城下烟波春拍岸。绿杨芳草几时

---

① 见《东都事略》卷三十九，《宋史》卷二百九十三。
② 《小畜集》三十卷，《外集》七卷，有乾隆刊本。
③ 见《东都事略》卷二十四，《宋史》卷三百十七。

休,泪眼愁肠先已断。 情怀渐变成衰晚,鸾镜朱颜惊暗换。昔年多病厌芳樽,今日芳樽惟恐浅。

——《玉楼春》

以上这几位词人,都是在晏殊之前的。他们初无意于为词,故其词流传者甚少,虽偶有很隽妙的小词,足令后人为之低徊不已者,却都不足当"大词人"的称号。第一个大词人,有意于为词且为之而工者,当推晏殊。

三

晏殊[①]字同叔,江西抚州临川人。他是一个大天才,七岁便能文。"景德初以神童荐。召与进士千余人并试庭中。殊神气不慑,援笔立就,赐进士出身"(《宋史》本传)。帝且使他尽读秘阁书。每有谘访,率用方寸小纸,细书问之。后事仁宗,尤加信爱,仕至观文殿大学士卒(公元九九一~一〇五五)。他的生平可算是"花团锦簇"的一位诗人生活。他卒后,赠谥元献。当时知名之士如范仲淹、孔道辅、欧阳修皆出其门。性刚峻,遇人以诚,一生自奉如寒士。"为文赡丽,尤

---

① 见《东都事略》卷五十六,《宋史》卷三百十一。

工诗，闲雅有情意"（《宋史》本传）。有集二百四十余卷[①]。然他的最大的成功，他的诗人的真面目，却完全寄托在他的词中。他的诗不足以代表他，他的散文更不足以表现他。他的《珠玉词》[②]虽仅一百数十首，却完全把这位"花团锦簇"、钟鸣鼎食、侍妾满前的"诗人大臣"的本来面目表现出来了。我们晓得凡诗人都是多愁善感的，虽在平常人所认为满意可喜的境界里，诗人却仍自有其悲感。所以晏殊虽居于"养尊处优"的地位，却仍不免的要时时的叫道："可惜良辰好景欢娱地，只凭空憔悴"（《凤衔杯》），"离别常多会面难，此情须问天"（《破阵子》）。人生什么都能够看得透，只有恋情是参不破的，什么都能够很容易的志得意满，惟有恋情却终似明月般的易缺难圆。晏殊在这一方面似乎也是深尝着它的滋味的。他的儿子几道曾说道："先君平日小词虽多，未尝作妇人语也。"如果我们未读同叔之词，见了此语，一定会相信他乃是一位粗豪的诗人，有似《大江东去》的作者，或类于雄迈不羁的辛弃疾似的词中论文家。岂知这完全是不对的。同叔不仅蕴藉多情，常感到恋爱的辛辣味儿，且亦尝絮絮切切的作着"妇人语"呢。几

---

① 今存《晏元献遗文》一卷，有《四库全书》本，有《宜秋馆汇刻宋人集乙编》本（宜秋馆本附补编三卷）。

② 有汲古阁刊《宋六十家词》本。

道虽欲为父讳，却忘记事实的真相。"月好谩成孤枕梦，酒阑空得两眉愁，此时情绪悔风流。"（《浣溪沙》）"为我转回红脸面。"（同上）"且留双泪说相思。"（同上）"落花风雨更伤春，不如怜取眼前人。"（同上）"鬓軃欲迎眉际月，酒红初上脸边霞，一场春梦日西斜。"（同上）"东城南陌花下，逢着意中人。"（《诉衷情》）"何况旧欢新宠阻心期，满眼是相思。"（《凤衔杯》）"未知心在阿谁边，满眼泪珠言不尽。"（《玉楼春》）这些都不是多情语么？"当时轻别意中人，山长水远知何处？"（《凤衔杯》）"消息未知归早晚，斜阳只送平波远。"（《蝶恋花》）"浓睡觉来鹦乱语，惊残好梦无寻处。"（同上）"昨夜西风凋碧树，独上高楼，望尽天涯路。"（同上）"那堪更别离情绪，罗巾掩泪，任粉痕沾污，争奈向千留万留不住。"（《殢人娇》）这些都不是"妇人语"么？同叔之未脱这些妇人语，正足见其未脱尽花间派的衣钵。《贡父诗话》说："元献尤喜冯延巳歌词，其所自作亦不减延巳乐府。"他的成就或未足与延巳为邻，然其高处，却时时足以闯入延巳之室而无愧。

露莲双脸远山眉，偏与淡妆宜。小庭帘幕春晚，闲共柳丝垂。　人别后，月圆时，信迟迟。心心念念，说尽无凭，只是相思。

——《诉衷情》

细草愁烟，幽花怯露，凭栏总是销魂处。日高深院静无人，时时海燕双飞去。　　带暖罗衣，香残薰炷，天长不禁迢迢路。垂杨只解惹春风，何曾系得行人住。

——《踏莎行》

红笺小字，说尽平生意。鸿雁在云鱼在水，惆怅此情难寄。　　斜阳独倚西楼，遥山恰对帘钩。人面不知何处，绿波依旧东流。

——《清平乐》

范仲淹①与晏殊不同。晏殊小词多，而佳者不多，仲淹则其词不过寥寥几首，却无一首不是清隽绝伦，足以卑视《花间》中诸大家，足以奴使南宋诸词人。他所取的不过当前之景，所抒写的也不过是人人所熟说的离情别绪，然而一经过他的笔端，这些"朽腐"却无不变为"神奇"了。像这样的一位天才的诗人，论者竟未能将他与柳、张、秦、黄、苏、辛、周、姜同列，真未免太可怪了。仲淹字希文，吴县人，大中祥符八年进士，仕至枢密副使，参知政事，卒谥文正（公元九八九～一〇五二）。有集。②

---

① 见《东都事略》卷五十九，《宋史》卷三百十四。
② 《文正集》二十卷，别集四卷，补编五卷，有岁寒堂刊本，有《四库全书》本，又《范文正集》九卷，有《正谊堂丛书》本。

碧云天，黄叶地，秋色连波，波上寒烟翠。山映斜阳天接水，芳草无情，更在斜阳外。　黯乡魂，追旅思，夜夜除非，好梦留人睡。明月楼高休独倚，酒入愁肠，化作相思泪。

——《苏幕遮·怀旧》

塞下秋来风景异，衡阳雁去无留意。四面边声连角起，千嶂里，长烟落日孤城闭。　浊酒一杯家万里，燕然未勒归无计。羌管悠悠霜满地，人不寐，将军白发征夫泪。

——《渔家傲·秋思》

纷纷坠叶飘香砌，夜寂静，寒声碎。真珠帘卷玉楼空，天淡银河垂地。年年今夜，月华如练，长是人千里。

愁肠已断无由醉，酒未到，先成泪。残灯明灭枕头欹，谙尽孤眠滋味。都来此事，眉间心上，无计相回避。

——《御街行·秋日怀旧》

仲淹又有一首《剔银灯》，据《中吴纪闻》，说是他与欧阳修在席上分题的。然而词意凡近，与《苏幕遮》《渔家傲》诸作，迥不相同，我颇疑心它是后人假托的。假定真是仲淹所作，则他也算是一位苏、辛的先驱了。[1]

---

[1] 《范文正公诗余》一卷，有《彊村丛书》本。

昨夜因看蜀志，笑曹操、孙权、刘备。用尽机关，徒劳心力，只得三分天地。屈指细寻思，争如共刘伶一醉。

人世都无百岁，少痴騃，老成尪悴。只有中间，些子少年，忍把浮名牵系。一品与千金，问白发如何回避。

——《剔银灯·与欧阳公席上分题》

四

欧阳修①字永叔，庐陵人。第进士，历官礼部侍郎，兼翰林侍读学士，拜枢密副使、参知政事，以太子少师致仕，卒赠太子太师，谥文忠（公元一〇〇七~一〇七二）。有《六一居士词》②。他是当时一位复古派的重要文人；在诗与散文一方面，都努力的要打破西昆体的萎靡不振的文风。在词一方面，他又是一个很重要的创作者。他因为是一位古文家的领袖，所以颇具着传统的道学脸孔。我们在他的散文中，只见到他是一位道貌俨然的无感情的学者，在他的五七言诗中，我们也很难看得出他是怎样富于感情的一位诗人。但在他的词中，却不意将他

---

① 见《东都事略》卷七十二，《宋史》卷三百十九。
② 《六一词》有汲古阁刊《宋六十家词》本，又《欧阳文忠公近体乐府》三卷及《醉翁琴趣外编》六卷，有《双照楼景宋元明本词》本。

欧阳修
上官周作

的道学假面具全都卸下来了；他活泼泼地、赤裸裸地将他的诗人生活，表现在我们之前。在这里，我们才完全看出他乃是一位如何伟大的抒情诗人。他的散文如果完全消灭了，他的五七言如果完全散逸了，这都不要紧；只要他的《六一词》还留遗在人间，他的大诗人的名望便将永久地存在着。

花似伊，柳似伊，花柳青春人别离，低头双泪垂。

长江东，长江西，两岸鸳鸯两处飞，相逢知几时。

——《长相思》

候馆梅残，溪桥柳细。草熏风暖摇征辔。离愁渐远渐无穷，迢迢不断如春水。　　寸寸柔肠，盈盈粉泪。楼高莫近危阑倚。平芜尽处是春山,行人更在春山外。

——《踏莎行》

　　池塘水绿春微暖,记得玉真初见面。从头歌韵响铮钑,入破舞腰红乱旋。　玉钩帘下香阶畔,醉后不知红日晚。当时共我赏花人,点检如今无一半。

——《玉楼春》

在这一类的词语里,我们都可以看出永叔是一位深于情者。他的情语,每多苦趣,如"莲子与人长厮类,无好意,年年苦在中心里""天与多情丝一把,谁厮惹,千条万缕萦心下""脉脉横波珠泪满,归心乱,离肠便逐星桥断"(以上皆《渔家傲》)。我们可想见他的恋情,也必是有一段苦趣的。宋人小说里,因有永叔盗甥之说。王铚《默记》载永叔的《望江南双调》一首:

　　江南柳,叶小未成阴。人为绿轻那忍折,莺怜枝嫩不胜吟,留取待春深。　十四五,闲抱琵琶寻。堂上簸钱堂下走,恁时相见已留心,何况到如今。

他说,奸党因此"诬公盗甥。公上表自白云:'丧厥夫而无托,携孤女以来归。张氏此时,年方十岁。'钱穆父素恨公,笑曰:'此正学簸钱时也。'欧知贡举,下第举人复作《醉蓬莱》讥之"。此说在当时流传一定很盛,所以许多人竭力为他辨明；一半为了要洗白他，一半也为了要维持他的道学的面具。陈质斋说："欧阳公词多有与《花间》《阳春》相混，亦有鄙亵之语厕其中。当是仇人无名子所为也。"罗长源说："公尝致意于《诗》，为之《本义》，温柔宽厚，所得深矣。今词之浅近者，前辈多谓是刘辉伪作。"其实这种辩解，也大可以不必。奸人造作是非，容或有之，然因此而遂否认许多情词，以为都不是他作的，真未免太过于小心谨慎。永叔盗甥之说，未必可信；但像《望江南双调》所写的那种情境，难道便可决定他必不曾经历过的么？在写景一方面，永叔的词，也有许多是很隽妙的，如：

> 轻舟短棹西湖好。绿水逶迤，芳草长堤，隐隐笙歌处处随。　无风水面琉璃滑。不觉船移，微动涟漪，惊起沙禽掠岸飞。
>
> ——《采桑子》
>
> 柳外轻雷池上雨，雨声滴碎荷声。小楼西角断虹明。阑干倚处，待得月华生。　燕子飞来窥画栋，玉钩垂下帘旌。凉波不动簟纹平。水精双枕，旁有堕钗横。
>
> ——《临江仙》

他的词，大约可分为前后二期，前期多缠绵绮腻、悱婉动人的情语，后期则多苍劲爽直、老境颓唐之意；前期的代表

作,上面已引了不少,现在更举一首于下:

> 凤髻金泥带,龙纹玉掌梳,去来窗下笑相扶。爱道:画眉深浅入时无? 弄笔偎人久,描花试手初,等闲妨了绣工夫。笑问:双鸳鸯字怎生书?
>
> ——《南歌子》

像这样娇嫩的好句,举之真不会厌其多!后期的代表作,亦举一首于下:

> 堤上游人逐画船,拍堤春水四垂天。绿杨楼外出秋千。 白发戴花君莫笑,六么催拍盏频传。人生无处似尊前。
>
> ——《浣溪沙》

五

张先[①]字子野,吴兴人,为都官郎中。(公元九九〇~一〇七八)有《安陆集》词一卷[②]。先与柳永齐名,时人多以为张不

[①] 见谈钥《吴兴志》。
[②] 《安陆集》一卷附录一卷,有葛氏刊本,又有扬州诗局刊本,《张子野词》一卷,有《名家词》本(《粟香室丛书》),又二卷补遗二卷,有《知不足斋丛书》本及《疆村丛书》本。

及柳。李端叔亦云："子野词，才不足而情有余。"说起浩浩莽莽的气势，宛曲缠绵的情调，先自然要不及柳永；然他的词亦甚多清隽之作；有的时候，永还不能追得上他呢。《古今诗话》载有一段故事："有客谓子野曰：'人皆谓公张三中，即心中事、眼中泪、意中人也。'公曰：'何不目之为张三影？'客不晓。公曰：'云破月来花弄影；娇柔懒起，帘压卷花影；柳径无人，堕飞絮无影。此余平生所得意也。'"而"三影"中尤以"云破月来花弄影"为最著于人口，其全文如下：

> 水调数声持酒听，午醉醒来愁未醒。送春春去几时回。临晚镜，伤流景，往事后期空记省。　　沙上并禽池上暝，云破月来花弄影。重重帘幕密遮灯。风不定，人初静，明日落红应满径。

——《天仙子》

相传宋祁往见张先的时候，将命者道："尚书欲见'云破月来花弄影'郎中。"子野道："得非'红杏枝头春意闹'尚书耶？"此可见他的此词，已成了无人不知的名语了。先的小词绝佳，有许多句子真是娇媚欲透过纸背，令人不禁要想见青春时的热恋情形来，如"闻人话着仙卿字，瞋情恨意还须喜。何况草长时，酒前频见伊"（《菩萨蛮》），"牡丹含露真珠颗，美人折向帘前过。含笑问檀郎：花强妾貌强？檀郎故相恼,刚道花枝好。花若胜如奴,花还解语无"(《菩萨蛮》),"密意欲传,娇羞未敢。斜偎象板还偷睑。轻轻试问借人么?佯佯不觑云鬟点"(《踏莎行》)诸语,哪一个字不是新鲜的,不是活泼的,不是若十七八女郎之倩笑,若"密殿遥闻笙歌奏"的。他亦间作慢词,却都未见得好,如"宴亭永昼喧箫鼓"(《山亭宴慢》),"缭墙重院,时闻有啼莺到"(《谢池春慢》),皆病在雕镂刻划过度。蔡伯世以为,张先词胜乎情,盖指此等慢词而言。所以张先的年寿虽高,其活动期虽上与晏氏、欧阳及宋祁等同代,下与柳永、苏轼并世,而我却不迟疑的将他列于第一期中;他有技巧而没有豪迈奔放的气势,有纤丽而没有健全创造的勇力,仍是第一期的词人,而非第二期的作家的本色。先的五七言诗亦甚佳,苏轼尝题其词集云:"子野诗笔老妙,歌词乃其余波耳。《华州西溪》诗云:'浮萍破处见山影,小艇归时闻草声。'又和余诗云:'愁似鳏鱼知夜永,懒同蝴蝶为春忙。'若此之类,皆可以追配古人,而世俗但称其歌词。"

六

晏几道亦可归于这一期词人之列。几道字叔原,殊幼子,监颍昌许田镇。有《小山词》。①黄庭坚谓其"磊隗权奇，疏于顾忌。文章翰墨，自立规摹。常欲轩轾人而不受世之轻重。诸公虽称爱之，而又以小谨望之，遂陆沉于下位"。又称其词，能"寓以诗人之句法，清壮顿挫，能动摇人心"。后来论者亦称其词聪俊，出入于温、韦之间，而尤胜于大晏。程叔彻说："伊川闻诵晏叔原'梦魂惯得无拘检，又踏杨花过谢桥'，笑曰：'鬼语也。'意亦赏之。"他是一个十足的诗人，所以"常欲轩轾人而不受世之轻重"。虽因此不得在上位而词亦因此日工。"其合者《高唐》《洛神》之流，其下者岂减《桃叶》《团扇》"（山谷语）。像那样的丽句，竟连道学祖的程颐"意亦赏之"，可见当时称许者喜爱之多。大抵几道的词，最多者为艳语，间亦有穷愁牢骚之作，如"东野亡来无丽句，于君去后少交亲"（《临江仙》）之类。他的艳语，仍是《花间》的作风，绝非若柳永的无所不写，且穷形尽相地写。他的语句非不淫艳，他的情调非不缠绵，他的抒写非不婉曲，然而他却是有所不写的、隽雅的、蕴藉的。

彩袖殷勤捧玉钟，当年拼却醉颜红。舞低杨柳楼心月，歌尽桃花扇底风。　　从别后，忆相逢，几回魂梦与

---

① 《小山词》有汲古阁刊《宋六十家词》本，又有晏端书刊本。

君同。今宵剩把银釭照，犹恐相逢是梦中。

——《鹧鸪天》

念奴初唱离亭宴，会作离声勾别怨。当时垂泪忆西楼，湿尽罗衣歌未遍。　　难逢最是身强健，无定莫如人聚散。已拚归袖醉相扶，更恼香檀珍重劝。

——《木兰花》

家近旗亭酒易酤，花时长得醉工夫，伴人歌笑懒妆梳。户外绿杨春系马，床前红烛夜呼卢，相逢还解有情无。

——《浣溪沙》

休休莫莫，离多还是因缘恶。有情无奈思量着。月夜佳期，近写青笺约。　　心心口口长恨昨，分飞容易当时错。后期休似前欢薄。买断青楼，莫放春闲却。

——《醉落魄》

七

第一期中，尚有几个作家，也应该一提。宋祁①字子京，安州安陆人。天圣中进士。累官翰林学士承旨，卒赠尚书，谥

---

①　见《东都事略》卷六十五，《宋史》卷二百八十四。

景文（公元九九八～一〇六一），有《出麾小集》《西洲猥稿》。子京词名甚著，然其词传者不多。如"珠帘约住海棠风，愁拖两眉角"（《好事近》），"少年不管流光如箭，因循不觉韶华换。到如今，始惜月满，花满，酒满"（《浪淘沙·别刘原父》）等语，也都很好，而《玉楼春》一词：

> 东城渐觉风光好，縠绉波纹迎客棹。绿杨烟外晓寒轻，红杏枝头春意闹。　浮生长恨欢娱少，肯爱千金轻一笑。为君持酒劝斜阳，且向花间留晚照。

竟使他得了"'红杏枝头春意闹'尚书"之号。

张昇①字杲卿，韩城人，第进士。累官参知政事，镇河阳，以太子太师致仕，卒谥康节。昇的词传者不多，然如《离亭燕》一词：

> 一带江山如画，风物向秋潇洒。水浸碧天何处断？霁色冷光相射。蓼屿荻花洲，掩映竹篱茅舍。　云际客帆高挂，烟外酒旗低亚。多少六朝兴废事，尽入渔樵闲话。怅望倚层楼，寒日无言西下。

颇豪迈可喜，有类于"西风残照"一作，而不似《花间》中作风。第二期的雄健奔放之作，已于这类词里透露出一点消

---

① 见《东都事略》卷七十一，《宋史》卷三百十八。

息来。

谢绛[1]字希深，富阳人，举进士。累官兵部员外郎，擢知制诰，出知邓州。（公元九九五～一〇三九）有集。他的词也不甚多。如"尊前和笑不成歌，意偷传，眼波微送"（《夜行船》）诸语，写情亦殊深刻。

欧阳修的好友梅尧臣[2]为当时的大诗人之一，亦间作词。尧臣字圣俞，宣城人。为都官员外郎。（公元一〇〇二～一〇六〇）有《宛陵集》[3]。他的咏"草"词《苏幕遮》：

露堤平，烟墅杳。乱碧萋萋，雨后江天晓。独有庾郎年最少，窣地春袍，嫩色宜相照。　　接长亭，迷远道。堪怨王孙，不记归期早。落尽梨花春又了。满地残阳，翠色和烟老。

也可以说是咏物词中的上乘作品。"满地残阳，翠色和烟老"，在意境上也是很高超的。又有苏舜钦，亦修友，间也作词，惟佳者颇少。

---

[1] 见《东都事略》卷六十四，《宋史》卷二百九十五。
[2] 见《东都事略》卷一百十五《文艺传》，《宋史》卷四百四十三《文苑五》。
[3] 《宛陵集》六十卷附录一卷，有《四库全书》本，有清末刊本，有《四部丛刊》本。

王安石[1]字介甫，临川人。（公元一〇二一～一〇八六）为神宗时代（一〇六八～一〇八五）最重要的执政者。

他的眼光很远，知道苟安之局不能延长下去，便想变法以图自强。然而和者绝寡，他的一切政策，都归失败。不久，金人南征，北宋也随之而亡。他有《临川集》[2]，词一卷[3]。以他这样的一位用世的名臣，宜乎气格与别的词人们不同。晏几道为他的父亲同叔辩护，说他生平不作妇人语；若介甫，则真生平不作妇人语者。他的词脱尽了《花间》的习气，推翻尽了温、韦的格调、遗规，另自有一种桀骜不群的气韵，我们知道在第二期中苏轼有几首词，是驱尽传统的情调的；我们也知道在南宋的初年，辛弃疾更有许许多多词是不沾染一点脂粉气的：但王安石词之大胆无忌的排斥尽旧日的束缚（无论在格式上，在情调上都是如此），为苏、辛作先驱，为第二期的词的黄金时代作前锋，则很少人注意及之。他在词上的大胆，敢于自我作古，也正如他的在政治上的一切设施。"祖宗不足法，人言不足恤"，有了这样的独往独来的勇气才能够有作先驱的资格，才能够有别创一个天地的可能。

---

[1] 见《东都事略》卷七十九，《宋史》卷三百二十七。
[2] 《临川集》一百卷，有明、清诸刊本，有《四部丛刊》本。
[3] 《临川先生歌曲》一卷，补遗一卷，有《彊村丛书》本。

王安石
上官周作

登临送目,正故国晚秋,天气初肃。千里澄江似练,翠峰如簇。归帆去棹残阳里,背西风,酒旗斜矗。彩舟云淡,星河鹭起,画图难足。　念往昔繁华竞逐,叹门外楼头,悲恨相续。千古凭高,对此谩嗟荣辱。六朝旧事随流水,但寒烟,芳草凝绿。至今商女,时时犹歌,后庭遗曲。

——《桂枝香》

伊吕两衰翁,历遍穷通。一为钓叟一耕佣。若使当时身不遇,老了英雄。　汤武偶相逢,风虎云龙。兴王只在笑谈中。直至如今千载后，谁与争功。

——《浪淘沙令》

我写到这里时，知道一定会有人见了便要愤然的说道，像上面的词，难道也可以算作什么"词"么？但这不过偶然举出，作为安石词的一个极端的例子而已。其实安石的词，也尽有十分清隽的，如"晚来何物最关情，黄鹂三两声"（《菩萨蛮》），"尘不到，时时自有春风扫"（《渔家傲》），"山桃溪杏两三栽，为谁零落为谁开"（《浣溪沙》）诸语；也尽有许多深情缱绻的，如"而今误我秦楼约，梦阑时，酒醒后，思量着"（《千秋岁引》），"红笺寄与烦恼，细写相思多少。醉后几行书字小，泪痕都搵了"（《谒金门》）。他不过不作"妇人语"罢了，并不是不作情语。他不过脱尽了《花间》《尊前》的窠臼而已，并不是不能写什么抒情语、描景语。他的极端的例，如"伊吕两衰翁"当然不是在做词，而在做史论；然如"醉后几行书字小，泪痕都搵了"诸语，比之伤于刻镂的《花间》诸作只有见其更为真挚多情，更善于抒达心意而已。

林逋[①]字君复，钱塘人。隐居西湖之孤山，不仕。真宗曾

---

① 见《东都事略》卷一百十八《隐逸传》，《宋史》卷四百五十。

诏长吏岁时劳问。卒谥和靖先生。逋善为诗，终身不娶。"常养两鹤，纵之则飞入云霄，盘旋久之，复入笼中"（《梦溪笔谈》）。又喜梅花，曾有"暗香疏影"的名句。故相传有"梅妻鹤子"之说。惟读逋《长相思》："同心结未成，江头潮已平。"似并非无情者。逋高逸倨傲，多所学，唯不能棋。尝谓人曰："逋世间事皆能之，唯不能担粪与著棋。"有集①。

> 金谷年年，乱生春色谁为主。余花落处，满地和烟雨。　又是离歌，一阕长亭暮。王孙去，萋萋无数，南北东西路。
>
> ——《点绛唇·草》

> 吴山青，越山青，两岸青山相送迎，谁知离别情。
>
> 君泪盈，妾泪盈，罗带同心结未成，江头潮已平。
>
> ——《长相思》

韩琦②字稚圭，安阳人，天圣中进士。历同中书门下平章事、集贤殿大学士，卒谥忠献，徽宗赠魏郡王。有《安阳集》③。《语林》："欧阳公平日少许人，唯服韩稚圭。尝因事叹曰：'累百欧阳修，何敢望韩公。'"《词苑》："公经国大手，而小词乃

---

① 《林和靖诗集》有清代好几种刊本。
② 见《东都事略》卷二十七，《宋史》卷二百二十。
③ 《安阳集》有《宜秋馆汇刻宋人集》本。

以情韵胜人。"像《点绛唇》"庭前花影添憔悴"诸语，诚是深于情者。《安阳好》词中也颇有好句，如"花外轩窗排远岫，竹间门巷带长流"之类。

> 病起恹恹，庭前花影添憔悴。乱红飘砌，滴尽真珠泪。　惆怅前春，谁向花前醉。愁无际，武陵凝睇，人远波空翠。
>
> ——《点绛唇》

李冠字世英，山东人。有《蝶恋花》一词，盛传于世：

> 遥夜亭皋闲信步，才过清明，渐觉伤春暮。数点雨声风约住，朦胧淡月云来去。　桃杏依稀香暗度，谁在秋千，笑里轻轻语。一寸相思千万绪，人间没个安排处。

王安石亦殊赏之，谓："张子野'云破月来花弄影'，不如冠'朦胧淡月云来去'也。"

此外，当时大臣若司马光、韩缜诸人，文士若石延年诸人，亦皆能写词，但俱不甚佳，故不必在此一一的列举。

八

第二期的词人，自当以柳永为首。这一期是慢词最盛的时代，柳永虽未必为慢词的创造者，却是慢词的代表人。当时与他抗立的大诗人是苏轼；轼的门下，如秦七（观）、黄九（庭坚）等都是很受他的影响的。所以我们可以说，这一期是柳永及其跟从者的时期；虽有一二个独立不群的词人，如苏轼，然论者终不以他为出色当行之作者。苏轼可以说是"非职业"的词人，柳永则为"职业的"词人。苏轼的一生，爱博而无所不能，以其绝代的天才雄长于当时的词坛、诗坛、文坛。然柳永的一生，却专精于"词"；他除词外没有著作，他除词外没有爱好，他除词外没有学问。相传宋仁宗留意儒雅，深斥浮艳虚华之文。永则好为淫冶之曲，传播四方。尝有《鹤冲天》词云："忍把浮名，换了浅斟低唱。"及临轩放榜时，特落之，说道："且去浅斟低唱吧，何要什么浮名。"其后他另改了一个名字，方才得中。这可见他的词在当时如何的为人所知。

永的初名是三变，字耆卿，乐安人，景祐元年进士。官至屯田员外郎，故世号"柳屯田"。有《乐章集》[①]。他的一生生活，真可以说是在"浅斟低唱"中度过的。他的词大都在"浅斟低唱"之时度成了的，他的灵感大都是发之于"依红偎翠"的妓院中的，他的题材大都是恋情别绪，他的作词大都是对妓女少妇而发的，或代少妇妓女而写的；他的文辞因此便异常浅近谐

---

① 《乐章集》一卷，有汲古阁刊《宋六十家词》本，又三卷，《续添曲子》一卷，有《彊村丛书》本。

俗，深投合于妓女阶级的口味，为这些妓女阶级所能传唱，所能口唱而心知其意，所能欣赏而深知其好处，所能受感动而怅惘不已。所以他的词才能流传极广，"凡有井水饮处，即能歌柳词"。然亦因此颇为通人所鄙。李端叔说："耆卿词铺叙展衍，备足无余。较之《花间》所集，韵终不胜。"孙敦立说："耆卿词虽极工，然多杂以鄙语。"黄叔旸说："耆卿长于纤艳之词，然多近俚俗。"对于他的能谐俗而格韵不高之一点，大约是当时的许多词人所同意诟病于他的。例如"平生自负风流才调，口儿里道知张、陈、赵……阎罗大伯曾教来道，人生但不须烦恼，遇良辰，当美景，追欢买笑"（《传花枝》），"几多狎客看无厌，一辈舞童功不到……而今长大懒婆娑，只要千金酬一笑"（《木兰花》）之类，诚不免于鄙俗无诗趣。然他的词格却决不止于这个境地。这些原是他的最下乘的东西。他的名作，其蕴藉动人处，真要"十七十八女郎，按红牙拍"以唱之，才能尽达得出来的。苏轼曾拈出"霜风凄紧，关河冷落，残照当楼"，以为"唐人佳处，不过如此"。他的情调，几乎是千篇一律的"羁旅悲怨之辞，闺帷淫媟之语"，然千篇的情调虽为一律，千篇的辞语却未有相同的；他的词百变而不离其宗的是旅思闺情，然却能以千样不同的方法、千样不同的辞意传达之，使我们并不觉得他们的重复可厌。我们如果读《花间》《尊前》过多，往往有雷同冗复之感，在柳永的《乐章集》中，这个缺点，他却常能很巧妙的避去了。这是他的慢词最擅长之一点，也是他的最足以使我们注意的一点。我们试读下面的几首词：

> 洞房记得初相遇，便只合长相聚。何期小会幽欢，变作离情别绪。况值阑珊春色暮，对满目乱花狂絮，直恐好风光，尽随伊归去。　一场寂寞凭谁诉？算前言总轻负。早知恁地难拼，悔不当时留住。其奈风流端正外，更别有系人心处。一日不思量，也攒眉千度。
>
> ——《昼夜乐》

> 断云残雨。洒微凉，生轩户，动清籁萧萧庭树。银河浓淡，华星明灭，轻云时度。莎阶寂静无睹，幽蛩切切秋吟苦。疏篁一径，流萤几点，飞来又去。　对月临风，空恁无眠耿耿，暗想旧日牵情处。绮罗丛里，有一人，那回饮散，略曾谐鸳侣。因循忍使睽阻，相思不得长相聚。好天良夜，无端惹起，千愁万绪。
>
> ——《女冠子》

> 寒蝉凄切，对长亭晚，骤雨初歇。都门帐饮无绪，留恋处兰舟催发。执手相看泪眼，竟无语凝噎。念去去，千里烟波，暮霭沉沉楚天阔。　多情自古伤离别，更那堪冷落清秋节。今宵酒醒何处？杨柳岸晓风残月。此去经

年，应是良辰好景虚设。便纵有千种风情，更与何人说。

——《雨霖铃》

闲窗烛暗，孤帏夜永，欹枕难成寐。细屈指寻思，旧事前欢，都来未尽，平生深意。到得如今，万般追悔，空只添憔悴。对好景良辰，皱着眉儿，成甚滋味。　红茵翠被，当时事，一一堪垂泪。怎生得依前，似恁偎香倚暖，抱着日高犹睡。算得伊家，也应随分烦恼心儿里。又争似从前，淡淡相看，免恁牵系。

——《慢卷袖》

昨宵里恁和衣睡？今宵里又恁和衣睡？小饮归来初更过，醺醺醉。中夜后，何事还惊起。霜天冷风，细细触疏窗，闪闪灯摇曳。　空床展转，重追想，云雨梦，任欹枕难继。寸心万绪，咫尺千里。好景良天，彼此空有相怜意，未有相怜计。

——《婆罗门令》

耆卿词的好处，便在于能将一个意思，一种情绪，放在许多不同的境界里，用不同的景物，将他们烘托出来，使他们没有一点是雷同的，没有一点是重叠的，没有一句是复见的。他能细细地分析出离情别绪的最内在的感觉，又能细细地用最足以传情达意的句子传达出来。因此，便成了一个空前的作手，

第四章　北宋词人／*189*

杨柳岸晓风残月　　　郑文焯作

一个传后的祖祢。他的独特处,乃在于"铺叙展衍,备足无余",他的脱尽了《花间》的衣钵,为后来词家别辟一番境地处,也即在于"铺叙展衍,备足无余"。《花间》的好处,在于不尽(这当然是指多数代表作而言),在于有余韵;耆卿的好处却在于尽,在于"铺叙展衍,备足无余"。《花间》诸代表作,如绝代少女,立于绝细绝薄的纱帘之后,微露丰姿,若隐若现,可望而不可即;耆卿的作品,则如初成熟的少妇,"偎香倚暖",恣情欢笑,无所不谈,谈亦无所不尽。这两个不同的境界,哪一种更为高尚,却是无从下断语的。但这第二种的境界，却是耆卿所始创的，却是北宋词的黄金时代的特色，却是北宋词的黄金期作品之所以有异于五代词，有异于第一期作品的地方。所以五代及北宋初期的词，其特点全在"含蓄"二字，其词不得不短隽；北宋第二期的词，其特点全在"奔放"二字，其词不得不铺叙展衍，成为长篇大作。当时虽有几个以短隽之作见长的作家，然大多数的词人，则皆趋于奔放之一途而莫能自止。这个端乃开自耆卿。

耆卿的影响，在当时极大，在后来也极大。我们于《花间》蹊径之外，尚知有别的词径者，耆卿之影响实有以致之；我们知道词的境界不仅止于短隽者，也是耆卿的影响有以致之。秦少游（观）本以短隽擅场，却也逃不了耆卿的范围。《高斋词话》说，"少游自会稽入都，见东坡。东坡曰：不意别后，公却学柳七作词。少游曰：某虽无学，亦不如是。东坡曰：'销魂当此际'，非柳七语乎？"少游至此，也只好愧服了。少游如此，其他更可知了。东坡词虽取境取意，与柳七绝异，然在奔放铺叙一方面，当也是暗受耆卿势力的笼罩的，不过不肯说出来而已。

苏轼[①]的影响，在当时虽没有柳七大，然实开了南宋的辛、

---

① 见《东都事略》卷九十三，《宋史》卷三百三十八。

刘一派，成为词中的一个别枝。故论者每以为东坡的小词似诗；又以为东坡"以诗为词，如雷大使之舞，虽极天下之工，要非本色"（陈师道语）。东坡他自己也尝说，"生平有三不如人"，谓著棋、吃酒、唱曲也。他的词"虽工而多不入腔，盖以不能唱曲故耳"。晁补之也说："东坡居士词，人谓多不谐音律。然横放杰出，自是曲子中缚不住者。"他的词谐音律与否，我们现在不具论。但东坡词实有两个不同的境界；这两个境界，固不同于《花间》，也有异于柳七。一个境界是"横放杰出"，不仅在作"诗"，直是在作史论，在写游记；例如：

> 大江东去，浪淘尽，千古风流人物。故垒西边，人道是三国周郎赤壁。乱石穿空，惊涛拍岸，卷起千堆雪。江山如画，一时多少豪杰。　遥想公瑾当年，小乔初嫁了，雄姿英发。羽扇纶巾，谈笑间，强虏灰飞烟灭。故国神游，多情应笑我，早生华发。人间如梦，一尊还酹江月。
>
> ——《念奴娇》
>
> 贤哉令尹，三仕已之无喜愠。我独何人，犹把虚名玷搢绅。　不如归去，二顷良田无觅处。归去来兮，待有良田是几时。
>
> ——《减字木兰花》

以及如"老夫聊发少年狂，左牵黄，右擎苍"（《江城子》），

苏轼　　　上官周作

"荷蒉过山前，曰：有心也哉此贤"（《醉翁操》）诸词皆是。这一个境界所谓"横放杰出"者，诚不是曲中所能缚得住的，也实在不是曲中的本色。《吹剑续录》说："东坡在玉堂日，有幕士善歌。因问：我词何如柳七？对曰：柳郎中词，只合十七八女郎，执红牙板，歌'杨柳外晓风残月'；学士词须关西大汉，铜琵琶，铁绰板，唱'大江东去'。东坡为之绝倒。"所谓"须关西大汉"歌唱的那些词，盖即指《念奴娇》诸作。此种"横放杰出"诸作，并不自东坡作古，我们在上文，已见到王安石的几首词，也已是这样的了。这样的词，固然开辟了一派，固然拓大了词的领土，然终是别支，终是外道。为词的秾纤靡弱所厌苦者，虽每喜举之，但在纯然为抒情诗的"词"的历史上论之，这一派实不过是桠枝旁出的一种意外的怪迹而已。就词论词，他们当然不足以列于最上层。

然东坡的词境，本不止于"横放杰出"，也不仅仅的以作论的方法来作词。他还有另一个境地，另一种作风，另一种名作在着。这一类的作风使他在词的已成熟套的蹊径之外，又别辟了一个园地。这个词境，便是"清空灵隽"。这种清空灵隽的作品，使东坡成了一个绝为高尚的词人；无论《花间》的短作，柳七的慢词，与之相较，都将暗然无色。这个境地实非天才绝顶的东坡不办。东坡之能在词坛上占了最上层的地位者，完全为了他的这一类作品，而决不是为了他的像《念奴娇》一类"横放杰出"的作品。我们觉得，作短隽的《花间》体尚易，作缠绵尽致的柳七体尚易，作横放杰出的词中"论文"也尚易，独有作清空灵隽的东坡体，则绝为不易。黄庭坚谓东坡的《卜算子》一词："语意高妙，似非吃烟火食人语。"胡寅谓："词在东坡一洗绮罗香泽之态，使人登高望远，举首浩歌，超乎尘埃之外。于是《花间》为皂隶，柳氏为舆台矣。"张炎说："东坡词，清丽舒徐处，高出人表，周、秦诸人所不能到。"这些好评，非在这一个境界里的词，不足以当之。例如：

> 缺月挂疏桐，漏断人初静。时见幽人独往来，缥缈孤鸿影。　惊起却回头，有恨无人省。拣尽寒枝不肯栖，寂寞沙洲冷。

——《卜算子》

> 冰肌玉骨，自清凉无汗。水殿风来暗香满。绣帘开，一点明月窥人，人未寝，欹枕钗横鬓乱。　起来携素手，庭户无声，时见疏星渡河汉。试问夜如何？夜已三更，金波淡，玉绳低转。但屈指，西风几时来，又不道，流年暗中偷换。

——《洞仙歌》

明月几时有？把酒问青天。不知天上宫阙，今夕是何年。我欲乘风归去，又恐琼楼玉宇，高处不胜寒。起舞弄清影，何似在人间。　　转朱阁，低绮户，照无眠。不应有恨，何事长向别时圆？人有悲欢离合，月有阴晴圆缺，此事古难全。但愿人长久，千里共婵娟。

——《水调歌头》

乳燕飞华屋，悄无人，桐阴转午，晚凉新浴。手弄生绡白团扇，扇手一时似玉。渐困倚，孤眠清熟。帘外谁来推绣户，枉教人，梦断瑶台曲。又却是，风敲竹。　　石榴半吐红巾蹙，待浮花，浪蕊都尽，伴君幽独。秾艳一枝细看取，芳心千重似束。又恐被，秋风惊绿。若待得君来向此，花前对酒不忍触。共粉泪，两簌簌。

——《贺新郎》

像这一类的词，真是词中的最高格；"横放"的作者固不及此，即以短隽擅场，或以"铺叙展衍"见长的作者，也都难以企及。我们对于东坡这等词，还忍说他须"关西大汉"执铜琵琶、铁绰板来唱么？还忍责备他不谐音律么？将这些清隽无伦的诸词，杂置于矫作"绮罗香泽之态"的诸词中，真如逃出金鼓喧天的热闹场，而散步于"一天凉月清于水"的僻巷，树影倒地，花香微闻，其隽永清爽之味，直隔数十年外还不易忘之。

轼字子瞻，号东坡，四川眉山人。与父洵、弟辙，并有声于世，时号三苏。嘉祐初，试礼部第一，历官翰林学士。绍圣初安置惠州。徙昌化。元符初，北还。卒于常州（公元一〇三六～一一〇一）。高宗即位，赠太师，谥文忠。有《东坡居士词》[①]。东坡于散文，于五七言诗，皆各有很大的影响。他的词仅"横放杰出"若《念奴娇》之类，竟于后来成了一派；至于清空灵隽之作若《卜算子》诸词，却是不可攀及的，所以竟没有人去模拟，更不能成为一派。若论他在北宋词人中的位置，真可算是一位不期而出现的怪杰，独往独来，在当时是孤立无俦的。

九

黄庭坚、秦观、晁补之、张耒四人，被称为苏门四学士。然在词一方面，他们四个人，差不多都可以说不曾受过东坡什么影响。庭坚自有其独到之处；观则杂受《花间》、柳七之流风而融冶之于一炉。晁、张二人也都沉靡于当时的作风中而不能自拔，仅间有可喜的隽语而已。

[①] 《东坡词》一卷，有汲古阁刊《宋六十家词》本。《东坡乐府》二卷，有《四印斋所刻词》本，有《疆村丛书》本（三卷），又有林大椿校本（商务）。又《苏辛词》，叶绍钧选注，有《学生国学丛书》本（商务）。

黄庭坚[①]字鲁直，分宁人。举进士。元祐初为校书郎，迁集贤校理，擢起居舍人。自号山谷老人。（公元一〇四五～一一〇五）有《山谷词》[②]。庭坚的词，可分为两个完全不同的方面：第一方面是传统的作品，第二方面却是他自己所大胆特创的作风。他的传统的词，颇有人批评之，如晁补之所谓："黄鲁直小词固高妙，然不是当行家语，是著腔子诗。"至于第二方面的作品，论者则直以"时出俚浅，可称伧父"（陈师道语）二语抹煞之而已。然如：

　　银烛生花如红豆。占好事，如今有。人醉曲屏深，借宝瑟，轻招手。一阵白蘋风，故灭烛，教相就。　花带雨，冰肌香透。恨啼鸟，辘轳声晓。柳岸微凉吹残酒。断肠人，依旧镜中销瘦。恐那人知后，镇把你，来僝僽。

——《忆帝京》

　　樱桃著子如红豆，不管春归。闻道开时，蜂惹香须蝶惹衣。　楼台灯火明珠翠，酒恋歌迷。醉玉东西，少个人人暖被携。

——《采桑子》

---

①　见《东都事略》卷一百十六《文艺传》，《宋史》卷四百四十四《文苑六》。

②《山谷词》一卷，有汲古阁刊《宋六十家词》本，又《山谷琴趣外篇》三卷，有《涉园景宋金元明本词续》刊本。

黄庭坚

上官周作

即在一般传统的作品中也不能不算是佳作。若他的第二方面的特创之作，则恐怕除了当时的俗客歌伎之外，所谓雅士文人是再也不会赏识他们的了。在这一方面的作品里，他尽量的引用了当时的方言俗语入词；更尽量的模拟着当时流行的民歌的作风。他的大胆的解放，可说是"词史"上所未有的。柳永曾被论者同声称为"鄙俗"，然《乐章集》中引用俗语方言之处，如庭坚之"奴奴睡也奴奴睡"（《千秋岁》），"有分看伊，无分共伊宿，一贯一文跷十贯，千不足，万不足"（《江城子》）诸句，却从来不曾见过。永的词,毕究还是文人学士的词,虽然"有井水处,无不知歌柳词",真知他的好处实也未见得多。若庭坚的词,则真为一般市井人所完全明白,所完全知道其好处者。

对景还销瘦,被个人,把人调戏,我也心里有。忆我又唤我,见我嗔我,天甚教人怎生受! 看承幸厮勾,又是樽前眉峰皱。是人惊怪,冤我忒攔就。拼了又舍了,一定是这回休了。及至相逢又依旧。

——《归田乐引》

要见不得见,要近不得近。试问得君多少怜,管不解多于恨。 禁止不得泪,忍管不得闷。天上人间有底愁,向个里都谙尽。

——《卜算子》

更有许多首,杂着好些北宋时代的方言俗语,非今日所能解,只好不引来了。他有时也染着最坏的民歌的习气,以文字为游戏。例如,"你共人女边著子,争知我门里挑心"(《两同心》),"似合欢桃核,真堪人恨,心儿里有两个人人"(《少年心》)。"女边著子"是"好"字,"门里挑心"是"闷"字,"人"字盖即"仁"字的谐音。但有时也有最好的情歌,即柳永、秦观善于作情语的也不能有他那么深刻动人,似若俚近,而实则真挚可喜,似若谐俗,而实则浑朴难及,这可以说是他的最得益于民歌的地方。

> 把我身心，为伊烦恼，算天便知。恨一回相见，百方做计，未能偎倚，早觅东西。镜里拈花，水中捉月，觑着无由得近伊。添憔悴，镇花销翠减，玉瘦香肌。　奴儿又有行期。你去即无妨，我共谁？向眼前常见，心犹未足，怎禁得真个分离！地角天涯，我随君去，掘井为盟无改移。君须是，做些儿相度，莫待临时。
>
> ——《沁园春》
>
> 鸳鸯翡翠，小小思珍偶。眉黛敛秋波，仅湖南山明水秀。娉娉袅袅，恰近十三余，春未透。花枝瘦，正是愁时候。
>
> 寻芳载酒，肯落谁人后。只恐晚归来，绿成阴，青梅如豆。心期得处，每自不随人，长亭柳。君知否？千里犹回首。
>
> ——《蓦山溪》

庭坚自言，法秀道人曾诫他说："笔墨劝淫，应堕犁舌地狱。"他答曰："不过空中语耳。"他又说，晏几道词较他尤为纤淫，应堕何等地狱！其实几道的情语恋辞，又那里有他那么样的深刻。他也作壮语，作了语，但俱非出色当行之作。

秦观[①]字少游，高邮人。登第后，苏轼荐于朝，除太学

---

① 见《东都事略》卷一百十六《文艺传》，《宋史》卷一百四十四《文苑六》。

博士，迁正字，兼国史院编修官。坐党籍徙。徽宗立，放还。（公元一〇四九～一一〇〇）有《淮海词》①。少游的词，在当时称许之者极多。他也实在能兼传统的与当代的好处而有之。晁补之说："近来作者皆不及少游。如'斜阳外，寒鸦数点，流水绕孤村'，虽不识字人，亦知是天生好言语。"蔡伯世说："子瞻辞胜乎情，耆卿情胜乎辞。辞情相称者，惟少游而已。"张綖说："少游多婉约，子瞻多豪放，当以婉约为主。"观的词，好处便在于"婉约"，便在于"辞情相称"。然他的气魄却没有耆卿大，他的韵格却没有子瞻高，在大胆创造一方面，他的能力，竟也没有鲁直那么雄厚。他是一个谨慎小心的作者，是一个深刻尖俊的诗人，最善于置景藉辞、遣情使语的。他的小令，受《花间》及第一期作家的影响很深；确有许多不可磨灭的名言隽语，足以令人讽吟不已：

> 遥夜沉沉如水，风紧驿亭深闭。梦破鼠窥灯，霜送晓寒侵被。无寐，无寐，门外马嘶人起。

> ——《忆仙姿》

> 落红铺径水平池，弄晴小雨霏霏。杏园憔悴杜鹃啼，无奈春归。　柳外画楼独上，凭阑手捻花枝。放花无语

---

① 《淮海词》一卷，有汲古阁刊《宋六十家词》本，又《淮海居士长短句》三卷，有《彊村丛书》本。

对斜晖，此恨谁知。

——《画堂春》

他的慢词，则颇受影响于柳永；子瞻曾经指出，他自己也曾默认。但他的慢词毕竟不是柳永的；他自有一种婉约轻圆的作风，为永所不能及。今试举一二例于下：

> 山抹微云，天粘衰草，画角声断谯门。暂停征棹，聊共引离尊。多少蓬莱旧事，空回首，烟霭纷纷。斜阳外，寒鸦数点，流水绕孤村。　消魂，当此际，香囊暗解，罗带轻分。谩赢得青楼薄幸名存。此去何时见也，襟袖上，空染啼痕。伤情处，高城望断，灯火已黄昏。

——《满庭芳》

> 碧水惊秋，黄云凝暮，败叶零乱空阶。洞房人静，斜月照徘徊。又是重阳近也，几处处，砧杵声催。西窗下，风摇翠竹，疑是故人来。　伤怀，憎怅望，新欢易失，往事难猜。问篱边黄菊，知为谁开。谩道愁须殢酒。酒未醒，愁已先回。凭阑久，金波渐转，白露点苍苔。

——《满庭芳》

观亦间作俗语，但不甚多，也不至如庭坚那么大胆；如"每每秦楼相见，见了无限怜惜。人前强不欲相沾识，把不定，脸儿赤"（《品令》）之类，在观的词中已是很解放浅俚的了，然较之庭坚的"近日心肠不恋家，宁宁地思量他"(《归田乐》)之类，毕竟逊了一筹。他的词没有一首不入律。叶少蕴说："少游乐府，语工而入律，知乐者谓之作家。"相传少游性不耐聚稿，间有淫章醉句，辄散落青帘红袖间。故今传者并不甚多。

晁补之[①]字无咎，巨野人。自称济北词人。举进士。元祐初，除秘书省正字，曾一度通判扬州，召还为著作郎，坐党籍徙。大观末，知泗州卒。(公元一〇五三～一一〇一)有《鸡肋词》《逃禅词》。[②] 补之的词，陈质斋以为佳者不逊于秦七、黄九。然补之的诗才本不甚高，即其最佳的作品，视之秦七、黄九也实在不及。他没有秦七那么婉约多姿，也没有黄九那么苍劲有力。他是质朴的，是不会雕斫的，是不会舞文弄墨的。他也有他的特点，这个特点，便是他多直率的迁谪的哀怨。

> 松菊堂深，芰荷池小，长夏清暑。燕引雏还，鸠呼妇往，人静郊原趣。麦天已过，薄衣轻扇，试起绕园徐步。听衡宇欣欣，童稚共说，夜来初雨。　　苍苔径里，紫葳枝

---

① 见《东都事略》卷一百十六《文艺传》，《宋史》卷四百四十四《文苑六》。

② 《晁无咎词》六卷，有汲古阁《琴趣外篇》本，又有《双照楼影宋元明本词》本。

上，数点幽花垂露。东里催锄，西邻助饷，相戒清晨去。斜川归兴，翛然满目。回首帝乡何处？只愁恐，轻鞍犯夜，灞陵旧路。

——《永遇乐》

张耒[1]字文潜，淮阴人，第进士。历官起居舍人。知润州。坐党籍谪官。晚监南岳庙，主管崇福宫。（公元一〇五二~一一一二）有《宛丘集》[2]。耒在元祐诸词人中，作词最少，诸人皆有词集，耒则无之，计其所作，仅《风流子》及《少年游》《秋蕊香》三词传于世而已。然此三词皆甚有风致。《风流子》有"芳心一点，寸眉两叶，禁甚闲愁！情到不堪言处，分付东流"诸语。《少年游》则为他官许州时，喜营妓刘氏，为她而作的：

含羞倚醉不成歌，纤手掩香罗。偎花映竹，偷传深意，酒思入横波。看朱成碧心迷乱，翻脉脉敛双蛾。相见时稀隔别多，又春尽奈愁何！

其后去任，又为《秋蕊香》寓意：

---

[1] 见《东都事略》卷一百十六《文艺传》，《宋史》卷四百四十四《文苑六》。
[2] 《宛丘集》十三卷，有明刊本，又《柯山集》五十卷，有《聚珍板丛书》本，有闽刊本。

帘幕疏疏风透，一线香飘金兽。朱阑倚遍黄昏后，廊下月华如昼。别离滋味浓如酒，令人瘦。此情不及墙东柳，春色年年依旧。

苕溪渔隐以为："此二词，味其句意，不在诸公之下矣。"

十

当时词人蜂起，苏、柳及黄、秦之外，其足以自立的大家，又有贺铸、李之仪、陈师道、毛滂、程垓、谢逸、周紫芝、晁冲之、陈克、李廌、王观、张舜民诸人。

贺铸[①]字方回，卫州人。元祐中，通判泗州，又倅太平州。退居吴下，自号庆湖遗老。（公元一〇六三～一一二〇）有《东山寓声乐府》[②]。张耒谓："贺铸《东山乐府》妙绝一世。盛丽如游金、张之堂，妖冶如揽嫱、施之袂，幽索如屈、宋，悲壮如苏、李。"陆游云："方回状貌奇丑，俗谓之贺鬼头。其诗文

---

① 见《东都事略》卷一百十六《文艺传》，《宋史》卷四百四十三《文苑五》。

② 《东山词》一卷，有《名家词》本（《粟香室丛书》）及《四印斋所刻词》本（多补钞一卷），又有《涉园景宋金元明本词续刊》本（残本，仅存上卷）。又同上一卷，《贺方回词》二卷，《东山词补》一卷，有《彊村丛书》本。

贺铸
任熊作

皆高,不独工长短句也。"铸有小筑,在姑苏盘门之外十余里,地名横塘。方回往来其间,作《青玉案》云:

> 凌波不过横塘路,但目送,芳尘去。锦瑟年华谁与度?月台花榭,绮窗朱户,惟有春知处。　碧云冉冉蘅皋暮,彩笔新题断肠句。试问闲愁都几许?一川烟草,满城风絮,梅子黄时雨。

此词盛传于世。后黄庭坚赠以诗云:"解道江南肠断句,只今惟有贺方回。"周紫芝云:"方回少为武弁。小词有'梅子黄时雨'之句。人呼为贺梅子。方回寡发,郭功甫指其髻曰:

'此真贺梅子也。'"方回眷一姝。别久,姝寄诗有"深恩纵似丁香结,难展芭蕉一寸心"之句。方回因赋《石州引》(一作《柳色黄》):

> 薄雨催寒,斜照弄晴,春意空阔。长亭柳色才黄,远客一枝先折。烟横水际,映带几点归鸦。东风消尽龙沙雪。还记出门时,恰而今时节。　　将发,画楼芳酒,红泪清歌,顿成轻别。已是经年,杳杳音尘都绝。欲知方寸,共有几许清愁?芭蕉不展丁香结。枉望断天涯,两厌厌风月。

以上二词,已足代表方回的风格。大约他的词颇类秦观,善融冶《花间》及柳永而一之;圆莹婉约或不及秦,而能"镕景入情"(周济语),好句甚多:如"楚城满目春华,可堪游子思家"(《清平乐》),"厌莺声到枕,花气动帘,醉魂愁梦相半"(《望湘人》),"半黄梅子,向晚一帘疏雨,断魂分付与春归去"(《感皇恩》),"急雨收春,斜风约水,浮红涨绿鱼文起。年年游子惜余春,春归不解招游子"(《踏莎行》)诸句,观或未易办此。惟有时全篇未能相称耳。

李之仪[①]字端叔,无棣人。历枢密院编修官,通判原州。徽宗初提举河东常平。坐事编管太平,遂居姑熟。有《姑溪

---

① 见《东都事略》卷一百十六《文艺传》。

词》[1]。他的小词,殊"清婉峭蒨",含有余不尽之意,不脱《花间》本色。例如:

> 回首芜城旧苑,还是翠深红浅。春意已无多,斜日满帘飞燕。不见,不见,门掩落花庭院。
>
> ——《如梦令》

还不似《花间》中的诸作么?毛晋说,之仪的小令"更长于淡语、景语、情语,如'鸳鸯半拥空床月',又如'步懒恰寻床,卧看游丝到地长',又如'时时浸手心头慰,受尽无人知处凉'即置之《片玉》《漱玉》集中,莫能伯仲。"之仪的"淡语"或未为当时斗红竞绿的词人们所赏,然如《卜算子》:

> 我住长江头,君住长江尾。日日思君不见君,共饮长江水。 此水几时休?此恨何时已?只愿君心似我心,定不负相思意。

直是《子夜曲》《读曲歌》中的最好之作。词中像这样的真朴如民歌之作绝少,即最能接近民歌的黄庭坚也写不出那么一首淡而有情致的恋歌。可惜像这一类的歌,之仪自己也作的绝少。

陈师道[2]字履常,一字无己,彭城人。元祐初,以苏轼等

---

① 《姑溪词》有汲古阁刊《宋六十家词》本。
② 见《东都事略》卷一百十六《文艺传》,《宋史》卷四百四十四《文苑六》。

荐，为徐州教授，迁太学博士，终秘书省正字。（公元一○五三～一一○一）有《后山长短句》①。师道于词颇自矜许。他自己曾说；他文未能及人，独于词不减秦七、黄九。但他的词，实未足以与秦、黄并驱。他所能见长者，乃他的五七言诗。他亦偶有好句，像"弹到断肠时，春山眉黛低"（《菩萨蛮》），"藏藏摸摸，好事争如莫，背后寻思浑是错"（《清平乐》），"禅榻茶炉深闭阁，飕飕，横雨旁风不到头"（《南乡子》）。然全篇究竟本色语过少。在许多同时的大词人前，他自要低首。

毛滂字泽民，江山人。尝知武康县，又知秀州。有《东堂词》②。东坡守杭州时，滂为法曹掾。尝眷一妓，秩满当辞，留连惜别，赠以《惜分飞》词：

> 泪湿阑干花着露，愁到眉峰碧聚。此恨平分取，更无言语空相觑。　　断雨残云无意绪，寂寞朝朝暮暮。今夜山深处，断魂分付潮回去。

第二天，东坡宴客，妓即歌此词侑酒。东坡问是谁作。妓愀然以毛法曹对。东坡语坐客曰："郡寮有词人而不及知，某之罪也。"折柬追还，为之延誉。滂以此得名。论者谓此词"语尽

---

① 《后山词》一卷，有汲古阁刊《宋六十家词》本。
② 《东堂词》一卷，有汲古阁刊《宋六十家词》本，有《彊村丛书》本。

而意不尽，意尽而情不尽"。陈质斋说："滂他词虽工，未有能及此者。"《东堂词》中，小令特多，但慢词亦有甚工者。

> 池上水寒欲雾，竹暗小窗低户。数点秋声，来侵短梦，檐下芭蕉雨。　　白酒浮蚁鸡啄黍，问陶令几时归去？溪月岭云，蘋汀蓼岸，总是思量处。
>
> ——《雨中花》

> 恰则心头托托地，放下了日多萦系。别恨还容易，袖痕犹有年时泪。　　满满频斟乞求醉，且要时间忘记。明日刘郎起马蹄，去便三千里。
>
> ——《惜分飞》

程垓字正伯，眉山人，为东坡中表之戚；有《书舟词》[①]。当时词名亦甚盛。"沉水爇香年似日，薄云垂帐夏如秋"（《望江南》）诸语，为《古今词话》所赏；杨慎也甚称其《酷相思》诸作。他的词不出伤春悲秋、离情别绪，然颇多至情语，故情调虽是重叠繁复，却甚有清丽可喜之作。

> 月挂霜林寒欲坠，正门外，催人起。奈离别如今真个是。欲住也，留无计。欲去也，来无计！　　马上离情衣上泪，各自个，供憔悴。问江路梅花开也未？春到也，须频寄。

[①] 《书舟词》有汲古阁刊《宋六十家词》本。

人到也，须频寄。

——《酷相思》

> 轻红短白东城路，忆得分襟处。柳丝无赖舞春柔，不系离人，只解系离愁。　如今花谢春将老，柳下无人到。月明门外子规啼，唤得人愁，争似唤人归。

——《虞美人》

谢逸字无逸，临川人，第进士，有《溪堂词》①。论者以为他的词，当使晁、张避舍。他的《花心动》：

> 风里杨花轻薄性，银烛高烧心热。香饵悬钩，鱼不轻吞，辜负钓儿虚设。桑蚕到老丝长绊，针刺眼泪流成血。思量起粘枝花朵，果儿难结。　海样情深忍撇，似梦里相逢，不胜欢悦。出水双莲，摘取一枝，可惜并头分折。猛期月满会姮娥，谁知是初生新月。折翼鸟，甚日于飞时节？

是词家的创格，作风殊为可异。沈天羽谓："此词句句比方，用《小雅·鹤鸣篇》体也。"但实琐琐无当，不能算是他的代表作。他的小令，颇具蕴藉之姿，而未脱《花间》的影响。例如：

---

① 《溪堂词》有汲古阁刊《宋六十家词》本。

豆蔻梢头春色浅，新试纱衣，拂袖东风软。红日三竿帘幕卷，画楼影里双飞燕。　拢鬓步摇青玉碾，缺样花枝，叶叶蜂儿颤。独倚阑干凝望远，一川烟草平如剪。

——《蝶恋花》

雨洗溪光净，风掀柳带斜，画楼朱户玉人家。帘外一眉新月浸梨花。　金鸭香凝袖，铜荷烛映纱，凤盘宫锦小屏遮。夜静寒生春笋理琵琶。

——《南歌子》

周紫芝字少隐，宣城人。举进士。为枢密编修，守兴国。有《竹坡词》[①]。孙竞序他的词，以为"竹坡乐章，清丽婉曲，非苦心刻意为之"。既非苦心刻意为之，则自饶自然之趣。《竹坡词》里，富自然之趣，而又能别开一面、状前人未状的情境者颇不少，所以，他写的虽亦是离情，虽亦是别愁，却另有一番意境，不使我们生厌。

春寒入翠帷，月淡云来去。院落半晴天，风撼梨花树。人醉掩金铺，闲倚秋千柱。满眼是相思，无说相思处。

——《生查子》

江天云薄，江头雪似杨花落。寒灯不管人离索，照得

[①] 《竹坡词》三卷，有汲古阁刊《宋六十家词》本。

人来，真个睡不着。　　归期已负梅花约，又还春动空飘泊。晓寒谁看伊梳掠。雪满西楼，人坐阑干角。

——《醉落魄》

晁冲之字叔用，一字用道，巨野人，有《具茨集》①。他是补之的兄弟。他的词，也深有情致，不落凡鄙。

忆昔西池池上饮，年年多少欢娱。别来不寄一行书。寻常相见了，犹道不如初。　　安稳锦屏今夜梦，月明好渡江湖。相思休问定何如。情知春去后，管得落花无！

——《临江仙》

寒食不多时，牡丹初卖，小院重帘燕飞碍。昨宵风雨，尚有一分春在。今朝犹自得，阴晴快。　　熟睡起来，宿醒微带，不惜罗襟揾眉黛。日长梳洗，看看花影移改。笑拈双杏子，连枝戴。

——《感皇恩》

陈克②字子高，临海人，侨寓金陵。元丰间，以吕安老荐入幕府，得官。有《赤城词》③。陈质斋以为"子高词格颇高丽，晏、周之流亚也"。以"高丽"二字评克的词，克诚足以当之

---

① 《具茨集》十五卷，有坊刊本，有《海山仙馆丛书》本。
② 见《南宋书》卷五十五《文苑传》。
③ 《赤城词》一卷，有《赤城遗书汇刊》本，有《彊村丛书》本。

无愧，如他的《菩萨蛮》：

> 绿芜墙绕青苔院，中庭日淡芭蕉卷。蝴蝶上阶飞，风帘自在垂。　玉钩双语燕，宝甃杨花转。几处簸钱声，绿窗春梦轻。

其情韵的清峻，即在晏、周词中也不大见得到。他亦间有感时愤语，如"四海十年兵不解，……疏髯浑如雪，衰涕欲生冰……别愁深夜雨，孤影小窗灯"（《临江仙》），当是晚年遇乱以后的作品。

李廌[1]字方叔，华山人。试礼部不遇，遂绝意进取。定居长社，有《月岩集》。他的词，如"帘风轻触银钩"（《清平乐》）之类，又如《虞美人》：

> 玉阑干外清江浦，渺渺天涯雨。好风如扇雨如帘，时见岸花汀草涨痕添。　青林枕上关山路，卧想乘鸾处。碧芜千里思悠悠，惟有霎时凉梦到南州。

皆可谓时有佳句，不同凡响。

杜安世字寿域，京兆人，有词一卷[2]。他的《鹤冲天》写初夏景色甚好，有"单夹衣裳，半笼软玉肌体。石榴美艳，一撮红绡比，窗外数修篁，寒相倚"之句。又他的《卜算子》：

---

[1] 见《宋史》卷四百四十四《文苑六》。
[2] 《寿域词》一卷，有汲古阁刊《宋六十家词》本。

> 樽前一曲歌，歌里千重意。才欲歌时泪已流，恨更多于泪！　　试问缘何事，不语浑如醉。我亦情多不忍闻，怕和我成憔悴。

意虽浅近，情却甚深。

朱服①字行中，乌程人，熙宁中进士。绍圣初，为中书舍人，历礼部侍郎。坐与苏轼游，贬海州团练副使。他到了东阳郡斋，曾作《渔家傲》以寄意：

> 小雨纤纤风细细，万家杨柳青烟里。恋树湿花飞不起，愁无际，和春付与东流水。　　九十光阴能有几，金龟解尽留无计。寄语东阳沽酒市，拼一醉，而今乐事他年泪。

这词颇传于世，足以见他的风度。

王观字通叟，官翰林学士。赋应制词，宣仁太后以其近亵谪之。自号逐客，有《冠柳词》。黄升以为"通叟词名《冠柳》，至《踏青》一词，风流楚楚，又不独冠柳词之上也"。陈质斋则深贬之，以为"逐客词风格不高；以《冠柳》自名，则可见矣"。但他的词在当时流传殊盛。他当然受了不少柳永的影响，而其措语遣辞，能自立之处却甚多。如以《踏青》为题的《庆清朝

---

① 见《宋史》卷三百四十七。

慢》：

> 调雨为酥，催冰做水，东君分付春还。何人便将轻煖，点破残寒？结伴踏青去好，平头鞋子小双鸾，烟郊外，望中秀色，如有无间。　晴则个，阴则个，饤饾得天气，有许多般。须教撩花拨柳，争要先看。不道吴绫绣袜，香泥斜沁几行斑。东风巧，尽收翠绿，吹上眉山。

其后半真是"绝妙好辞"，铺叙得又精致，又倩巧。又他的咏冬景的《天香词》：

> 霜瓦鸳鸯，珠帘翡翠，今年又是寒早。矮钉明窗，窄开朱户，切莫乱教人到。重阴不解，云共雪商量未了。青帐垂毡要密，锦缝放帏宜小。　呵梅弄妆试巧，绣罗襦瑞云芝草。共我语时同语，笑时同笑。已被金尊劝倒，更唱个新词故相恼。尽道穷冬，元来恁好！

评者以为"此曲一处所一物色，无一不是严冬萧索之境。但仔细详味之，略无半点酸寒憔悴之意。亦善于造语者矣"。

舒亶[①]字信道，慈溪人，试礼部第一。累官御史中丞，以罪被斥。终龙图阁待制。他的《菩萨蛮》，黄升以为"极有味"：

> 画船挝鼓催君去，高楼把酒留君住。去住若为情，江

---

① 见《东都事略》卷九十八，《宋史》卷三百二十九。

头潮欲平。　　江潮容易得，却是人南北，今日此尊空，知君何日同！

韦骧字子骏，钱塘人。皇祐五年进士。累官尚书主客郎中、夔州路提点刑狱。有词一卷①。其作风颇带些激昂豪放之气，显然可见出其为第一二期的中间人物；那时《花间》的影响已微，柳、苏的变调方始，像韦氏那样的疏畅明白的小词，恰正是"及时当令之作"。

人生可意，只说功名贪富贵。遇景开怀，且尽生前有限杯。　　韶华几许，鶗鴂声残无觅处。莫自因循，一片花飞减却春。

——《减字木兰花》

琼杯且尽清歌送，人生离合真如梦。瞬息又春归，回头光景非。　　香喷金兽暖，欢意愁更短。白发不须量，从教千丈长。

——《菩萨蛮》

章楶②字质夫，浦城人。试礼部第一。以平夏州功，累擢枢密直、龙图阁、端明殿学士。卒谥庄简。他的《水龙吟》（《咏柳花》）一作，写得殊为细腻：

---

① 《韦先生词》一卷，有《彊村丛书》本。
② 见《东都事略》卷九十七，《宋史》卷三百二十八。

> 燕忙莺懒芳残，正堤上柳花飘坠。轻飞乱舞，点画青林，全无才思。闲趁游丝，静临深院，日长门闭。傍珠帘散漫，垂垂欲下，依前被风扶起。　兰帐玉人睡觉，怪春衣雪沾琼缀。绣床渐满，香毬无数，才圆却碎。时见蜂儿，仰粘轻粉，鱼吞池水。望章台路杳，金鞍游荡，有盈盈泪。

在咏物词中，像这样又蕴藉、又明白的很少。以南宋诸大家的猜谜似的咏物词较之，我们只见此作的高尚明洁。

刘泾字巨济，简州人，举进士。元符末，官职方郎中。有《前后集》。他的《清平乐》：

> 深沉院宇，枕簟清无暑。睡起花阴初转午。一霎飞云过雨。　雨余隐隐残雷，夕阳却照庭槐。莫把珠帘垂下，妨他双燕归来。

颇有清逸的气韵。

陈亚字亚元，扬州人。仕至司封郎中。有《澄源集》。他的《生查子》，在许多言情的词中，别辟一个境界：

> 相思意已深，白纸书难足。字字苦参商，故要檀郎读。　分明记得约当归，远至樱桃熟。何事菊花时，犹未回乡曲。

吴处厚说："虽一时俳谐之词，寄兴亦有深意。"

张景修字敏叔，常州人，元丰末为饶州浮梁令。他的词传者不多，而气韵甚高；如《选冠子》（《咏柳》）的后半"春易老，细叶舒眉，轻花吐絮，渐觉绿阴成幔。章台系马，灞水维舟，谁念凤城人远。惆怅阳关故国，杯酒飘零，惹人肠断。恨青青客舍，江头风笛，乱云空晚"诸语，殊为高洁可喜。

葛胜仲[①]字鲁卿，丹阳人。绍圣四年进士。知汝州、湖州，谥文康。（公元一〇七二～一一四四）有《丹阳集》[②]。他的词以意境的清高胜，如《点绛唇》（《县斋夜坐》）：

> 秋晚寒斋，藜床香篆横轻雾。闲愁几许，梦逐芭蕉雨。　云外哀鸿，似替幽人语。归不去，乱山无数，斜日荒城鼓。

可以作为一个代表。

张舜民[③]字芸叟，邠州人。元祐初除监察御史。徽宗朝为吏部侍郎，以龙图阁待制知同州。坐元祐党，贬商州卒。舜民自号浮休居士，又号矴斋。娶陈师道之姊。有《画墁集》，词附。[④]他"为文豪重，有理致。最刻意于诗。晚好乐府，百余篇。自序云：年逾耳顺，方敢言诗。百世之后，必有知音者"（《郡

---

① 见《宋史》卷四百四十五《文苑七》，《南宋书》卷十九。
② 《丹阳词》一卷有汲古阁刊《宋六十家词》本。
③ 见《东都事略》卷九十四，《宋史》卷三百四十七。
④ 《画墁词》一卷，有《彊村丛书》本。

斋读书志》)。舜民词格调颇高迈，辞语也疏爽可喜。

> 七朝文物旧江山，水如天，莫凭栏。千古斜阳，无处问长安！更隔秦淮闻旧曲，秋已半，夜将阑。　争教潘鬓不生斑，敛芳颜，抹么弦。须记琵琶，子细说因缘。待得鸾胶肠已断，重别日，是何年！
>
> ——《江神子·癸亥陈和叔会于赏心亭》

> 木叶下君山，空水漫漫。十分斟酒敛芳颜。不是渭城西去客，休唱阳关。　碎袖抚危栏，天淡云闲。何人此路得生还！回首夕阳红尽处，应是长安！
>
> ——《卖花声·岳阳楼》

在这个时代，宗室贵戚能词者亦甚多。如安定郡王赵令畤，及驸马都尉王诜等，皆是当代很著名的作家。令畤字德麟，燕懿王玄孙。元祐中，签书颍州公事，历右朝请大夫。后为宁远军承宣使、同知行在大宗正事，有《聊复集》。德麟鳏居时，因见王氏女子有"白莲作花风已秋，不堪残睡更回头。晚云带雨归飞急，去作西窗一夜愁"一诗，遂与之为姻。时人以为"二十八字媒"。德麟词轻圆娇憨，很有些传诵人口之作。尝夜过东坡家，饮梅花下，曾有题《会真记》的《凤栖梧》云："锦额重帘深几许，只是低头，怕受他人顾。强出娇嗔无一语，绛绡频掩酥胸素。"又有《蝶恋花》《乌夜啼》，亦为籍籍人口的名作：

欲减罗衣寒未去，不卷珠帘，人在深深处。残杏枝头花几许，啼红止恨清明雨。　　尽日水沉香一缕，宿酒醒迟，恼破春情绪。飞燕又将归信误，小屏风上西江路。

——《蝶恋花》

楼上萦帘弱絮，墙头碍月低花，年年春事关心事，肠断欲栖鸦。　　舞镜鸾衾翠减，啼珠凤蜡红斜。重门不锁相思梦，随意绕天涯。

——《乌夜啼》

王诜①字晋卿，太原人，徙开封，尚英宗女魏国大长公主。历官定州观察使、开国公、驸马都尉。谥荣安。黄庭坚以为："晋卿乐府清丽幽远，工在江南诸贤季孟之间。"他有歌姬名啭春莺。他得罪外谪，姬为密县人所得。晋卿南还至汝阴道中，闻歌声，曰："此啭春莺也。"访之，果然。因赋诗云："佳人已属沙吒利，义士曾无古押衙。"寻复归晋卿。晋卿尝作《忆故人》：

烛影摇红向夜阑，乍酒醒、心情懒。尊前谁为唱阳关，离恨天涯远。　　无奈云沉雨散，凭阑干、东风泪眼。海棠开后，燕子来时，黄昏庭院。

徽宗喜其词意，犹以不丰容宛转为憾，遂令大晟府别撰腔。周

---

① 附见《宋史》卷二百五十五《王全斌传》中。

邦彦增益其词，而以首句为名，谓之《烛影摇红》，论者或且以续凫为讥。

王安石弟安礼、安国及子雱[①]，俱能词。安国字平甫，举进士，为秘阁校理。其《减字木兰花》小词，甚隽美：

> 画桥流水，雨湿落红飞不起。月破黄昏，帘里余香马上闻。　徘徊不语，今夜梦魂何处去？不似垂杨，犹解飞花入洞房。

雱字元泽，举进士，官龙图阁直学士。他有《眼儿媚》一词，亦为一时传诵之作：

> 杨柳丝丝弄轻柔，烟缕织成愁。海棠未雨，梨花先雪，一半春休。　而今往事难重省，归梦绕秦楼。相思只在，丁香枝上，豆蔻梢头。

这些名隽的小词，是介甫所决不能写得出的。

苏轼少子过[②]，亦能作词。过字叔党，晚权通判中山府，留家颍川营。自号斜川居士，时称为小坡。有《斜川集》。他有"高柳蝉嘶"等几首《点绛唇》，写得殊为佳好。时禁苏氏文章，故隐其名，以为汪彦章作。

---

① 安国、安礼及雱俱附见《东都事略》卷七十九《王安石传》中。《宋史》卷三百二十七有《安国、安礼传》，雱则附见同卷《安石传》。

② 见《宋史》卷三百三十八《苏轼传》中。

> 高柳蝉嘶,采菱歌断。秋风起,晚云如髻,湖上山横翠。　帘卷西楼,过雨凉生袂。天如水,画栏十二,少个人同倚。

秦观弟觏及子湛,亦皆善词。觏字少章,有《黄金缕》一词甚著:

> 妾本钱塘江上住,花落花开,不管流年度。燕子衔将春色去,纱窗几阵黄梅雨。　斜插犀梳云半吐,檀板轻敲,唱彻黄金缕,梦断彩云无觅处,夜凉明月生南浦。

湛字处度,官宣教郎。所作亦多好词,黄庭坚极称赏之,如"藕叶清香胜花气",一时盛传。又《谒金门》"舟子相呼相语,载取暮愁归去。寒食江村芳草路,愁来无著处"诸语,也并皆佳妙。

又有妇人作家魏夫人者,所作词殊为蕴藉秀媚,大似"花间"的作风。朱熹道:"本朝妇人能文者唯魏夫人及李易安二人而已。"夫人,襄阳人,道辅之姊,曾布丞相之妻,封鲁国夫人。《雅编》云:"魏夫人有《江城子》《卷珠帘》诸曲,脍炙人口。其尤雅正者则《菩萨蛮》……深得《国风·卷耳》之遗。"(《词林纪事》引)她的《菩萨蛮》,今录如下:

> 溪山掩映斜阳里,楼台影动鸳鸯起。隔岸两三家,出墙红杏花。　绿杨堤下路,早晚溪边去。三见柳绵飞,离人犹未归。

又《好事近》《点绛唇》诸作，也极为可爱：

> 雨后晓寒轻，花外晓莺啼歇。愁听隔溪残漏，正一声凄咽。　　不堪西望，去程赊，离肠万回结。不似海棠花下，按凉州时节。

——《好事近》

> 波上清风，画船明月人归后，渐消残酒，独自凭栏久。　　聚散匆匆，此恨年年有。重回首，淡烟疏柳，隐隐芜城漏。

——《点绛唇》

同时尚有：米芾[①]字元章，有《宝晋长短句》[②]；谢薖字幼槃，布衣，有《竹友词》[③]；葛郯字谦问，丹阳人，有《信斋词》[④]；廖行之字天民，衡阳人，有《省斋诗余》[⑤]；更有许多别的词人，均不能一一的在此详说。薖为逸之弟，如"人间岂有无愁处"之句，亦足使人讽吟。

---

① 见《东都事略》卷一百十六《文艺传》，《宋史》卷四百四十四《文苑六》。
② 《宝晋长短句》一卷，有《彊村丛书》本。
③ 《竹友词》一卷，有《彊村丛书》本。
④ 《信斋词》一卷，有《名家词》(《粟香室丛书》)本。
⑤ 《省斋诗余》一卷，有《彊村丛书》本。

十一

第三期是北宋词的最后一期,也是北宋词的成熟一期。慢词在此,已成了最流行的一体,在意境上,在情调上,皆已无所增长;于是只好在遣辞用句上着意,只好在音律上留心,只好在模写物态上用力。因此,便开了南宋的一大词派。这一期,最伟大的词人未必属之周邦彦,然邦彦的影响却笼罩了一切;正如柳永未必为第二期的最伟大的词人,而他的影响却超过了一切一样。徽宗的天才很高,李清照更为清健不可企及,然他们却是独往独来的,对于当时及后来并不发生什么影响,只有邦彦的影响却是显然可见的。

周邦彦[1]字美成,钱塘人。历官秘书监,进徽猷阁待制,提举大晟府,出知顺昌府,徙处州卒。有《清真集》[2]。强焕序其词道:"美成词摹写物态,曲尽其妙。自题所居曰顾曲堂。"

---

[1] 见《东都事略》卷一百十六《文艺传》,《宋史》卷四百四十四《文苑六》。

[2] 《片玉词》二卷,补遗一卷,有汲古阁刊《宋六十家词》本,又有《西泠词萃》本。又《清真词》二卷附集外词一卷,有《四印斋所刻词》本;又《详注片玉集十卷》有《涉园景宋金元明本词续刊》本。又《周姜词》,叶绍钧选注,有《学生国学丛书》本(商务)。

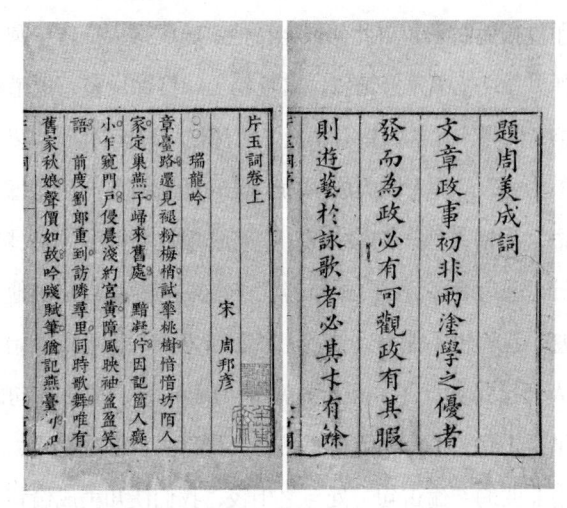

周邦彦《片玉词》

邦彦以进《汴都赋》得官。提举大晟府时，每制一词，名流辄为赓和。方千里及杨泽民全和之，或合为《三英集》行世。美成与汴妓李师师恋着，师师欲委身而未能。一夕，徽宗幸师师家，美成仓卒不能出，匿复壁间，遂制《少年游》以纪其事。

> 并刀如水，吴盐胜雪，纤指破新橙。锦幄初温，兽香不断，相对坐调笙。　　低声问，向谁行宿？城上已三更。马滑霜浓，不如休去，直是少人行。

徽宗知而谴发之。师师钱送他，美成复作《兰陵王》词，有"长亭路，年去岁来，应折柔条过千尺"之句。师师于徽宗前歌之，徽宗即复招他回来，自此便很宠待他。美成词大抵皆"圆美流转如弹丸"，长调尤善铺叙，富艳精工，纡徐反覆，能道尽所蓄之意，而下字用韵又皆有法度。故沈伯时说，"作词当以《清真集》为主"。后人以美成词为圭臬的真是绝多。然他每用唐人诗语，隐括入律。刘潜夫说，"美成颇偷古句"；张叔夏说，"美成词浑厚和雅，善于融化诗句"。这一点颇足以见出他想象的枯窘，我们也不能为之讳言。然融诗入词，也不自他始。秦观诸人便已是如此了。以他的融冶力的高妙，遣语造句的精工，虽偷古句，而每使人仍觉其新鲜可喜。我们如将元、明人所作南北曲的"偷古句"处与之相较，我们便知美成偷句的手段是如何的自然隽妙了。

燎沉香，消溽暑。鸟雀呼晴，侵晓窥檐语。叶上初阳干宿雨，水面清圆，一一风荷举。　　故乡遥，何日去？家住吴门，久作长安旅。五月渔郎相忆否？小楫轻舟，梦入芙蓉浦。

——《苏幕遮》

正单衣试酒，恨客里光阴虚掷，愿春暂留。春归如过翼，一去无迹。为问家何在？夜来风雨，葬楚宫倾国。钗钿堕处遗香泽：乱点桃蹊，轻翻柳陌。多情为谁追惜？但蜂媒蝶使，时叩窗槅。　　东园岑寂，渐蒙笼暗碧，静绕珍丛底，成叹息。长条故惹行客，似牵衣待话，别情无极。残英小，强簪巾帻。终不似一朵钗头颤袅，向人欹侧。漂流处，莫趁潮汐；恐断鸿尚有相思字，何由见得。

——《六丑》

歌席上，无赖是横波。宝髻玲珑欹玉燕，绣巾柔腻掩香罗，人好自宜多。　　无个事，因甚敛双蛾？浅淡梳妆疑见画，惺忪言语胜闻歌，何况会婆娑。

——《望江南》

几日来，真个醉。早窗外乱红，已深半指。花影被风摇碎。拥春醒乍起。　　有个人人生得济楚，来向耳边问道："今朝醒未？"情性儿慢腾腾地，恼得人又醉！

——《红窗迥》

十二

与美成同时的作家甚多，最为重要的，于宋徽宗、李清照之外，有晁端礼、万俟雅言、吕渭老、向子𬤇、曹组、蔡伸、赵长卿、王灼、朱敦儒诸人。

晁端礼字次膺，熙宁六年进士。晚以承事郎为大晟府协律。有《闲适集》。他的词，佳者足与美成比肩而无愧，例如

《水龙吟》:

> 倦游京洛风尘,夜来病酒无人问,九衢雪少,千门月淡,元宵灯近。香散梅梢,冻消池面,一番春信。记南楼醉里,西城宴阕,都不管人春困。　　屈指流年未几,早惊人潘郎双鬓。当时体态,而今情绪,多应瘦损。马上墙头,纵教瞥见,也难相认。凭阑干,但有盈盈泪眼,把罗襟揾。

万俟雅言自号词隐,崇宁中充大晟府制撰,与晁端礼按月律进词。有《大声集》。黄升说:"雅言之词,词之圣者也。发妙音于律吕之中,运巧思于斧凿之外。平而工,和而雅。比之刻琢句意以求精丽者远矣。"论者亦以为其《清明应制》一首(《三台》)尤佳。

> 见梨花初带夜月,海棠半含朝雨。内苑春不禁过,青门御沟涨,潜通南浦。东风静细柳垂金缕,望凤阙非烟非雾,好时代朝朝多欢,遍九陌太平箫鼓,乍莺儿百啭断续,燕子飞来飞去。近渌水台榭,映秋千斗草,聚双双游女。

> 饧香更酒冷,踏青路,会暗识夭桃朱户,向晚骤宝马雕鞍,醉襟惹乱花飞絮。正轻寒轻暖漏永,半阴半晴云暮。禁火天,已是试新妆,岁华到三分佳处。清明看汉宫传蜡炬,散翠烟飞入槐府。敛兵卫阊阖门开,住转宣又还休务。

如此词以及"天如洗,金波冷浸冰壶里"(《忆秦娥》)诸语，说他们远于鄙俗是可以的，誉之为"圣"，真未免太过。

吕渭老（一作滨老）字圣求，秀州人，宣和末朝士。有《圣求词》[①]。赵师秀说："圣求词婉媚深窈，视美成、耆卿伯仲。"杨慎谓："吕圣求在宋不甚著名，而词极工……诸调佳处不让少游。"圣求所作，虽未必高出美成，然在美成之时，实为不易得的一位精丽工巧的作家。"点点萤光，偏向竹梢明"（《江城子》），"蝉带残声移别树"（《一落索》），"隙月垂篦，乱萤催织"（《百宜娇》）诸语，不可不谓之隽句。短作如《小重山》：

半夜灯残鼠上檠，小窗风动竹，月微明。梦魂偏寄水西亭，琅玕碧，花影弄蜻蜓。　千里暮云平，南楼催上烛，晚来晴。酒阑人散斗西倾，天如水，团扇扑流萤。

长调如《选冠子》：

雨湿花房，风斜燕子，池阁昼长春晚。檀盘战象，宝局铺棋，筹画未分还懒。谁念少年，齿怯梅酸，病疏霞盏。正青钱遮路，绿丝明水，倦寻歌扇。　空记得，小阁题名，红笺青制，灯火夜深裁剪。明眸似水，妙语如弦，不觉晓霜难唤。闻道近来，筝谱慵看，金铺长掩，瘦一枝梅影，回首江南路远。

[①] 《圣求词》一卷，有汲古阁刊《宋六十家词》本。

无论在意境一方面，或在遣辞一方面，都是很足以动人的。

向子䛊①字伯恭，临江人。建炎初，直龙图阁、江淮发运副使，为黄潜善所斥。后迁户部侍郎。（公元一〇八六~一一五三）他自号芗林居士，有《酒边集》②。胡致堂说："芗林居士步趋苏堂、而哜其胾者也。"以今观之，他的词实在是追随东坡不上；但有一个好处，便是不刻琢；更有一个好处，便是有真情语，例如：

> 说着分飞百种猜，泥人细数几时回。风流可惯长孤冷，怀抱如何得好开。　　垂玉箸，下香阶，并肩小语更兜鞋。再三莫遣归期误，第一频教入梦来。
>
> ——《鹧鸪天》

曹组字元宠，颍昌人，宣和三年进士。有宠于徽宗，曾赏其《如梦令》"风弄一枝花影"及《点绛唇》"暮山无数，归雁愁边度"句。他有《箕颍集》，集中所有，亦不外闲愁别怨；论者以为他的咏梅词皆有佳句。如"茅舍竹篱边，雀噪晚枝时节。一阵暗香飘处，已不胜愁绝"（《好事近》），"亦何减孤山风致"。

蔡伸字仲道，莆田人。宣和中官彭城倅，历左中大夫。有

---

① 见《宋史》卷三百七十七，《南宋书》卷十八。
② 《酒边集》一卷有《双照楼影刊宋元明本词》本，又二卷本，汲古阁刊（《宋六十家词》）。

《友古词》①。伸亦喜融古句入词，却没有周美成那么雄伟的冶化力，所以往往是生硬不化，好像是整句引用，而非重行敷衍。如"雁落平沙，烟笼寒水"（《苏武慢》），如"人面桃花，去年今日津亭见"（《点绛唇》）之类皆是。

王庭珪字民瞻，庐陵人，政和八年进士。晚直敷文阁。（公元一〇七九～一一七一）有《卢溪词》。他的词也是极近于当时流行的作风，不过不大"偷古句"而已。

> 花外红楼，当时青鬓颜如玉。淡烟残烛，醉入花间宿。　　白发相逢，犹唱当时曲。当时曲断弦难续，且尽杯中醁。
>
> ——《点绛唇》

赵长卿自号仙源居士，南丰宗室，有《惜香乐府》②。颇多淡而有致的情语，如"人道长眉如远山，山不似长眉好"（《卜算子》），"客路如天杳杳，归心特地宁宁"（《朝中措》）。

> 烛消红窗送白，冷落一衾寒色。鸦唤起，马驮行，月来衣上明。　　酒香唇妆印臂，忆共个人春睡。魂蝶乱，梦鸾孤，知他睡也无？
>
> ——《更漏子》

---

① 《友古词》一卷，有汲古阁刊《宋六十家词》本。
② 《惜香乐府》二卷，有汲古阁刊《宋六十家词》本。

叶梦得①字少蕴，吴县人，绍圣四年进士。除户部尚书，以崇信军节度使致仕。（公元一○七七～一一四四）有《石林词》②。关子东说："叶公妙龄词甚婉丽，晚岁落其华而实之，能于简淡时出雄杰，合处不减东坡。"但像他的"叠鼓闹清晓，飞骑引雕弓"（《水调歌头》）之类，实并不"雄杰"。还是"江南梦断横江渚，浪黏天，葡萄涨绿，半空烟雨"（《贺新郎》）之类，比较地当行些。

汪藻③字彦章，婺源人。第进士。累官兵部侍郎兼侍讲，拜翰林学士。（公元一○七九～一一五四）有《浮溪集》。彦章词，意境大都很超绝。如"柳梢风急，堕流萤，随波去，点点乱寒星"（《小重山》），又如"永夜厌厌，画檐低月山衔斗。起来搔首，梅影横窗瘦。好个霜天，闲却传杯手。君知否？晓鸦啼后，归梦浓于酒"（《点绛唇》）等等，都很足以使人恋恋。

李邴④字汉老，任城人，崇宁五年进士，绍兴初参知政事。有《云龛草堂集》。他与汪藻、楼钥并称"南渡三词人"。其《汉

---

① 见《宋史》卷四百四十五《文苑七》，《南宋书》卷十九。
② 《石林词》一卷，有汲古阁刊《宋六十家词》本，有叶廷琯刊本。
③ 见《宋史》卷四百四十五《文苑七》，《南宋书》卷十九。
④ 见《南宋书》卷十二。

宫春》①一词,盛传于世。

> 潇洒江梅,向竹梢疏处,横两三枝。东风也不爱惜,雪压霜欺。无情燕子,怕春寒轻失花期。惟是有南来寒雁,年年长见开时。　清浅小溪如练,问玉堂何似茅舍疏篱。伤心故人去后,冷落新诗。微云淡月对孤芳,分付他谁空自倚。清香未减,风流不在人知。
>
> ——《汉宫春》

其他的词,佳语也颇多,如"更无尘气,满庭风碎梧竹"(《念奴娇》),"云情散乱未成篇,花骨欹斜终带软"(《玉楼春·美人书字》)之类。

向镐字丰之,河内人,有《喜乐词》②。他和黄庭坚一样,也颇喜用当时的白话写词,因此,很有些今已不能懂得的句子。

> 野店几杯空酒,醉里两眉长皱。已是不成眠,那更酒醒时候!知否知否?直是为他消瘦。
>
> ——《如梦令》

> 谁伴明窗独坐?我和影儿两个。灯烬欲眠时,影也把人抛躲。无那,无那,好个恓惶的我。
>
> ——《如梦令》

---

① 此词《苕溪渔隐丛话》以为晁冲之作。
② 《喜乐词》有《四印斋汇刻宋元三十一家词》本。

第四章　北宋词人／235

朱敦儒①字希真，洛阳人。少年时以布衣负重名。靖康间，召至京师，不肯就官。南渡后，为秘书省正字。秦桧当国，以他为鸿胪少卿。桧死，他遂废黜。有《樵歌》②。《宋史》本传，称他"素工诗及乐府，婉丽清畅"。黄升称他"天资旷逸，有神仙风姿"。汪叔耕说他的词"多尘外之想；虽杂以微尘，而其清气自不可没"。我们如果看厌了美成、耆卿、少游、文英他们的词，我们如果读厌了许多陈陈相因的绮腻秾艳、句句不脱离恨之作，我们一读到了《樵歌》，当然便要觉得是到了别一个天地之中了。《樵歌》中也有不少艳曲，如"美人慵剪上元灯，弹泪倚瑶瑟。却上紫姑香火，问辽东消息"（《好事近》），"今日江南春暮，朱颜何处？莫将愁绪比飞花；花有数，愁无数"（《一落索》）。但究竟是恬静的，不是秾艳刻琢的；至如《好事近》：

摇首出红尘，醒醉更无时节。活计绿蓑青笠，惯披霜冲雪。　晚来风定钓丝闲，上下是新月。千里水天一色，看孤鸿明灭。

之类，却是他的本色语，他的代表作。

---

① 见《宋史》卷四百四十五《文苑七》，《南宋书》卷十九。
② 《樵歌》三卷，有《彊村丛书》本，《樵歌拾遗》有《四印斋汇刻宋元三十一家词》本。

王灼字晦叔，遂宁人。有《颐堂词》①。他作《碧鸡漫志》②，对于词的制作，颇有些可存的意见。但他自己所作，却不能如他所理想的，不过"平稳"而已。如"来匆匆，去匆匆，短梦无凭春又空，难随郎马踪"（《长相思》）之句，已是他最好的例子了。

刘一止③字行简，归安人，宣和三年进士，绍兴中官监察御史，累迁给事中。有《苕溪词》④。他善于作"无可奈何"的离歌情曲，功力很不弱，拣语也很有独立的精神，不依傍前人的门户。他的《喜迁莺》一词，盛传京师，人至号之为"刘晓行"。其词如下：

晓光催角，听宿鸟未惊，邻鸡先觉。迤逦烟村，马嘶人起，残月尚穿林薄。泪痕带霜微凝，酒力冲寒犹弱。叹倦客悄不禁，重染风尘京洛。　　追念人别后，心事万重，难觅孤鸿托。翠幌娇深，曲屏香暖，争念岁寒飘泊。怨月恨花，须不是不曾经着，这情味望一成消灭，新来还恶。

陈与义⑤字去非，本蜀人，后徙居河南叶县。绍兴中拜翰

---

① 《颐堂词》一卷有《彊村丛书》本。
② 《碧鸡漫志》有《知不足斋丛书》本。
③ 见《宋史》卷三百七十八，《南宋书》卷二十一。
④ 《苕溪乐章》一卷，有《彊村丛书》本。
⑤ 见《宋史》卷四百四十五《文苑七》，《南宋书》卷五十五《文苑传》。

林学士、知制诰，参知政事。（公元一〇九〇～一一三八）有《无住词》[①]。黄升云："去非词虽不多，语意超绝。识者谓可摩坡仙之垒。"但他的词并不豪放，也并不清空，实不能"摩坡仙之垒"。如他的《临江仙》：

> 忆昔午桥桥上饮，坐中都是豪英。长沟流月去无声。杏花疏影里，吹笛到天明。　二十余年成一梦，此身虽在堪惊。闲登小阁眺新晴，古今多少事，渔唱起三更。

却颇饶自然之趣。胡仔云："清婉奇丽，简斋词惟此最优。"此实的评。

吴则礼字子副，富川人。官至直秘阁，知虢州。晚居豫章，自号北湖居士。有《北湖集》五卷，附词。[②] 则礼词多慷慨之作，置于时人的名作中，绮腻华整固然不及，其豪爽的风度，却也是他们所未具的。姑引数例：

> 凭栏试觅红楼句，听考考城头暮鼓。数骑翩翩度孤戍，尽雕弓白羽。　平生正被儒冠误，待闲看将军射虎。朱槛潇潇微雨，送斜阳西去。
>
> ——《江楼令·晚眺》

> 从来强作游秦计，只有貂裘敝。休论范叔十年寒，看

---

① 《无住词》一卷，有汲古阁刊《宋六十家词》本，有《彊村丛书》本。
② 《北湖词》一卷，有《彊村丛书》本。

取星星种种坐儒冠。　　江湖旧日渔竿手，初把黄花酒。且凭洛水送归船，想见淮南秋尽水如天。

——《虞美人·泛舟东下》

林塘朱夏，雨过斑斑，绿苔绕地初遍。叶底雏鸾，犹记日斜春晚。芙蕖靓妆红粉，傍高荷，闲倚歌扇。轻风起，縠纹潋潋，翠生波面。　　可是退凉月下，清坐久，微云屡遮星汉。露湿纶巾，遥望玉清台殿。白头共论胜事，要须偿五湖深愿。南枝好，有南飞乌鹊，绕枝低转。

——《声声慢·凤林园词》

李吕字东老，邵武军光泽人。有《澹轩集》七卷，词一卷。东老词绮丽可喜，若在豆蔻梢头的二月春光，颇令人为之心醉。以善作情语的柳三变、晏几道以及秦七、黄九较之，有的时候其措语似尚未及他的荡漾动人。

脸上残霞酒半消，晚妆匀罢却无聊。金泥帐小教谁共？银字笙寒懒更调。　　人悄悄，漏迢迢，琐窗虚度可怜宵。一从恨满丁香结，几度春深豆蔻梢。

——《鹧鸪天·寄情》

掩袖低迷情不禁，背人低语两知心。烟蛾渐放愁边散，细靥从教醉里深。小梅破萼娇难似，喜色著人吹不起。莫将羽扇掩明波,滟滟光风生眼尾。　　眼尾寄深意,一点兰膏红破蕊。钿窝浅浅双痕媚,背面银床斜倚。烛花光报今宵喜,管定知人心里。

——《调笑令》

此外作者尚多,如:徐伸字干臣,三衢人,政和初为太常典乐,出知青州,有《青山乐府》;李祁字萧远,宣和间监汉阳酒税;刘弇字伟明,江西安福人,官实录院检讨,有《龙云词》[①];曾纡[②]字公卷,南丰人,布之子,为司农少卿,知衢州,有《空青集》;米友仁字元晖,襄阳人,芾子,善画书,仕至敷文阁直学士,有《阳春集》一卷[③];赵师侠字介子,汴人,宋宗室,有《坦庵长短句》[④];黄裳字勉仲,延平人,有《演山集》词二卷[⑤];沈瀛字子寿,吴兴人,有《竹斋词》[⑥];以及李甲(字景元,华亭人)、沈会宗(字文伯)、陈济翁、张纲[⑦]诸作家,皆有词集或数词流传,却都没有在

---

① 《龙云先生乐府》一卷,有《彊村丛书》本。
② 见《南宋书》卷五十五《文苑传》。
③ 《阳春集》一卷,有《彊村丛书》本。
④ 《坦庵长短句》一卷,有汲古阁刊《宋六十家词》本。
⑤ 《演山词》二卷,有江标刊《宋元名家词》本。
⑥ 《竹斋词》一卷,有《彊村丛书》本。
⑦ 张纲的词集《华阳长短句》一卷,有《彊村丛书》本。

此详举的必要。

十三

宋徽宗名赵佶[①],是许多皇帝诗人中最好的一个。他的天才,不下于李煜,其生平际遇,也很有似于李煜。他初期的生活,在极绮丽清闲中度过;他知道如何地享乐,如何地消遣他自己;他是一个最好的文人学士,但可惜他却是一位必要担负天下事的皇帝。因此,他一放松了他自己,而天下事便弄得不可收拾,强虏乘机而入,竟至无人可敌。他遂与他的儿子钦宗一同被虏北去。他后半期的生活,便在虏中度过,极人世不堪忍受的种种痛苦。他的词集不传,今所有者皆从时人笔记选本中零星见到;后期的作品尤为寥寥可数。所以我们研究他的作品,最痛苦的便是觉得材料太少。但即就那些少数的作品中,他的天才也已深为我们所认识了。[②] 他的诗才,不仅高出于当时的诸词臣,即第一期第二期中最好的词人,有时也不能及得他到。将他比为李煜,真是再巧合也没有(有人还以为他乃是李煜的后身呢)。他的生活,既

---

① 见《东都事略》卷十至卷十一,《宋史》卷十九至卷二十二。
② 《宋徽宗词》一卷,有《彊村丛书》本。

有截然不同的两个时期，他的作风与情调便也有了两个截然不同的方面。在他的第一期倚红偎翠的皇家生活里，他的词是舒缓的，是绮丽的，是乐生的，是"绛烛朱笼相随"，是"龙楼一点玉灯明，箫韶远，高宴在蓬瀛"，是"共乘欢，争忍归来，疏钟断，听行歌犹在禁街"，是"凤帐龙帘萦嫩风，御坐深翠金闲绕"。到了他的第二期"终日以眼泪洗脸"的俘虏时代，他的情绪便紧张了，便凄凉了，便迫切了；他不再作快乐的梦了；他也学李煜一样的在远离祖国的北地作着悲愤的词：

> 玉京曾忆旧繁华，万里帝王家。琼楼玉殿，朝喧弦管，暮列笙琶。　花城人去今萧索，春梦绕胡沙。家山何处？忍听羌管，吹彻梅花！
>
> ——《眼儿媚》

这还不与李煜的"无限江山，别时容易见时难"如出一模么？至如佶的《燕山亭》：

> 裁剪冰绡，轻叠数重，淡着燕脂匀注。新样靓妆，艳溢香融，羞杀蕊珠宫女。易得凋零，更多少，无情风雨。愁苦，闲院落，凄凉几番春暮。　凭寄离恨重重，这双燕何曾会人言语。天遥地远，万水千山，知他故宫何处！怎不思量，除梦里有时曾去。无据，和梦也新来不做！

则似乎比李煜的"犹忆旧时游上苑,车如流水马如龙"更为深入一重了。

十四

李清照[①]是宋代最伟大的一位女诗人,也是中国文学史上最伟大的一位女诗人。她的词集凡六卷,她的文集也有七卷;今所传的诗文,不过其中寥寥的一部分而已。然即在那些残余的"劫灰"里,仍可充分的见出她的晶光照人的诗才来。她的五七言旧体诗并不甚好,她的歌词却是她的绝调。像她那样的词,在意境一方面,在风格一方面,都可以说是"前无古人,后无来者"。她是独创一格的,她是独立于一群词人之中的。她不受别的词人的什么影响,别的词人也似乎受不到她的什么影响。她是太高绝一时了,庸才的作家是绝不能追得上的。无数的词人诗人,写着无数的离情闺怨的诗词,他们一大半是代女主人翁立言的。这一切的诗词,在清照之前,直如粪土似的无可评价。她自号易安居士,济南人。父名格非,也是一位很有名的文士,母王氏,也能写文章。她于二十一岁时嫁给太学

---

① 见王鹏运的《易安居士事辑》(附《四印斋所刻词》中的《漱玉词》后)。

易安居士三十一岁之照

李清照　　　从四印斋本《漱玉词》

生赵明诚,明诚又是一位文士。他们的家庭生活,据易安的自述,是十分的快乐的。在这个时候,她的词似乎是已达到了最高的境界。所有好词,在这时作的最多。他们结褵未久,明诚便出游,易安寄他的小词很多。有一次她以《醉花阴·重阳》词函致明诚。明诚思胜之,一切谢客,废寝忘食者三日夜,得五十余阕,杂易安作以示友人陆德夫,德夫玩诵再三,说道,"有三句乃绝佳"。明诚诘之,他道,"莫道不消魂,帘卷西风,人比黄花瘦"。正是易安之作!在金兵南侵之时,他们流徙四方以避之,家业丧失十之七八。明诚又病死。此时以后,她的生活便很艰苦。在这时候,她的词,也写得不少。[1]我们在她的词里,还约略看得出她这一个时期的生活情形。她的词,要引起例来,真该引得不少,这里姑举几首:

> 寻寻觅觅,冷冷清清,凄凄惨惨戚戚。乍暖还寒时候,最难将息。三杯两盏淡酒,怎敌他晚来风急!雁过也,正伤心,却是旧时相识。　满地黄花堆积,憔悴损,而今有谁堪摘?守着窗儿,独自怎生得黑!梧桐更兼细雨,到黄昏点点滴滴。这次第,怎一个愁字了得。
>
> ——《声声慢》

---

[1] 《漱玉词》一卷,有汲古阁刊《诗词杂俎》本,有《四印斋所刻词》本。

窗前种得芭蕉树,绿满中庭,阴满中庭。叶叶心心,舒卷有余情。　伤心枕上三更雨,点滴凄清,愁损离人,不惯起来听。

——《添字采桑子》

风住尘香花已尽,日晚倦梳头。物是人非事事休!欲语泪先流。　闻说双溪春尚好,也拟泛轻舟。只恐双溪舴艋舟,载不动许多愁。

——《武陵春》

参考书目

一、《宋六十一家词》,汲古阁编刻,重要的北宋词集,一大部分已备于此刻之内。有原刊本,有广州刻本,有影印本。

二、《名家词集》十卷,侯文灿编,有原刊本,有《粟香室丛书》,录汲古阁未刊词十家。

三、《宋元名家词》不分卷,江标编,有湖南刊本,录汲古阁未刊词十五家。

四、《四印斋所刻词》及《四印斋汇刻宋元三十一家词》,王鹏运编刻。苏、辛词及《漱玉》《清真》诸集刻得都精。

五、《双照楼影刊宋元明本词》,吴昌绶编刻,正续凡四十家(续集陶湘刊)。刻得极为精美。于此可略见宋、元人词集的真面目。

六、《彊村丛书》，朱祖谋编刻。收罗最富，凡二百余家。

七、《乐府雅词》三卷，拾遗一卷，[宋]曾慥编，有《词学丛书》本及《粤雅堂丛书》本。

八、《阳春白雪》八卷，外集一卷，[宋]赵闻礼编，有《词学丛书》本及《粤雅堂丛书》本。

九、《唐宋诸贤绝妙词选》十卷，[宋]黄升编，有汲古阁刊《词苑英华》本。

十、《草堂诗余》四卷，传本极多，有武林逸史编的一本（《词苑英华》本），有明何良俊刊本，有四印斋刊本，有《双照楼影刊宋元明本词》本，又有明沈际飞编刊的四集本。

十一、《词综》三十四卷，朱彝尊编，王昶补，有原刊本及坊刻本。关于北宋词，可读其第四卷至第十一卷。又后有"补人""补词"亦应注意。惟所选殊偏。

十二、《历代诗余》一百二十卷，沈良垣等编，有内刊本，有石印本。

十三、《词林纪事》二十二卷，[清]张宗橚辑，有原刊本，有石印本。其卷三至卷十之前半，录北宋人词。

十四、《直斋书录解题》二十二卷，[宋]陈振孙著，有清武英殿刊本及江苏书局刊本，其中卷二十一"歌诗类"为著录唐、宋词最早之目录。

十五、《东都事略》一百三十卷，[宋]王偁著，有扫叶山房刊本。与

《南宋书》等合称《四朝别史》。

十六、《宋史》四百九十六卷,[元]脱脱等撰,有《二十四史》本。

第五章　南宋词人

一

南宋词与北宋的一样，亦可分为三个时期。第一个时期是词的奔放的时期。这时期恰当于南渡之后，偏安的局面已成，许多慷慨悲歌之士，目睹半个中国陷于胡人，古代的文化中心，千年以来的东西两都，俱沦为异域，无恢复的可能，颇有些愤激难平、"髀肉复生"之感。在这样的一个局势之下，诗人当然也很要感受到同样的刺激的。这个时候的诗人，做着"鼓舞升平"或"渔歌唱晚"的词，以涂饰为工，以造美辞隽句为能的当然也很有几个，然而几位可以代表时代的大诗人，如辛弃疾，如陆游，如张孝祥，他们却是高唱着"马作的卢飞快，弓如霹雳弦惊"（辛弃疾《破阵子》）的，高唱着"底事昆仑倾砥柱，九地黄流乱注，聚万落千村狐兔"（张元干《贺新郎》)的,高唱着"念腰间箭,匣中剑,空埃蠹,竟何成!时易失,心徒壮,岁将零"(张孝祥《六州歌头》)的,高唱着"胡未灭,鬓先秋,泪空流。此生谁料,心在天山,身老沧州"(陆游《诉衷情》)的。总之,他们是奔放的,是雄豪的,是不屑屑于写靡靡之音的。柳永直被他们视为舆台,周美成的影响也不很显著。苏轼的第一类的词,即"大江东去"一类的政论似的词,在这时却大为流行,一时有许多人在模仿着;最初是几位慷慨激昂的政治家在写着,以后是有天才的辛与陆,再后是刘过诸人。这一类的词的流行,完全是时代的造成;一方面为了金人的侵陵,一方面也为了苏氏的作品受了久压之后,自然的会引起了许多人的奔凑似的去欣赏他模仿他了。

第二个时期是词的改进的时期。在这个时期里,外患已不大成为问题了,因为金人有了他们的内乱与强敌,更无暇南下牧马。南宋的人士,为了升平已久,也便对于小朝廷安之若素。于是便来了一个晏安享乐的时代。像陆放翁、辛稼轩的豪迈的词气,已自然的归于淘汰。当时的文人不是如姜白石之着急于写隽语,便是如吴文英之用全力于遣辞造句。这时代的作家自姜、吴以至高(观国)、史(达祖)都是如此。他们唱的是"苔枝缀玉,有翠禽小小,枝上同宿"(姜夔

《疏影》);唱的是"柳边深院,燕语明如剪"(卢祖皋《清平乐》);唱的是"燕子重来,往事东流去。征衫贮旧寒一缕,泪湿风帘絮"(吴文英《点绛唇》);唱的是"倦客如今老矣,旧游可奈春何!几曾湖上不经过。看花南陌醉,驻马翠楼歌"(史达祖《临江仙》)。这时候,苏东坡氏的影响已经过去了,"大江东去""甚矣我衰矣"一类的作品已被视为粗暴太过而遭唾弃。周邦彦的作风却是恰合于时人胃口的东西。于是如姜氏,如吴氏,如高氏,如史氏,便都以雕饰为工,而不以粗豪为式了,便都以合律为能,而不以写"曲子内缚不住"的作品自喜了。他们精研细磨,他们知律审音,他们絮语低吟,他们更会体物状情,务求其工致,务求其胜人。他们都是专工的词人。他们除了词之外,一无所用心。他们为了作词而作词,一点也没有别的什么目的。他们有时写得很好,很深刻真切,有时却不过是美词艳句的堆砌而已,一点内容也没有。张炎评吴文英的词,以为"如七宝楼台,眩人眼目,碎拆下来,不成片段",这话最足以传达出这时代一部分的词的里面的真态。

第三个时期是词的凝固的时期。这一个时期,看见了元人的渡江与南宋的灭亡,应该是多痛哭流泪、感叹悲愁之作;应该是多愤语、多哀歌的,应该满是"藕花相向野塘中，暗伤亡国，清露泣香红"的句子的；然而远出于我们意料之外，像这一类的作品在词中却是很少。目睹蒙古人的侵入与占据，且亲受着他们的统治之痛楚的几个大词人，如张炎、周密、王沂孙诸人的词并绝少说起他们的痛苦与哀悼。即说，张炎的词颇多隐含着亡国之痛的，也都不过是寓意于咏物，不大呈露愤态的。他们为什么如此的漠视这个大事变而不一发其号呼呢？或他们虽曾发过号呼，而那号呼为何竟发得那样的隐秘呢？这个原因，第一点，自然是为了蒙古人的铁蹄所至，言论不能自由；第二点，却也因为词的一体，到了张炎、周密之时，已经是凝固了，已经是登峰造极，再也不能前进，不能有变化的了。他们已视词为一种古典的文体，不去，也许竟是不能，扩充她的领土，却只在这个古代遗留下来的地域之中，力求其精进，力求其纯洁。张炎说："词欲雅而正。志之所至，词亦至焉。一为物所役，则失其雅正之音。"雅正二字，便是他们受病之源。他们为了要求雅正，要求一种词的正体，所以排除了一切不能装载于"词"之中的题材。他们于音律谐合之外，又要文辞的和平工整，典雅合法；在这样的一个桎梏之下，词怎么还会活泼生动起来呢？怎么还会写出什么悲壮的作品来呢？说到雅正二字，便可知词已经到了她的末路，再不能向前进展，而只有就原来地域上做工作了。论理，词自唐代中叶以来，至此也已有了五六百年的历史了；流传了这五六百年，形式既已古老，内容也已逐渐地多习见的题材，情绪也已逐渐地消歇而多浮浅的了。除了遁入咏物诗派与所谓雅正派的严垒之外，几乎不易有别的出路。所以这个词的凝固期，差不多是天然的一个结果。此后，所谓"词人"多不过翻翻旧案，我学苏、辛，你学周、张，他学梦窗、白石而已；绝少有新颖创造的词人。

词到了这个时期，差不多已不是民间所能了解的东西了；词人的措辞一天天的趋向文雅之途，一天天的讳避了鄙下的通俗的习语不用；像柳永、黄庭坚那样的"有井水饮处无不知歌之"的样子已是不可再见的盛况了；即像毛滂、周邦彦那样的一歌脱手，妓女即能上口的情形也是很少见的了。词在南宋的第二期以后，不仅与民众绝缘，也且与妓女阶级绝缘。宋人词，如上一章里所说的，原便是文士阶级与妓女阶级的玩意儿；为了妓女的传播之故，而民间也便盛传着。如今她与妓女阶级既渐渐地绝缘，便独自成了一种文人学士的玩意儿，独自在"雅正"在"修辞"上做工夫，以自趋于沦没。而南曲在这时已产生于南方的民间，预备代之而兴；金、元人所占领的北方，也恰恰萌芽着北曲的嫩苗。词的末日一到，而南北曲的时代便开始出现了。

二

南渡之初，前代的词人，都由已沦为异域的京城，奔凑于南方的新都里来。朱敦儒仍在写着，李清照也仍在写着。更有几个别的作家，像康与之，像赵鼎，像张元干，像洪皓，像张抡诸人也都在写着，开辟了第一期两大作家辛、陆的先路。今略述这几个人的作品于下。

赵鼎[①]是中兴的一位很有力的名臣，但也善词。他字元镇，闻喜人。崇宁初进士。累官尚书左仆射、同中书门下平章事、兼枢密使。谥忠简。（公元一〇八五～一一四七）有《得全居士集》，词一卷[②]。黄升以为他的"词章婉媚，不减《花间》"。这是很可怪的，这样的一位刚直的名相，写的词却是很靡婉的；在那里，一点也看不出当时的大变乱的感触。这大约他也以为词是不适宜写出这种感触的吧。

　　尽日东风吹绿树，向晚轻寒，数点催花雨。年少凄凉天付与，更堪春思萦离绪。　　临水高楼携酒处，曾倚哀

---

① 见《宋史》卷三百六十，《南宋书》卷九。
② 《得全居士词》一卷，有《别下斋丛书》本，有《四印斋所刻词》本。

弦，歌断黄金缕。楼下水流何处去，凭栏目送苍烟暮。

——《蝶恋花》

同时的名将岳飞，所作的词却与鼎完全不同格调；他是豪迈的，活现出了一位忠勇的为国的武将的愤激心理来。飞[1]字鹏举，汤阴人。累官少保、枢密副使，秦桧主和，首先杀死了他，天下痛之。（公元一一〇三～一一四一）后追谥武穆，封鄂王。成了一个悲痛的传说里的中心人物。他的《满江红》："靖康耻，犹未雪，臣子恨，何时灭？驾长车，踏破贺兰山缺！壮志饥餐胡虏肉，笑谈渴饮匈奴血。待从头收拾旧山河，朝天阙。"为我们所熟知者。《尧山堂外纪》载飞的《送张紫阳北伐》诗亦有"号令风霆迅，天声动北陬。归来报明主，恢复旧神州"之句，可见出他的念念不忘恢复中原，与一心只想"痛饮黄龙"的豪迈心境来。

像这样的一种豪迈悲壮的词，或鼓动人的忠愤，以赴敌为雄，破虏为心，或愤慨当时的偏安，以悲音哀调激厉人的心腑的，在当时，作者真是不少。张元干字仲宗，长乐人。绍兴中，以送胡铨及寄李纲词除名，亦以此得大名。有《归来集》及《芦川词》一卷[2]，底下是他的《送胡邦衡待制赴新州》一词：

---

[1] 见《宋史》卷三百六十五，《南宋书》卷十五。

[2] 《芦川词》一卷，有汲古阁刊《宋六十家词》本。又二卷本，有《双照楼影刊宋元明本词》本。

梦绕神州路,怅秋风连营画角,故宫离黍。底事昆仑倾砥柱,九地黄流乱注,聚万落千村狐兔,天意从来高难问!况人情易老悲难诉,更南浦,送君去。　凉生岸柳催残暑,耿斜河疏星淡月,断云微度,万里江山知何处?回首对床夜语,雁不到,书成谁与。目尽青天怀今古,肯儿曹恩怨相尔汝!举大白,听金缕。

——《贺新郎》

这词是很悲壮的。

吕本中的《南歌子》却是凄凉不堪的:

驿路侵斜月,溪桥度晓霜。短篱残菊一枝黄,正是乱山深处过重阳。　旅枕原无梦,寒更每自长,只言江左好风光,不道中原归思转凄凉。

本中①字居仁,绍兴六年进士。累迁中书舍人。秦桧讽御史劾罢之。有《东莱集》。

曾觌也颇写些这一类的词。他的《金人捧露盘》(《庚寅春奉使过京师感怀作》)及在邯郸道上所作的《忆秦娥》都同样的悽然有黍离之感。

记神京繁华地,旧游踪,正御沟春水溶溶,平康巷

---

① 见《宋史》卷三百七十六,《南宋书》卷二十三。

陌，绣鞍金勒跃青骢，解衣沽酒醉弦管，柳绿花红。到如今，余霜鬓。嗟前事，梦魂中。但寒烟满目飞蓬，雕栏玉砌，空余三十六离宫。寒笳惊起暮天雁，寂寞东风。

——《金人捧露盘》

风萧瑟，邯郸古道伤行客。伤行客，繁华一瞬，不堪思忆。　丛台歌舞无消息，金樽玉管空陈迹。空陈迹，连天草树，暮云凝碧。

——《忆秦娥》

觌[①]字纯甫，汴人。绍兴中，为建王内知客。孝宗受禅，以觌权知阁门事。后为开府仪同三司，加少保。有《海野词》一卷[②]。

三

这时有两个大作家，在辛、陆之先出现；其情调却与辛、陆十分不同。一个是康与之[③]，其他一个是张孝祥。孝祥的时代较与之略晚。与之字伯可，为渡江初的朝廷词人。高宗很赏识

---

① 见《宋史》卷四百七十。
② 《海野词》一卷，有汲古阁刊《宋六十家词》本。
③ 见《南宋书》卷六十三。

他，官郎中。有《顺庵乐府》五卷。他也很感受时势丧乱的影响，而写着《长安怀古》的一首词：

> 阿房废址汉荒丘，狐兔又群游。豪华尽成春梦，留下古今愁。　君莫上，古原头，泪难收。夕阳西下，塞雁南来，渭水东流。
>
> ——《诉衷情令》

然他的许多别的词却是异常的婉靡的。黄升说，"伯可以文词待诏金马门。凡中兴粉饰治具，及慈宁归养、两宫欢集，必假伯可之歌咏，故应制之词为多"。王性之以为"伯可乐章，令晏叔原不得独擅"。沈伯时则以他与柳永并称，以为二人"音律甚协，但未免时有俗语"。陈质斋也斥之为"鄙亵之甚"。然他的慢调之合律，却与秦、柳、周并肩，非余子所可比拟。在宋词的几个大作家中，他也是无暇多让的。《咏荷花》的一词，可代表其长调之一斑：

> 若耶溪路，别岸花无数。欲敛娇红向人语，与绿荷相倚。恨回首西风，波淼淼，三十六陂烟雨。　新妆明照水，汀渚生香，不嫁东风，被谁误。遣踟蹰，骚客意，千里丝丝仙浪远，何处凌波微步？想南浦，潮生画桡归，正月晓风清，断肠凝伫。
>
> ——《洞仙歌令》

张孝祥[1]字安国,乌江人,绍兴二十四年廷试第一。后迁中书舍人,领建康留守。有《于湖集》,词一卷[2]。汤衡为他的《紫微雅词》作序,称其"平昔未尝著稿。笔酣兴健,顷刻即成,却无一字无来处"。惟其出于自然,所以他的词颇饶自然之趣,没有一点雕镂的做作的丑态。这是南宋词中所不多见的;连稼轩也还有点矫揉造作之意呢。他的题为《听雨》的《满江红》与咏洞庭的《西江月》,都是我所喜爱的。

斗帐高眠,寒窗静,潇潇雨意。南楼近,更移三鼓,漏传一水,点点不离杨柳外,声声只在芭蕉里。也不管滴破故乡心,愁人耳。　无似有,游丝细,聚复散,真珠碎。天应分付与,别离滋味。破我一床蝴蝶梦,输他双枕鸳鸯睡。向此际,别有好思量,人千里。

——《满江红》

问讯湖边春色,重来又是三年。东风吹我过湖船,杨柳丝丝拂面。　世路如今已惯,此心到处悠然。寒光亭

---

[1] 见《宋史》卷三百八十九。
[2] 《于湖词》二卷,有汲古阁刊《六十家词》本。又《于湖居士乐府》四卷,有《双照楼影刊宋元明本词》本。又《于湖先生长短句》五卷,拾遗一卷,有《涉园景宋金元明本词续》刊本。

下水连天，飞起沙鸥一片。

——《西江月》

他的《六州歌头》，尤为激昂慷慨，使人凛然而悲，肃然而兴恢复之念。难怪当他在建康留守席上，赋此歌阕时，张魏公竟为罢席而入。（此事见《朝野遗记》）

长淮望断，关塞莽然平。征尘暗，霜风劲，悄边声，黯消凝。追想当年事，殆天数，非人力。洙泗上，弦歌地，亦膻腥。隔水毡乡，落日牛羊下，区脱纵横。看名王宵猎，骑火一川明，笳鼓悲鸣，遣人惊。　念腰间箭，匣中剑，空埃蠹，竟何成！时易失，心徒壮，岁将零。渺神京。干羽方怀远，静烽燧，且休兵；冠盖使，纷驰骛，若为情。闻道中原遗老，常南望翠葆霓旌。使行人到此，忠愤气填膺，有泪如倾。

——《六州歌头》

四

辛弃疾[①]是第一期中的大作家之一，也是词史中的一位很

---

① 见《宋史》卷四百一，《南宋书》卷三十九。

重要的人物。词到了周邦彦，已可急转直下而到了吴文英、史达祖、周密、张炎他们的一条路上去了；弃疾却以只手障狂澜，将这个趋势的速率，减低了若干度。这当然一半是时势的必然的结果，而他的影响却也占了很大的一部分。他与苏轼同样的被人称为豪放的词的代表；他们每以苏、辛并称，而谥之为粗豪。其实他们都是误会的。苏轼的词最重要的，不是他的"大江东去"之属，却是他的清隽的名作，如"明月几时有，把酒问青天；不知天上宫阙，今夕是何年"之属。隽则有之，"粗"字实在不是的评。辛弃疾也是如此，他的代表作，绝不是"我见青山多妩媚，料青山见我应如是""不恨古人吾不见，恨古人不见吾狂耳"(《贺新郎》)与夫"千古江山，英雄无觅孙仲谋处。……凭谁问，廉颇老矣，尚能饭否？"(《永遇乐》)之属，而是那些很缠绵、很多情的许多作品，不过这些缠绵多情的调子却被放在奔放不羁、舒卷如意的浩莽的篇页之上罢了。我们评他为"豪"是对的，评他为"粗"却也未免过于轻视他了。刘克庄评他与陆游，以为"一扫纤艳，不事斧凿，高则高矣。但时时掉书袋，要是一癖"。其实稼轩的掉书袋，真也不过《贺新郎》《永遇乐》，以及《水调歌头》的"四坐且勿语，听我醉中吟"诸作而已；其最好的作品，却都不是这样的。我们不能以他的偶然的即兴作品，来下他全部作品的断语的。我们且读底下的几首词：

第五章 南宋词人 / 261

东风夜放花千树，更吹陨星如雨。宝马雕车香满路，凤箫声动，玉壶光转，一夜鱼龙舞。　蛾儿雪柳黄金缕，笑语盈盈暗香去。众里寻他千百度，蓦然回首，那人却在灯火阑珊处。

——《青玉案》

宝钗分，桃叶渡，烟柳暗南浦。怕上层楼，十日九风雨。断肠点点飞红，都无人管，更谁劝流莺声住。　鬓边觑，试把花卜归期，才簪又重数。罗帐灯昏，哽咽梦中语。是他春带愁来，春归何处，却不解带将愁去。

——《祝英台近》

敲碎离愁，沙窗外风摇翠竹。人去后，吹箫声断，倚楼人独。满眼不堪三月暮，举头已觉千山绿，但试把一纸寄来书，从头读。　相思字，空盈幅，相思意，何时足。滴罗襟，点点泪珠盈掬。芳草不迷行客路，垂杨只碍离人目。最苦是，立尽月黄昏，阑干曲。

——《满江红》

更能消几番风雨，匆匆春又归去。惜春长怕花开早，何况落红无数。春且住！见说道天涯芳草无归路，怨春不语，算只有，殷勤画檐蛛网，尽日惹飞絮。　长门事，准拟佳期又误。娥眉曾有人妒。千金纵买相如赋，脉脉此

汉古阁《稼轩词》

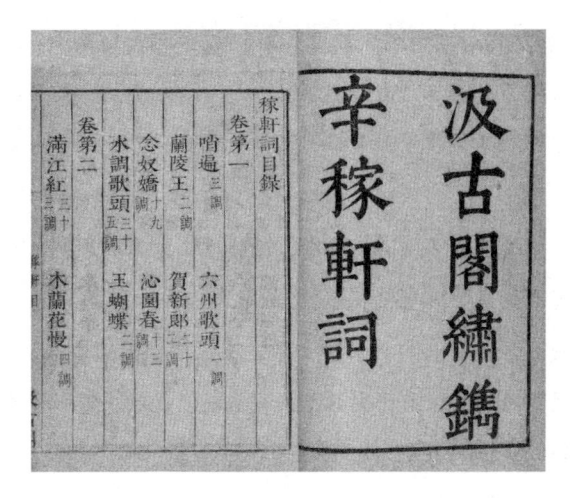

情谁诉。君莫舞,君不见,玉环飞燕皆尘土。闲愁最苦,休去倚危栏,斜阳正在烟柳断肠处。

——《摸鱼儿》

像这样的深情绮腻之作,即以专擅情语的秦、柳为之,也未必有胜于此——他们还欠他些奔放呢——我们还忍责备他的粗豪么?我们还忍以"掉书袋"讥他么?稼轩之所以为稼轩,其特色即在于能作深情之语而出之以奔放豪迈的势态,却不在于他的即兴的得意忘言之作《贺新郎》《永遇乐》。即他的悲愤愤慨之作,如下面的几首:

醉里挑灯看剑，梦回吹角连营。八百里分麾下炙，五十弦翻塞外声，沙场秋点兵。　马作的卢飞快，弓如霹雳弦惊。了却君王天下事，赢得生前身后名，可怜白发生。

——《破阵子》

绿树听鹈鴂，更那堪，杜鹃声住，鹧鸪声切。啼到春归无啼处，苦恨芳菲都歇。算未抵人间别离。马上琵琶关塞黑，更长门翠辇辞金阙。看燕燕，送归妾。　将军百战身名裂，向河梁回首，万里故人长绝。易水萧萧西风冷，满座衣冠似雪，正壮士悲歌未彻。啼鸟还知如许恨，料不啼清泪长啼血。谁伴我，醉明月。

——《贺新郎》

又何尝有什么粗豪的踪影在着。总之，奔放与粗豪是很有差别的：前者是天才者的不羁与创造性的表现，后者却是未熟练者的粗率的试笔。二者不能同年并语。

弃疾字幼安，历城人。初为耿京掌书记，后奉表南归。高宗授为承务郎，累迁枢密都承旨。有《稼轩长短句》十二卷[①]。

[①] 《稼轩词》四卷，有汲古阁刊《宋六十家词》本，又有《四印斋所刻词》本（凡十二卷）。又《稼轩词》甲乙丙三集，凡三卷，《稼轩长短句》十二卷，并有《涉园景宋金元明本词续》刊本。《苏辛词》一册，叶绍钧选，商务印书馆出版。

陆游
任熊作

　　陆游①与弃疾齐名，并称为辛、陆。他不仅以能词称，他的五七言诗也是很负重名的。游字务观，山阴人。隆兴初，赐进士出身。范成大帅蜀，为参议官。人或讥其颓放，因自号放翁。后为宝章阁待制。（公元一一二五～一二一〇）有《剑南集》，词一卷②，他与弃疾同被讥为"掉书袋"；弃疾间有此癖，

---

　　① 见《宋史》卷三百九十五，《南宋书》卷三十七。
　　②《放翁词》一卷，有汲古阁刊《宋六十家词》本，又《渭南词》二卷，有《双照楼影刊宋元明本词》本。

第五章　南宋词人

游则绝少犯之。他的词有许多是靡艳婉妮的，与他的五七言诗很不相同，不过也时有豪放自恣之作，如"华灯纵博，雕鞍驰射，谁记当年豪举。酒徒一半取封侯，独去作江边渔父"（《鹊桥仙》）之类。他与稼轩唯一的相同之点，即在于此。杨慎以为："放翁词纤丽处似淮海，雄快处似东坡。"其实，他的纤丽是多过于他的雄快的。所谓纤丽，如《春日游摩诃池》的《水龙吟》：

> 摩诃池上追游路，红绿参差春晚。韶光妍媚，海棠如醉，桃花欲暖，挑菜初闲，禁烟将近，一城丝管。看金鞍争道，香车飞盖，争先占新亭馆。　惆怅年华暗换，黯销魂雨收云散。镜奁掩月，钗梁折凤，秦筝斜雁，身在天涯，乱山孤垒，危楼飞观。叹春来只有杨花，和恨向东风满。
>
> ——《水龙吟》

所谓雄快，如《呈范至能待制》的《双头莲》：

> 华发星星，惊壮志成虚，此身如寄。萧条病骥，向暗里，消尽当年豪气。梦断故国山川，隔重重烟水。身万里，旧社凋零，青门俊游谁记！　尽道锦里繁华，叹官闲昼永，柴荆添睡。清愁自醉，念此际，付与何人心事。纵有楚柁吴樯，知何时东逝！空怅望，鲙美菰香，秋风又起。
>
> ——《双头莲》

但放翁的许多词，任怎样，总是太多了凄凉恬退的风致的，与他的五七言诗之豪迈激昂不可一世者略殊。我们与其称这些颓唐自放的词为雄快，不如谓之为懒放或潇洒疏闲之更为的确。"鲙美菰香，秋风又起"，岂是一位热肠满中的忧国者所说的话？为什么他在词中乃多这些颓音呢？大约是"华发星星，惊壮志成虚"之时所作的吧。所以真正的雄快之词，放翁颇不多。他在早年时，曾有一段绝为悲苦的故事。他娶了唐氏，伉俪相得。而他的母亲却与唐氏不和。他不得已而出之。不久，她便改嫁了同郡赵士程。春日出游，相遇于禹迹寺南之沈园。唐语其夫，为致酒肴。陆怅然赋《钗头凤》云：

> 红酥手，黄縢酒，满城春色宫墙柳。东风恶，欢情薄，一怀愁绪，几年离索，错，错，错！　春如旧，人空瘦，泪痕红浥鲛绡透。桃花落，闲池阁。山盟虽在，锦书难托，莫，莫，莫！

唐也和之，未几，即怏怏卒。放翁复过沈园时，更赋一诗道："落日城头画角哀，沈园非复旧池台。伤心桥下春波绿，曾见惊鸿照影来。"（见《耆旧续闻》）这真是一件太可悲惨的故事了！

五

这一期的词人，尚有好几位要在此一提及的。朱翌字新仲，龙舒人。政和中进士，历官中书、待制。（一〇九六～一一六七）有《灊山集》①。他的咏梅的《点绛唇》一作，乃是许许多多的咏梅词中的一首能以少许胜人多许者。

流水泠泠，断桥横路梅枝亚。雪花飞下，浑似江南画。

白璧青钱，欲买春无价。归来也，风吹平野，一点香随马。

张抡字才甫，亦南渡的故老。有《莲社词》一卷②。

晓风摇幕，欹枕闻残角。霜月到窗寒影，金猊冷，翠衾薄。旧恨无处着，新愁还又作。夜夜单于声里，灯花共珠泪落。

——《霜天晓角》

曾慥、曾惇为故相布的后裔，皆能词。慥字端伯，编《乐府雅词》③，颇有功于词坛。惇字弢父，有词一卷。其《重九饮栖霞》一作，甚可爱。

---

① 《灊山集》三卷，有《知不足斋丛书》本。
② 《莲社词》一卷，有《彊村丛书》本。
③ 《乐府雅词》有《词学丛书》本、《粤雅堂丛书》本及《四部丛刊》本。

九日传杯,要携佳客栖霞去。满城风雨,记得潘郎句。　紫菊红萸,何意留侬住。愁如许,暮烟一缕,正在归时路。

——《点绛唇》

范成大①字致能,吴郡人,绍兴中进士。后参知政事,又帅金陵。谥文穆。(一一二五～一二〇四)有《石湖集》,词一卷②。他的五七言诗自成一格,与陆游齐名于时,为南宋一个重要作家。《石湖词》也很有可喜之作。像《萍乡道中》一作:

酣酣日脚紫烟浮,妍暖破轻裘。困人天气,醉人花气,午梦扶头。　春慵恰似春塘水,一片縠纹愁。溶溶泄泄,东风无力,欲皱还休。

——《眼儿媚》

其恬淡而多姿的风调是与他的五七言诗相类的。

葛立方字常之,丹阳人,绍兴八年进士。官至吏部侍郎。有《归愚集》,词一卷③。他的《卜算子》自始至终皆用叠字,虽没有李清照的"寻寻觅觅,冷冷清清"的妙绝千古,却也颇饶别趣,并不做作:

---

① 见《宋史》卷三百八十五,《南宋书》卷三十三。
② 《石湖词》一卷,有《知不足斋丛书》本。
③ 《归愚词》一卷,有汲古阁刊《宋六十家词》本。

袅袅水芝红，脉脉蒹葭浦。淅淅西风澹澹烟，几点疏疏雨。　　草草展杯觞，对此盈盈女。叶叶红衣当酒船，细细流霞举。

——《卜算子》

姚宽字令威，剡川人。为六部监门，有《西溪居士乐府》一卷。如"细雨春风湿酒旗"诸语，是颇为不凡的。

毵毵杨柳绿初低，澹澹梨花开未齐。楼上情人听马嘶，忆郎归，细雨春风湿酒旗。

——《忆王孙》

杨万里[①]字廷秀，吉水人。绍兴中进士。后为宝文阁待制，致仕。（一一二四～一二〇五）有《诚斋集》。诚斋的五七言诗是一个大家。陆游、范成大与他，几占断了南宋初期的诗坛。他的词不多，也不甚出色。然如《好事近》之属，却洒脱得可爱：

月未到诚斋，先到万花川谷。不是诚斋无月，隔一庭修竹。　　如今才是十三夜，月色已如玉。未是秋光奇绝，看十五十六。

——《好事近》

---

① 见《南宋书》卷三十九。

当时的几个重要的文人，如朱熹、陈同甫，都与辛弃疾很熟悉。刘过、岳珂他们则都是辛氏的晚辈，而刘过受稼轩的影响为尤深。朱熹[①]字元晦，一字仲晦，婺源人。第进士，仕至转运副使，以焕章阁待制致仕。（公元一一三〇～一二〇〇）卒谥文。有《文公集》。他是当时的一位大儒，影响极大，后人乃称之为朱子而不名。他所注释的《诗》与《四书》也成了后五六百年的功令的本子，没有一个人敢出他的范围之外的。他的见解有时很高，有时则殊迂腐。他的词亦有名于时，然好者很少。道学家是很难写出好词来的。像"酬佳节，须酩酊，莫相违；人生如寄，何事辛苦怨斜晖"那样的浅薄的享乐主义，是颇为不足道的。

陈同甫[②]，名亮，永康人。有《龙川集》，词一卷[③]。他的散文气魄极为盛大。"开拓万古之心胸，推倒一世之豪杰。而作词乃复幽秀。"他的《水龙吟》云："迟日催花，淡云阁雨，轻寒轻暖，恨芳菲世界，游人未赏，都付与莺和燕……罗袖分香，翠绡封泪，几多幽怨。正销凝，又是疏帘淡月，子规声

---

① 见《宋史》卷四百二十九《道学》三，《南宋书》卷四十四。
② 见《南宋书》卷三十九。
③ 《龙川词》一卷，补遗一卷，有汲古阁刊《宋六十家词》本，有应氏刊本，有四印斋刊本（四印斋本仅刊补遗一卷）。

断。"又他的《虞美人》词云："水边台榭燕新归，一点香泥，湿带落花飞。"都是很靡艳的。周密以为"陈龙川好谈天下大略，以气节自居，而词亦疏宕有致"。

岳珂[1]字肃之，号倦翁，是岳飞的孙子。累官户部侍郎、淮东总领、兼制置使，有《玉楮集》。他以评弹稼轩的词有名于时，又论刘过的一词，多用古人名事者，以为"白日见鬼"，都是具高超的见解的。但他自己的词，却未能相称。"漫登览，极目万里沙场，事业频看剑。古往今来，南北限天堑。倚楼休弄新声，重重城门掩，历历数西州更点"（《祝英台近》）之类乃是他的最好的代表作。

刘过字改之，襄阳人。有《龙洲词》一卷[2]。他的词，学稼轩，真是一个"肖徒"。黄升说"改之，稼轩之客，词多壮语，盖学稼轩者也"。学稼轩而至于高唱着"被香山居士，约林和靖，与东坡老，驾勒吾回。坡谓西湖，正如西子，淡抹浓妆临照台"，真是稼轩的末日到了。岳珂诋之为"白日见鬼"，真是的评。但他亦有好句，如《贺新郎》：

老去相如倦，向文君说，似而今，怎生消遣！衣袂京尘曾染处，空有香红尚软。料彼此魂消肠断。一枕新凉眠

---

[1] 附见《宋史》卷三百六十五及《南宋书》卷十五《岳飞传》。
[2] 《龙洲词》一卷，有汲古阁刊《宋六十家词》本。

客舍，听梧桐疏雨秋风颤。灯晕冷，记初见。　　楼低不放珠帘卷，晚妆残，翠蛾狼藉，泪痕流脸。人道愁来须殢酒，无奈愁深酒浅。但托意焦琴纨扇。莫鼓琵琶江上曲，怕荻花枫叶俱凄怨。云万叠，寸心远。

——《贺新郎》

陶九成云："改之造词赡逸有思致。《沁园春》二首尤纤丽可爱。"这二首的《沁园春》，是"有时自度歌句悄，不觉微尖点拍频"，是"凤鞋泥污，偎人强剔，龙涎香断，拨火轻翻"，这真是很纤丽可爱的。我们每以"斗酒彘肩，风雨渡江，岂不快哉"的作者视改之，不免有未窥见他的全相之诮。

又有赵彦端者，字德庄，为宋宗室。乾道、淳熙间以直宝文阁知建宁府，有《介庵词》四卷[①]。他曾赋《谒金门》一词云：

休相忆，明日远如今日。楼外绿烟村冪冪，花飞如许急。　　柳外晚来船集，波底夕阳红湿。送尽去云成独立，酒醒愁又入。

相传阜陵读到"波底夕阳红湿"大喜，问谁词。答云：彦端所作。上云："我家里人也会作此等语！"他的《豆叶黄》一词也绝为佳妙：

---

① 《介庵词》一卷，有汲古阁刊《宋六十家词》本。

粉墙丹槛柳丝中，帘箔轻明花影重。午醉醒来一面风。绿葱葱，几颗樱桃叶底红。

俞国宝以题酒肆的《风入松》一词，为宋帝所知。这段故事后来成了小说及戏曲的题材之一。国宝，临川人，淳熙间太学生。有《醒庵遗珠集》。一作于国宝。其《风入松》词如下：

一春长费买花钱，日日醉湖边。玉骢惯识西湖路，骄嘶过沽酒楼前。红杏香中歌舞，绿杨影里秋千。　暖风十里丽人天，花压发云偏。画船载得春归去，余情付湖水湖烟。明日重扶残醉，来寻陌上花钿。

相传原文是"明日重携残酒，来寻陌上花钿"，帝以为有寒酸气，乃将携字改为扶字，酒字改为醉字。

李石字知几，资阳人。乾道间以荐任太学博士，出为成都倅。有《方舟集》。他的《临江仙》一词颇好：

烟柳疏疏人悄悄，画楼风外吹笙。倚栏闻唤小红声。熏香临欲睡，玉漏已三更。　坐待不来来又去，一方明月中庭。粉墙东畔小桥横。起来花影下，扇子扑流萤。

张镃字功甫，号约斋，西秦人。官奉议郎。有《玉照堂词》一卷。他的咏促织的《满庭芳》一词，是写得十分的活跃的。

月洗高梧，露漙幽草，宝钗楼外秋深。上花沿翠，萤火坠墙阴。静听寒声断续，微韵转，凄咽悲沉。争求侣，殷勤劝织，促破晓机心。　　儿时曾记得，呼灯灌穴，敛步随音，任满身花影，犹自追寻。携向画堂试斗，亭台小笼巧装金。今休说，从渠床下，凉夜听孤吟。

——《满庭芳》

胡铨①字邦衡，庐陵人，建炎二年进士。绍兴间以抗疏诋和议，累谪吉阳军。孝宗时，官至资政殿学士，卒谥忠简。有《澹庵长短句》一卷②。铨词抒情适兴，畅所欲言，并没有一点有意的做作与刻意的经营，一见便可知其非专业的"词人"。

百年强半，高秋犹在天南畔。幽怀已被黄花乱，更恨银蟾，故向愁人满。　　招呼诗酒颠狂伴，羽觞到手判无算。浩歌箕踞巾聊岸，酒欲醒时，兴在卢同碗。

——《醉落魄》

李弥逊字似之，吴县人。大观初登第。南渡后，以争和议，忤秦桧，乞归田。有《筠溪集》，词一卷③。他的词富自然之趣，每多明白如话之什，但亦有很清隽可喜者，如《菩萨蛮》：

风庭瑟瑟灯明灭，碧梧枝上蝉声歇。枕冷梦魂惊，一阶寒水明。　　鸟飞人未起，月露清如洗。无语听残更，

---

① 见《宋史》卷三百七十四，《南宋书》卷十七。
② 《澹庵长短句》一卷，有四印斋刊《宋四名臣词》本。
③ 《筠溪词》一卷，有《四印斋汇刻宋元三十一家词》本。

愁从两鬓生。

邓肃字志宏，延平人。南渡后，官左正言。所著有《栟榈集》，词一卷①。肃词写情殊为佳妙，时或失之浅，则以其非专工的"词人"之故。

　　夜饮不知更漏永，余酣困染朝阳。庭前莺燕乱丝簧。醉眠犹未起，花影满晴窗。　　帘外报言天色好，水沉已染罗裳。檀郎欲起趁春狂。佳人嗔不语，劈面噢丁香。

——《临江仙》

执手两凄然，情极都无语。去马更匆匆，一息迷回顾。
孤馆得村醪，一醉空离绪。酒醒却无人，帘外三更雨。

——《生查子》

曹勋字功显，阳翟人。仕宣和，官至太尉、提举皇城司、开府仪同三司。终于淳熙初。有《松隐乐府》三卷②。勋词多应制应时及咏物之作，此种题目本来是不容易写得好词的。

　　秋雨弥空，冷侵窗户琴书润。四檐成韵，孤坐无人问。　　壮志消沉，喜人清闲运，常安分。炷烟飘尽，更拨余香烬。

——《点绛唇》

---

① 《栟榈词》一卷，有《四印斋汇刻宋元三十一家词》本。
② 《松隐乐府》三卷，又补遗一卷，有《彊村丛书》本。

惨惨西风，人与两州俱不见。一江残照落霞红，舻声中。　汀花蘋草六朝空，人向赏心增远恨。闲云犹绕建康官，古今同。

——《酒泉子》

刘子翚字彦冲，崇安人。授承务郎，通判兴化军。后辞归武夷山。学者称为屏山先生。有《屏山集》，词一卷①。屏山词传者虽不过数首，然即在这寥寥数首之中，也可见出他的潇洒的气分来：

浮烟冷雨，今日还重九。秋去秋来，但黄花年年如旧。平台戏马，无处问英雄。茅舍底，竹篱东，伫立时搔首。　客来何有？草草三杯酒。一醉万缘空，莫贪伊金印如斗。病翁老矣，谁共赋归来？芟垅麦，网溪鱼，未落他人后。

——《蓦山溪》

洪皓②字光弼，鄱阳人。第进士。建炎中，以徽猷阁待制为通问使。以忤秦桧，谪濠州团练副使，安置英州，后徙袁州，卒谥忠宣。有《鄱阳词》一卷③。他的词明白而无甚雅趣，

---

① 《屏山词》一卷，有《彊村丛书》本。
② 见《宋史》卷三百七十三。洪适、洪迈并附皓传。
③ 《鄱阳词》一卷，有《彊村丛书》本。

惟处处都可见出他的情思与事绩来,绝不似一部分词人之作,连一点个性也看不出的模样。

> 冷落天涯今一纪,谁怜万里无家。三闾憔悴赋怀沙。思亲增怅望,吊影觉敧斜。　兀坐书堂真可怪,销忧殢酒难赊。因人成事耻矜夸。何时还使节,踏雪看梅花。
>
> ——《临江仙·怀归》

皓有子适、迈。适字景伯,迈字景庐,号野处,皆善词。适中博学宏词科。累官尚书右仆射、同中书门下平章事、兼枢密使,谥文惠。有《盘洲集》,词二卷①。适词在三洪中为独步,但较之康伯可诸人,他实未擅胜场。

> 玉颊微醺怯晚寒,可怜凝笑整双翰。枝头一点为谁酸。
> 只恐轻飞烟树里,好教斜插鬓云边。淡妆仍向醉中看。
>
> ——《浣溪沙》

迈历官龙图阁学士,谥文敏。所作词极少,如"院落深沉,池塘寂静,帘钩卷上梨花影"诸语,却颇佳。

京镗②字仲远,豫章人,登绍兴二十七年进士第。庆元初,官左丞相,谥壮定。有《松坡居士乐府》一卷③。镗亦非专工的

---

① 《盘洲词》一卷,有《彊村丛书》本。
② 见《宋史》卷三百九十四,《南宋书》卷四十三。
③ 《松坡词》一卷,有《彊村丛书》本。

"词人"，惟其词殊多可耐寻味的清韵。

> 急雨逐骄阳，洗出长空新月。更对银河风露，觉今宵都别。　不须乞巧拜中庭，枉共天孙说。且信平生拙，极耐岁寒霜雪。
>
> ——《好事近·次卢漕国华七夕韵》

杨无咎字补之，清江人。高宗朝累征不起。自号清夷长者。有《逃禅集》，词一卷[①]。无咎喜作情语，其丽腻风流，回肠荡气之处，不下于三变。如《瑞鹤仙》一什，其无所不写，曲尽情态，似尤过于柳词。

> 看灯花烬落，更欲换，门外初听剥啄。一樽赴谁约？甚不知早暮！忒贪欢乐。嗔人调谑，饮芳容，索强倒恶。渐娇慵不语，迷奚带笑，柳柔花弱。　难藐，扶归鸳帐，不褪罗裳，要人求托。偷偷弄搦，红玉软，暖香薄。待酒醒，枕臂同歌新唱，怕晓愁闻画角。问昨宵可煞归迟，更休道着。

杨炎正号止济翁，庐陵人，有《西樵语业》一卷[②]。他也与辛稼轩为友。其词间涉粗豪，也许是受稼轩的影响吧。但稼轩粗豪处有倔强气，绮腻处又有宛曲缠绵之致，炎则两皆不能企

[①]《逃禅词》一卷，有汲古阁刊《宋六十家词》本。
[②]《西樵语业》一卷，有汲古阁刊《宋六十家词》本。

及。惟尚免于凡庸，时多隽语，故勉得自成一家。

把酒对斜日，无语问西风。胭脂何事，都做颜色染芙蓉。放眼暮江千顷，中有离愁万斛，无处落征鸿。天在阑干角，人倚醉醒中。　千万里，江南北，浙西东。吾生如寄，尚想三径菊花丛。谁是中州豪杰，借我五湖舟楫，去作钓鱼翁。故国且回首，此意莫匆匆。

——《水调歌头》

笔染相思，暗题尽，朱门白壁。动离思春生远岸，烟销残日。杨柳结成罗带恨，海棠染就胭脂色。想深情、幽怨绣屏间，双鸂鶒。　春水绿，春山碧。花有恨，酒无力。对一衾愁思，十分孤寂。寸寸锦肠浑欲断，盈盈玉泪应偷滴。倩东风吹雁过江南，传消息。

——《满江红》

王千秋字锡老，东平人。有《审斋词》一卷[①]。他尝自称道："少日羁孤，百口星分于异县。长年忧患，一生蓬转于四方。"其所遇可想而知。其铸辞间有甚为新巧者，已是卢祖皋、吴文英他们的同道了，例如：

惊鸥扑蔌。萧萧卧听鸣幽屋。窗明怪得鸡啼速。墙角

---

① 《审斋词》一卷，有汲古阁刊《宋六十家词》本。

烂斑，一半露松绿。　　歌楼管竹谁翻曲？丹唇冰面喷余馥。遗珠满地无人掬。归著红靴，踏碎一街玉。

——《醉落魄》

以及"淡叶未干鸠妇去，余花时坠蜂儿逐"（《满江红》）。"往事已同花屡褪，新欢闻似月常圆。休，休！休更苦萦牵"（《虞美人》）之类皆是。

韩玉字温甫，有《东浦词》①。玉常家于东浦，故以名其词。他常与康顺庵、辛稼轩诸家相酬唱。但他的辞语，实颇平平，无甚惊人的词意。毛晋虽刊其词，却甚有不满之意。他以为以玉与辛、康诸家相比，"其妍嬡相去非亶芋罗、无盐也。余去冬日事叴甾，研田久芜，托友人较雠诸词集以行世。入年读之，如兹集开卷《水调歌头》，为之掩鼻。又《且坐令》，其自度曲也，押韵颇峭。但'冤家何处贪欢乐，引得我心儿恶'等语，又未免俳笑矣。"其实《且坐令》后半阕殊为佳妙。晋解嘲之评，本不足据。

闲院落，误了清明约。杏花雨过胭脂绰，紧紧千秋索。斗草人归，朱门悄掩，梨花寂寞。　　书万纸，恨凭谁托？才封了，又揉却。冤家何处贪欢乐，引得我心儿

---

① 《东浦词》一卷，有汲古阁刊《宋六十家词》本。

恶。怎生全不思量着？那人人情薄！

——《且坐令》

曹冠字宗臣，自号双溪居士，有《燕喜集》，词一卷①。冠的词未能杰出时人，唯较多自然之趣耳。兹录其一篇于下：

风飐池荷雨翻盖，明珠千万颗，碎仍圆。龟鱼浮戏皱清涟，翠光映，垂柳幂瑶烟。　幽兴寓薰弦。俗尘飞不到，小壶天。身闲无事自超然。拚酩酊，一枕梦游仙。

——《小重山》

程大昌②字泰之，休宁人，绍兴二十一年进士。孝宗朝官至权吏部尚书、龙图阁直学士，谥文简。有《文简公词》一卷③。大昌对于所谓"经学"，有甚深的探讨与超越的见解，但他的词却未见很伟大的成就。

才出沧溟底，旋明紫岫腰。玉光漫漫涌层潮。上有乘流海贾卧吹箫。　更上云台望，翻牵旅思遥。浮生何许着箄瓢。却向天涯起舞影萧萧。

——《南歌子》

侯寘字彦周，东武人，晁说之甥。绍兴中，知建康。有

---

① 《燕喜词》一卷，有《四印斋汇刻宋元三十一家词》本。
② 见《宋史》卷四百三十三，《南宋书》卷二十七。
③ 《文简公词》一卷，有《彊村丛书》本。

《孏窟词》①一卷。其词颇善于作情语,唯意绪虽真挚,却欠缠绵宛转之致。

> 市桥灯火春星碎,街鼓催归人未醉。半嗔还笑眼回波,去欲更留眉敛翠。　　归来短烛余红泪,月淡天高梅影细。北风休遣燕南来,断送不成今夜睡。
>
> ——《玉楼春》

黄公度字师宪,号知稼翁,世居莆田。绍兴八年,大魁天下。除尚书考功员外郎。不久病卒,年四十八。有《知稼翁集》十一卷,又词一卷②。洪迈评其词,以谓:"宛转清丽,读者咀嚼于齿颊间而不得已。"公度词实足当"清丽"二字之评而无愧。唯其子的刊本(即汲古阁的底本),每篇加以说明,牵合时事,强作解人,实大有损于公度词的自然的秀美。

> 邻鸡不管离怀苦,又还是催人去。回首高城音信阻。霜桥月馆,水村烟市,总是思君处。　　裛残别袖燕支雨,谩留得愁千缕。欲倩归鸿分付与,鸿飞不住!倚栏无语,独立长天暮。
>
> ——《青玉案》

---

① 《孏窟词》一卷,有汲古阁刊《宋六十家词》本。
② 《知稼翁词》一卷,有汲古阁刊《宋六十家词》本。

眉尖早识愁滋味，娇羞未解论心事。试问忆人不？无言但点头。　　嗔人归不早，故把金杯恼。醉看舞时腰，还如旧日娇。

——《菩萨蛮》

韩元吉字无咎，号南涧，许昌人。官吏部尚书。有《焦尾集》，又《南涧诗余》一卷①。元吉每与张安国、陆务观、辛幼安相赠答，他自己也颇写些疏狂豪放的词篇，如"古人何在？依约蜀道倚青天""少年约，谈笑事，取封侯"（皆《水调歌头》）之类。但他的小词也有甚为纤丽者，如《菩萨蛮》（《青阳道中》）：

春残日日风和雨，烟江目断春无处。山路有黄鹂，背人相唤飞。　　解鞍宿酒醒，欹枕残香冷。梦想小亭东，蔷薇何似红。

高登字彦先，漳浦人。以忤秦桧被谪。有《东溪集》，词一卷②。登词多谪迁不平之感，味淡如水，然如《好事近》后半阕的"西风特地飒秋声，楼外触残叶，匹马翩然归去，向征鞍敲月"诸句，却甚为潇旷。

丘崈字宗卿，江阴人。隆兴元年进士。拜同知枢密院事，

---

① 《南涧诗余》一卷，有《彊村丛书》本。
② 《东溪词》一卷，有《四印斋宋元三十一家词》本。

卒谥文定。有《文定公词》一卷①。窊词写景殊佳，每能以浅语刻划曲折难尽之意、热闹难写之景。

鸣鸠乳燕，春在梨花院。重门镇掩，沉沉帘不卷。纱窗红日三竿，睡鸭余香一线，佳眠悄无人唤。　谩消遣，行云无定，楚雨难凭，梦魂断。清明渐进，天涯人正远。尽教闲了秋千，觑着海棠开遍，难禁旧愁新怨。

——《扑蝴蝶·蜀中作》

水满平湖香满路，绕重城藕花无数。小艇红妆，疏帘青盖，烟柳画船斜渡。　恣乐追凉忘日暮，箫鼓月明人去。犹有清歌迢递，声在芰荷深处。

——《夜行船·越上作》

吴儆字益恭，休宁人。绍兴二十七年进士。淳熙初通判邕州，后转朝散郎，致仕。有《竹洲集》，词一卷②。他的词本非"词人"专力之作，故往往多浅句芜辞，然也因此而时有真情实境语。

竹里全无暑气，溪边长有清风。荷花落日照酣红，雨过遥山翠重。　老作宫祠散汉，本来田舍村翁。腰缠

---

① 《文定公词》一卷，有《四印斋宋元三十一家词》本。
② 《竹洲词》一卷，有侯刻《名家词》本（在《粟香室丛书》内），有江刻《宋元名词家》本。

三万禄千钟，也是一场春梦。

——《西江月》

李处全字粹伯，淳熙中侍御史。有《晦庵词》一卷①。处全词也不是专力之作，惟殊为圆熟萧爽。

> 杜鹃只管催归去，知渠教我归何处？故国泪生痕，那堪枕上闻！　严装吾已具，泛宅吴中路。弭楫唤东邻，江东日暮云。

——《菩萨蛮》

仲并字弥性，江都人。绍兴中进士，授平江教授。后为朝请大夫、淮东安抚司参议。有《浮山集》，词一卷②。并词贫弱居多，如《荠荷香》一篇已算是集中的佳作。

> 醉凝眸，正行云遮断澄练江头。皓月今宵何处？不管中秋。朱阑倚遍，又微雨催下危楼。秋风空响更筹，不将好梦，吹过南州。　浮远轩窗异，日到山空云净，江远天浮。别去客怀无赖，准拟闲愁。冰轮好在，解随我天际归舟。何须舞袂歌喉，一觞一咏，谈笑风流。

袁去华字宣卿，江西奉新人。绍兴乙丑进士。改官知石首

---

① 《晦庵词》有《四印斋汇刻宋元三十一家词》本。
② 《浮山词》一卷，有《彊村丛书》本。

县而卒。善为歌词[1]。尝赋《定王台》，见称于张安国。著有《适斋类稿》八卷。去华词之佳者，颇能于绮丽处见出豪放的气韵来，的是一位能手。

雄跨洞庭野，楚望古湘州。何王台殿，危基百尺自西刘。尚想霓旌千骑，依约入云歌吹，屈指几经秋！叹息繁华地，兴废两悠悠。　登临处，乔木老，大江流。书生报国无地，空白九分头。一夜寒生关塞，万里云埋陵阙，耿耿恨难休！徙倚霜风里，落日伴人愁。

——《定王台》

森木蝉初噪，淡烟梅半黄。睡起傍檐隙，墙梢挂斜阳。鱼跃浮萍破处，碎影颠倒垂杨。晚庭谁与追凉，清风散荷香。　望极霞散绮，坐待月侵廊。调冰荐饮，全胜河朔飞觞。渐参横斗转，怀人未寝，别来偏觉今夜长。

——《红林檎近》

尚有：李光[2]字泰发，上虞人，崇宁五年进士。官至参知政事，谥庄简。有《庄简集》十八卷，词一卷[3]。胡仔，字符

---

[1] 《宣卿词》一卷，有《四印斋刊宋元三十一家词》本。
[2] 见《宋史》卷三百六十三，《南宋书》卷四。
[3] 《李庄简公词》一卷，有《四印斋刊宋四名臣词》本。

任,新安人,寓居吴兴。自号苕溪渔隐。宣和间仕建安主簿,有《渔隐丛话》前后集,凡百卷。倪偁字文举,吴兴人。绍兴八年进士,官太常寺主簿,有《绮川词》一卷[①]。王十朋字龟龄,乐清人。由太学廷对,擢第一。官至龙图阁学士,谥忠文,有《梅溪集》。王以宁字周士,长沙人,有《王周士词》[②]。李流谦字无变,德阳人,有《澹斋词》[③]。王之望字瞻叔,有《汉滨诗余》[④]。史浩字直翁,鄞人,有《鄮峰真隐大曲》二卷[⑤]。曾协字同李,南丰人,有《云庄词》[⑥]。王质字景文,兴国人,有《雪山词》[⑦]。周必大字子充,庐陵人,有《平园近体乐府》[⑧]。陈三聘字梦弼,东吴人,有《和石湖词》[⑨]。吕胜己字季克,建阳人,有《渭川居士词》[⑩]。姚述尧字道进,华亭人,有《萧台公余词》[⑪]。阮阅字闳休(一作字阅休),著《诗话

---

① 《绮川词》一卷,有《四印斋宋元三十一家词》本。
② 《王周士词》一卷,有《彊村丛书》本。
③ 《澹斋词》一卷,有《彊村丛书》本。
④ 《汉滨诗余》一卷,有《彊村丛书》本。
⑤ 《鄮峰真隐大曲》二卷,有《彊村丛书》本。
⑥ 《云庄词》一卷,有《彊村丛书》本。
⑦ 《雪山词》一卷,有《彊村丛书》本。
⑧ 《平园近体乐府》一卷,有《彊村丛书》本。
⑨ 《和石湖词》一卷,有《彊村丛书》本。
⑩ 《渭川居士词》一卷,有《彊村丛书》本。
⑪ 《萧台公余词》一卷,有《彊村丛书》本,有《西泠词萃》本。

总龟》，有《阮户部词》①。朱雍有《梅词》②二卷，皆系咏梅者。尤袤字延之，无锡人，官礼部尚书，谥文简，有《梁溪集》。毛开字平仲，三衢人，有《樵隐乐府》③。他们大都是有词集流传于今的，故都不得不一提及。但其词却都未必有杰出特隽之作，足以使我们不得不详述，故于此仅总叙一下。

六

开南宋第二期词派的，远者为康与之，近者为姜夔。与之艳丽，白石清隽。然白石究竟气魄不大。他在清隽之中，未免带有几分的做作。他的词往往是矜持太过，不甚出之以自然。他选字，他练句，他要合律，他要没有疵病。如他的盛传于世的《暗香》《疏影》二词，不过是咏物诗的两篇名作而已，也未见得有多大的作用。然历来的评者，对他都恭维甚至。范石湖说："白石有裁云缝月之妙手、敲金戛玉之奇声。"赵子固说："白石，词家之申、韩也。"此言却甚得当。至于如张炎所云："如野云孤飞，去留无迹。"又云："不惟清虚，且又骚雅，读

---

① 《阮户部词》一卷，有《彊村丛书》本。
② 《梅词》二卷，有《四印斋刊宋元三十一家词》本。
③ 《樵隐乐府》一卷，有汲古阁刊《宋六十家词》本。

之使人神观飞越。"则未免有些阿于所好。周济说得最好："吾十年来服膺白石，而以稼轩为外道。由今思之，可谓扪籥也。稼轩郁勃故情深，白石方旷故情浅；稼轩纵横故才大，白石局促故才小。"在第二期的开头已是如此，可见其后的风尚是那一方面走去的了。夔字尧章，白石其号，鄱阳人，流寓吴兴。有《白石词》五卷①。其五七言诗也和他的词一样的有名。他的"石湖咏梅"的《暗香》《疏影》：

> 旧时月色，算几番照我，梅边吹笛，唤起玉人，不管清寒与攀摘。何逊而今渐老，都忘却春风词笔。但怪得竹外疏花，香冷入瑶席。　江国正寂寂，叹寄与路遥，夜雪初积，翠尊易泣，红萼无言耿相忆，长记曾携手处，千树压西湖寒碧。又片片吹尽也，几时见得？
>
> ——《暗香》
>
> 苔枝缀玉，有翠禽小小，枝上同宿。客里相逢，篱角黄昏，无言自倚修竹。昭君不惯胡沙远，但暗忆江南江北。想佩环月下归来，化作此花幽独。　犹记深宫旧事，那人正睡里，飞近蛾绿。莫似春风，不管盈盈，早与安排

---

① 《白石词》一卷，有汲古阁刊《宋六十家词》本。《白石道人歌曲》四卷，别集一卷，有乾隆间陆氏刊本，又有许氏刊本及广东刊本，又有《彊村丛书》本（七卷）

姜白石像

姜夔

第五章 南宋词人

金屋。还教一片随波去，又却怨玉龙哀曲。等恁时重觅幽香，已入小窗横幅。

——《疏影》

虽论者无不称之，张炎且以为"前无古人，后无来者，真为绝唱"，然我们读之，却未见有如何深刻的印象，也未见得比一般泛泛的咏物之作，有什么特别高明之处。到是底下的二词，颇可代表他的最好的作品：

淮左名都，竹西佳处，解鞍少驻初程。过春风十里，尽荠麦青青。自胡马窥江去后，废池乔木，犹厌言兵。渐黄昏，清角吹寒，都在空城。　杜郎俊赏，算而今重到须惊。纵豆蔻词工，青楼梦好，难赋深情。二十四桥仍在，波心荡冷月无声。念桥边红药，年年知为谁生？

——《扬州慢》

渐吹尽，枝头香絮，是处人家，绿深门户。远浦萦回，暮帆零乱向何许？阅人多矣，谁得似长亭树？树若有情时，不会得青青如此！　日暮望高城不见，只见乱山无数。韦郎去也，怎忘得玉环分付。第一是早早归来，怕红萼无人为主。算只有并刀，难剪离愁千缕。

——《长亭怨慢》

这里有的是真实的情绪，有的是真实的愤慨。"自胡马窥江去后，废池乔木，犹厌言兵"，与"算只有并刀，难剪离愁千缕"，决不是像"旧时月色，算几番照我"般的浮泛浅薄、无关痛痒的东西。

同时的刘拟，一名仙抡，字叔拟，庐陵人，有《招山集》，"乐章尤为人所脍炙"。他所作，有的句子很淡薄，如"海棠已谢，春事无多也；只有牡丹时，知他归未归"（《菩萨蛮》）之类。但如《送张明之赴京西幕》的《念奴娇》一作却是胸含万丈豪情，而又出之以绮腻可喜的诗句的：

> 艅艎东下，望西江千里，苍茫烟水。试问襄州何处是？雉堞连云天际。叔子残碑，卧龙陈迹，遗恨斜阳里。后来人物，如君瑰伟能几？　其肯为我来耶？河阳下士，正是强人意。勿谓时平无事也，便以言兵为讳。眼底山河，楼头鼓角，都是英雄泪。功名机会，要须闲暇先备。

——《念奴娇》

像那么样的"勿谓时平无事也，便以言兵为讳"原是论文中的句子，原是词中所忌用的句子，然而用在这里，我们看，确实恰到了好处的；既不触目，也不生硬，更不像什么时论。其原因便在于能调和了豪迈与绮腻，能混合了论事与抒情之故。

七

卢祖皋和高观国、史达祖三人在第二期都是大作家，而史、高为尤著。卢祖皋字申之，永嘉人，一云邛州人。庆元中登第。嘉定中为军器少监。有《蒲江词》一卷[①]。黄升说："蒲江乐章甚工，字字可入律吕。"

> 柳边深院，燕语明如剪。消息无凭听又懒。隔断画屏双扇。　宝杯金缕红牙，醉魂几度儿家。何处一春游荡？梦中犹恨杨花。
>
> ——《清平乐》

> 闲院宇，独自行来行去。花片无声帘外雨，峭寒生碧树。　做弄清明时序，料理春醒情绪。忆得归时停棹处，画桥看落絮。
>
> ——《清平乐》

> 荡红流水无声，暮烟细草枯天远。低徊倦蝶，往来忙燕。芳期顿懒，绿雾迷墙。翠虬腾架，雪明香暖。笑依依，欲挽春风教住，还疑是相逢晚。　不似梅妆瘦减，古人间

[①] 《蒲江词》有汲古阁刊《宋六十家词》本。

丰神萧散。攀条弄蕊,天涯犹记,曲栏小院。老去情怀,酒边风味,有时重见。对枕帏空想东窗旧梦,带将离恨。

——《水龙吟》

祖皋的词,大都不过"字字可入律吕"而已,并没有大过人的天才,但间有隽句,可令人讽吟不已,如"花片无声帘外雨"之类。

高观国字宾王,山阴人,有《竹屋痴语》一卷[①]。陈唐卿评他与史达祖的词,以为"要是不经人道语。其妙处少游、美成亦未及也"。张炎则以他与白石、邦卿、梦窗并举,以为"格调不凡,句法挺异,俱能特立清新之意,删削靡曼之词,自成一家"。观国词之有"清新之意"与"不经人道语"却是实情。《古今词话》以为观国精于咏物,其佳者"工而入逸,婉而多风"。我们试看观国词的佳者:

春风吹绿湖边草,春光依旧湖边道。玉勒锦障泥,少年游冶时。 烟明花似绣,且醉旗亭酒。斜月照花西,归鸦花外啼。

——《菩萨蛮》

春芜雨湿,燕子低飞急。云压前山群翠失,烟水满湖

[①] 《竹屋痴语》有汲古阁刊《宋六十家词》本。

轻碧。　　小莲相见湾头，清寒不到青楼。请上琵琶弦索，今朝破得春愁。

——《清平乐》

也未能通首相称。如《清平乐》也只有前半节有清新之意而已。

史达祖在三人中是最好的一个；史、高虽并称，史实过高远甚。达祖字邦卿，汴人，有《梅溪词》[①]。张镃以为他的词："织绡泉底，去尘眼中，妥帖轻圆，辞情俱到，有瑰奇警迈、清新闲婉之长，而无诡荡污淫之失。端可分镳清真、平睨方回。"姜夔也很恭维他，以为"邦卿之词，奇秀清逸，有李长吉之韵。盖能融情景于一家，会句意于两得者。其'做冷欺花，将烟困柳'一阕，将春雨神色拈去，'飘然快拂花梢，翠影分开红影'，又将春燕形神画出矣"。平心论之，他的长处在时有清隽之句，而其短处则在气魄不大。

做冷欺花，将烟困柳，千里偷催春暮，尽日冥迷，愁里欲飞还住。惊粉重蝶宿西园，喜泥润燕归南浦。最妨他佳约风流。钿车不到杜陵路。　　沉沉江上望极，还被春潮晚急。难寻官渡，隐约遥峰，和泪谢娘眉妩。临断

---

① 《梅溪词》一卷，有汲古阁刊《宋六十家词》本，有《四印斋所刻词》本。

岸新绿生时，是落红带愁流处。记当日门掩梨花，剪灯深夜语。

——《绮罗香》

西月澹窥楼角，东风暗落檐牙。一灯初见影窗纱，又是重帘不下。　幽思屡随芳草，闲愁又似杨花，杨花芳草遍天涯，绣被春寒夜夜。

——《西江月》

草脚青回细腻，柳梢绿转苗条，旧游重到合魂消。棹横春水渡，人凭赤栏桥。　归梦有时曾见，新愁未肯相饶，酒香红被夜迢迢。莫教无用月，来照可怜宵。

——《临江仙》

这个时期的作家，自白石以至梅溪、梦窗，大都是气魄不大的。他们都是很精细的用苦工夫去铸词造意的诗人，然而他们的诗才，不幸都很有限，想象力也不大富裕，所以只能遁入精密细腻的一途；不以长枪大刀与人争一日之长，却全用的是细针密缝的工夫。

八

梦窗特别是这样的一个诗人。虽有许多人推崇他为集大成的作家，其实是太过夸张的估量着他。他名吴文英，字君特，四明人。有《梦窗甲乙丙丁稿》四卷①。尹惟晓云："求词于吾宋，前有清真，后有梦窗。此非予之言，四海之公言也。"然论诗才，梦窗实未及清真。清真的词流转而下，毫不费力，而佳句如雨丝风片，扑面不绝。梦窗的词则多出之于苦吟，有心的去雕饰，着意的去经营，结果是，偶获佳句，大损自然之趣。张炎说得最好："吴梦窗如七宝楼台，眩人眼目，碎拆下来，不成片段。"真实的诗篇是永远不会被拆碎的。沈伯时说："梦窗深得清真之妙。但用事下语太晦处，人不易知。"他所以喜用晦语，便是欲以深词来蔽掩浅意的。而深词既不甚为人所知，浅意也便因之而反博得一部分评者的赞颂了。他的《唐多令》颇为张炎所喜，以为"最为疏快不质实"。但头二句"何处合成愁，离人心上秋"便不是十分高雅的句法。民歌中最坏的习气，是以文字为游戏，或拆之或合之。梦窗不幸也和鲁直他们一样，竟染上了这个风气。"黄蜂频扑秋千索"（《风入松》）之类的话，却的确是"不经人道"的。

何处合成愁？离人心上秋。纵芭蕉不雨也飕飕。都道

---

① 《梦窗稿》四卷，补遗一卷，有汲古阁刊《宋六十家词》本，有曼陀罗华阁刊本。

晚凉天气好，有明月，怕登楼。　年事梦中休，花空烟水流。燕辞归客尚淹留，垂柳不萦裙带住，谩长是，系行舟。

——《唐多令》

听风听雨过清明，愁草瘗花铭。楼前绿暗分携路，一丝柳，一寸柔情。料峭春寒中酒，交加晓梦啼莺。　西园日日扫林亭，依旧赏新晴。黄蜂频扑秋千索，有当时，纤手香凝。惆怅双鸳不到，幽阶一夜苔生。

——《风入松》

絮花寒食路，晴丝罥日，绿烟吹雾。客帽欺风，愁满画船烟浦。彩挂秋千散后，怅尘锁，燕帘莺户。从间阻，梦云无准，鬓霜如许。　夜久绣阁藏娇，记掩扇传歌，剪灯留语，月约星期，细把花须频数。弹指一襟怨恨，谩空倩，啼鹃声诉。深院宇，黄昏杏花微雨。

——《玉漏迟》

总之，我们如果不责望梦窗过深，我们读了他的词便不至失望过甚。我们如以他为一个集大成的同时又是开山祖的一个大词人，我们便将永不会得到了他的什么，只除了许多深晦而不易为人所知的造语；我们如视他为一个第二期中的一位与姜、高、史、卢同流的工于铸词、能下苦功的作家，则我们将看出他确是一位不凡的人物，他的词平均都是过得去的，且也都颇多好句。白石清莹，他则工整，梅溪圆婉，他则妥帖。他是一个精熟的词手，却不是一位绝代的诗人。他的词是一位工于作词者的著作，却不是一位天才横溢者的手笔。他是精细的、谨慎的、用功的，然而他却不是有很多的诗才的。后来的作词者多趋于他的门下，其主因便在于此。后来的词的恹恹无生气，其主因也便在于此。

九

这时代的词人更有好几个应该一提的。在这些词人中，有的作词颇多，是一个词家，亦有的不十分重要；有的仅以一二首词著名于时，却是我们所应注意的。

谢懋字勉仲，有《静寄居士乐章》二卷。黄升引吴坦伯明的序，以为"其片言只字，戛玉铿金，蕴藉风流，为世所贵"。其实他的词未足以当此评。如他的咏春雨的《洞仙歌》："愁边雨细，漠漠天如醉。摇飏游丝晚风外，酿轻寒，和暝色，花柳难胜。"已是最好的一个例子了。

黄机字几仲，一云字几叔，东阳人。有《竹斋诗余》一卷[①]。

[①] 《竹斋诗余》一卷，有汲古阁刊《宋六十家词》本。

他的词颇平易近人，不过都是些伤春悲秋的老调子，所以无甚出色处。

>日薄风柔，池面欲平还皱。纹楸玉子，磔磔敲春昼。绣衾半卷，花气浓熏香兽。小团初试，辘轳银瓮。　梦断阳台，甚情怀，似病酒。冰奁羞对，比年时更瘦。双燕乍归，寄与绿笺红豆。那堪又是，牡丹时候！

——《传言玉女》

李氏兄弟，洪、漳、泳、洤、浙五人，合著《李氏花萼集》五卷；他们是庐陵人。五人中以李泳的才情为大。泳字子永，其《题甘将军庙卷雪楼》一词，极潇洒超脱之致，是这一期的词中所不易得的作品。"横笛望中起，吾意已超然"这样清隽的句子，是东坡的，是稼轩的，却决不是清真的、梦窗的。

>危楼云雨上，其下水扶天。群山四合飞动，寒翠落檐前。尽是清秋阑槛，一笑波翻涛怒，雪阵卷苍烟。炎暑去无迹，清驶久翩翩。　夜将阑，人欲静，月初圆。素娥弄影，光射空际渺婵娟。不用濯缨垂钓，唤取龙宫仙驾，耕此万琼田。横笛望中起，吾意已超然。

——《水调歌头》

陈经国的词，也颇多感慨语、超脱语，言淡而意近，与当时的作风很不相类。经国，嘉禧、淳祐间人，有《龟峰词》一卷①。他的《丁酉岁感事》的《沁园春》，也未必逊于张孝祥的悲愤、辛稼轩的激昂：

> 谁思神州，百年陆沉！青毡未还。怅晨星残月，北州豪杰，西风斜日，东帝江山。刘表坐谈，深源轻进，机会失之弹指间。伤心事，是年年冰合，在在风寒。　说和说战都难算，未必江沱堪晏安。叹封侯心在，鳣鲸失水，平戎策就，虎豹当关。渠自无谋，事犹可做，更剔残灯抽剑看。麒麟阁，岂中兴人物，不尽儒冠。
>
> ——《沁园春》

文及翁字时学，号本心，绵州人，历官参知政事。他的《游西湖有感》也是蕴蓄着绝深厚绝远大的思虑与悲愤的：

> 一勺西湖水，渡江来，百年歌舞，百年酣醉。回首洛阳花石，尽烟渺黍离之地！更不复，新亭堕泪。簇乐红妆摇画舫。问中流击楫何人是？千古恨，几时洗？　余生自负澄清志，更有谁，磻溪未遇，傅岩未起？国事如今谁倚仗？衣带一江而已！便都道："江神堪恃。"借问孤山林处士，但掉头笑指梅花蕊。天下事，可知矣！
>
> ——《贺新凉》

---

① 《龟峰词》有四印斋刊本。

偏安于小朝廷，而以为"江神堪恃"，遁迹者多，而关心国事者少，"林处士"之流，都不过"但掉头笑指梅花蕊"而已：这样的一个情形，那得不痛哭！"燕雀处堂安颓厦"，强敌一来，自不得不山崩瓦解了。

方岳字巨山，祁门人。理宗朝为文学掌教，后出守袁州。（公元一一九九～一二六二）有《秋崖先生小稿》[1]。他的词也是疏放垒落，不入于时调的。"莫倚阑干北，天际是神州！"他也是一个很有志的人呢！

> 醉我一壶玉，了此十分秋。江涛还比当日，击楫渡中流。问讯重阳烟雨，俯仰人间今古，此意渺沧洲。天地几今夕？举白与君浮。　　旧黄花，新白发，笑重游。满船明月犹在，何日大刀头？谁跨扬州鹤去？已怨故山猿老，借箸欲前筹。莫倚阑干北，天际是神州！
>
> ——《水调歌头》

张榘字方叔，润州人，有《芸窗词》。他的词闲淡而颇有佳处；如他的《青玉案》的前半阕："西风乱叶溪桥树，秋在黄花羞涩处。满袖尘埃推不去，马蹄浓露，鸡声淡月，寂历荒村路。"最后几句真是"绝妙好词"，不过他词未能与此相称耳。

---

[1] 《秋崖词》四卷，有四印斋刊本，又有《涉园景宋金元明本词续》刊本。

洪瑹字叔玙，自号空同词客，有词①一卷。他的词也不重雕饰，但也没有什么豪放的情绪与深切的内容。姑举一例，以见他的并不切实的感伤。

> 听梅花吹动，凉夜何其，明星有烂。相看泪霰间。而今去也，何时会面？匆匆聚散，便作秋鸿社燕！最伤心，夜来枕上，断云零雨何限。　　因念人生万事，回首悲凉，都成梦幻。芳心缱绻，空惆怅巫阳馆。况船头一转，三千余里，隐隐高城不见。恨无情，春水连天，片帆如箭。
>
> ——《瑞鹤仙》

王埜（一作或）字子文，号潜斋，金华人。宝祐初拜端明殿学士、金书枢密院事，封吴郡侯。他也是当时的一个有心人，曾和曹豳同赋《西河》，悲愤之情如见。曹豳的词说道，"战和何者是良策？扶危但看天意"，这种定命论的国事观是最要不得的！埜的词却并不是如此的：

> 天下事，问天怎忍如此！陵图谁把献君王，结愁未已，少豪气概总成尘，空余白骨黄苇！　　千古恨，吾老矣，东游曾吊淮水。绣春台上，一回登，一回搵泪。醉归抚剑倚西风，江涛犹壮人意。　　只今袖手野色里，望长

---

① 《空同词》一卷，有汲古阁刊《宋六十家词》本。

淮，犹二千里。纵有英心谁寄！近新来又报烽烟起，绝域张骞归来未？

——《西河》

"醉归抚剑倚西风，江涛犹壮人意"，他是并未曾绝望的！他是还具有未灭的"雄心"的！

吴潜字毅夫，宁国人。嘉定间，进士第一。淳祐中参知政事，拜右丞相兼枢密使，封许国公。后安置循州卒。有《履斋诗余》三卷①。他的词多半是感伤的调子。如"岁月无多人易老，乾坤虽大愁难着"（《满江红》），"岁月惊心，风埃眯目，相对头俱白"（《酹江月》）之类，都是很平凡的。然《鹊桥仙》一首，却是杰出于平凡之中，颇使我们的倦眼为之一新：

扁舟乍泊，危亭孤啸，目断闲云千里。前山急雨过溪来，尽洗却人间暑气。　　暮鸦木末，落凫天际，都是一番愁意。痴儿骏女贺新凉，也不道西风又起。

——《鹊桥仙》

冯取洽字熙之，延平人，自号双溪翁。②他的《蝶恋花》一词，很有些新颖"不经人道语"。

秋到双溪溪上树，叶叶凉声，未省来何许。尽拓溪楼

---

① 《履斋词》一卷，有旧钞本。
② 《双溪词》一卷，有《典雅词》本。

窗与户，倚栏清夜窥河鼓。　　那时吟朋同此住，独对秋芳，欲寄花无处。杖履相从曾有语，未来先自愁君去。

——《蝶恋花》

黄升字叔旸，号玉林。曾编《花庵词选》，为研究宋词者所必读的书。他自己也有《散花庵词》一卷[1]。识者称其人为泉石清士。游受斋则亟称其诗为晴空冰柱。我们将他放在第二期中，恰恰可以作第二期词人的一个结束。他的词，未见得有多大的才情，却是不雕饰的。

玉林何有？有一弯莲沼，数间茅宇，断堑疏篱聊补葺，那得粉墙朱户。禾黍西风，鸡豚晓日，活脱田家趣。客来茶罢，自挑野菜同煮。　　多少甲第连云，十眉环座，人醉黄金坞。回首邯郸春麦破，零落珠歌翠舞。得似衰翁，萧然陋巷，长作溪山主！紫芝可采，更寻岩谷深处。

——《酹江月》

杨冠卿字梦锡，江陵人，有《客亭类稿》十五卷，词一卷[2]。冠卿词是属于《花间》及秦、周的一派的，颇多绮丽之作。

满院落花春寂，风紧一帘斜日。翠钿晓寒轻，独倚秋

---

[1] 《散花庵词》一卷，有汲古阁刊《宋六十家词》本。
[2] 《客亭乐府》一卷，有《彊村丛书》本。

千无力。无力无力，蹙破远山愁碧。

——《如梦令》

洞口春深长薜萝，幽栖地僻少经过。一溪新绿涨晴波。　惊觉梦来啼鸟近，惜春归去落花多，东风独倚奈愁何。

——《浣溪沙》

银叶香销暑簟清，枕鸳醉倚玉钗横。起来红日半窗明。　多病情怀无可耐，惜花天气恼余醒。瑶琴谁弄晓莺声。

——同上

韩淲字仲止，颍川人，元吉之子。有高节。从仕不久即归。嘉定中卒（公元一一五九～一二二四）。有《涧泉诗余》一卷[①]。淲词缠绵悱恻，时有好句，且在丽语之中，尚能见出他的个性来，这是时流所少有的。

病起情怀恶，小帘栊，杨花坠絮，木阴成幄。试问春光今几许？（甚）都把年华忘却。更多少，从前盟约。拟待莺边寻好语，恍残红零乱风回薄。思往事，信如昨。

清明寒食须行乐，算人生，何时富贵，自徒萧索。试着春

[①] 《涧泉诗余》一卷，有《彊村丛书》本。

衫从酒伴，乱插繁英嫩萼。信莫被，功名担阁。随分溪山供笑傲，这一身闲处谁能缚！琴剑外，尽杯酌。

——《贺新郎》

张辑字宗瑞，鄱阳人。有《东泽绮语债》二卷①。朱湛卢云："东泽得诗法于姜尧章，世谓谪仙复作，不知其又能词也。"辑词多凄凉慷慨之音，是一位词人而不忘国事者。"塞草连天，何处是神州"诸语，确是明知恢复无望的哀响。与辛、陆之作，其气韵已自不同。

梧桐雨细，渐滴做秋声，被风惊碎。润逼衣篝，线袅蕙炉，沉水悠悠，岁月天涯醉。一分秋，一分憔悴。紫箫吹断，素笺恨切，夜寒鸿起。　又何苦凄凉客里，负草堂春绿，竹溪空翠！落叶西风，吹老几番尘世。从前谙尽江湖味，听商歌归兴，千里露侵宿酒。疏帘淡月，照人无寐。

——《疏帘淡月》

载酒岳阳楼，秋入洞庭深碧。极目水天无际，正白蘋风急。　月明不见宿鸥惊，醉把玉栏拍。谁谓百年心事，恰钓船横笛。

——《钓船笛》

---

① 今存《东泽绮语》一卷，有《疆村丛书》本。

江头又见新秋,几多愁!塞草连天,何处是神州?

英雄恨,古今泪,水东流。惟有渔竿,明月上瓜洲。

——《月上瓜洲》

王炎字晦叔,婺源人,有《双溪诗余》①。(公元一一三八~一二一八)炎自序其词曰:"今之为长短句者,字字言闺阃事,故语懦而意卑。或者欲为豪壮语以矫之。夫古律诗且不以豪壮语为贵;长短句命名曰曲,取其曲尽人情,惟婉转妩媚为善。豪壮语何贵焉!不溺于情欲,不荡而无法,可以言曲矣。此炎所未能也。"这些话颇可以看出他对于当时词人的批评及他自己作词的态度来。他虽不欲豪壮语,然"婉转妩媚"之趣,却也未必有。惟在词中处处以青春的愉乐,烘托出老境的颓放来,这却是他的特色。

渡口唤扁舟,雨后青绡皱。轻暖相重护病躯,料峭还寒透。 老大自伤春,非为花枝瘦。那得心情似少年,双燕归时候。

——《卜算子》

清波渺渺,日晖晖,柳依依,草离离。老大逢春,情绪有谁知!帘箔四垂庭院静,人独处,燕双飞。 怯寒

---

① 《双溪诗余》一卷,有四印斋刊《宋元三十一家词》本。

未敢试春衣。踏青时，懒追随。野蔌山肴，村酿可从宜。不向花边拼一醉，花不语，笑人痴。

——《江城子》

洪咨夔[1]字舜俞，於潜人。嘉定二年进士。官至刑部尚书，拜翰林学士、知制诰，加端明殿学士。有《平斋集》，词一卷[2]。《平斋词》中，多应酬的文字，其情调也多直率，乏含蓄之趣。惟下引之一词，却甚有新隽之意：

送雨迎晴，花事过，一庭芳草。帘影动，归来双燕，似悲还笑。笑我不知人意变，悲人空为韶华老。满天涯，都是别离愁，无人扫。　　海棠晚，荼蘼早，飞絮急，青梅小。把风流蕴藉，向谁倾倒。秋水盈盈魂梦远，春云漠漠音期悄。最关情，鸭鸠一声催，窗纱晓。

——《满江红》

程珌[3]字怀古，休宁人。绍熙四年进士。知福州、兼福建安抚使，封新安郡侯，以端明殿学士致仕。（公元一一六四～一二四二）有《洺水集》，词一卷[4]。珌词颇粗豪，但能自畅所

---

[1] 见《宋史》卷四百六，《南宋书》卷四十六。
[2] 《平斋词》一卷，有汲古阁刊《宋六十家词》本。
[3] 见《宋史》卷四百二十二，《南宋书》卷四十九。
[4] 《洺水词》一卷，有汲古阁刊《宋六十家词》本。

言；他追踪苏、辛，而与柳、周、康、姜诸辈绝缘。有时也颇有佳趣：

> 归来一笑，尚看看称得，人间寒食。阿寿牵衣，仍问我：双鬓新来添白。忍见庭前，去年芳草，依旧青青色。西湖雨后，绿波两岸平拍。　天教断送流年，三之一矣，又是成疏隔。燕子春寒浑未到，谁说江南消息！玉树熏香，冰桃翻浪，好个真消息。这回归去，松风深处横笛。
>
> ——《念奴娇》

管鉴字明仲，龙泉人，有《养拙堂词》一卷[①]。他的作品，颇能深入显出，不加雕饰而自然多趣：

> 澹云微月，又是一年，新秋佳节。天上欢期，人间何事，翻成离别？　清尊欲醉还歇，怕饮散，匆匆话别。若是经年，得回相见，甘心愁绝。
>
> ——《柳梢青》

> 春阴漠漠，海棠花底东风恶。人情不似春情薄，守定花枝，不放花零落。　绿尊细细供春酌，酒醒无奈愁如昨。殷勤待与东风约。莫苦吹花，何似吹愁却！
>
> ——《醉落魄》

[①]《养拙堂词》一卷，有四印斋刊《宋元三十一家词》本。

李昂英字俊明，号文泾，《升庵词品》又以他为字公昂，资州黎石人。或作名公昂，番禺人。有《文溪词》一卷①。他以《送王子文知太平州》一阕《摸鱼儿》有名于时：

> 怪朝来，片红初瘦，半分春事风雨。丹山碧水含离恨，有脚阳春，难驻芳草渡。似叫住东君，满树黄鹂语。无端杜宇，报采石矶头，惊涛屋大，寒色要春护。　阳关唱画鹢，徘徊东渚，相逢知又何处？摩挲老剑雄心在，对酒评今古。君此去，几万里。东南双手擎天柱，长生寿母，更稳步安舆。三槐堂上，好看彩衣舞。

刘光祖②字德修，简州人。庆元初，官侍御史。终显谟阁直学士，谥文节。（公元一一四二～一二二二）有《鹤林词》一卷。光祖词集今不传。就所传者而观之，其词的豪放，乃大似稼轩，如"何不归欤？花竹秀而野"（《醉落魄》）之类。然如《洞仙歌》的上半阕却也秀媚照人："晚风收暑，小池塘荷净。独倚胡床，酒初醒。起徘徊，时有香气吹来，云藻乱，叶底游鱼动影。"

戴复古字式之，天台人，游于陆放翁门下。有《石屏

---

① 《文溪词》一卷，有汲古阁刊《宋六十家词》本。
② 见《宋史》卷三百九十七，《南宋书》卷四十一。

集》，词一卷①。他的词，也深染着前一期的稼轩的粗豪的影响，例如：

> 今朝欲去，忽有留人处。总与江头杨柳树，系我扁舟且住。　十分酒兴诗肠，难禁冷落秋光。借取春风一笑，狂夫到老犹狂。

——《清平乐》

严仁字次山，邵武人，有《清江欸乃》一卷。他与同族严羽、严参，同称"邵武三严"。黄升道："次山词极能道闺阁之趣。"如他的《玉楼春》一类的词，实可与吴、高、卢、史争工：

> 春风只在园西畔，荠菜花繁蝴蝶乱。冰池晴绿照还空，香径落红吹已断。　意长翻恨游丝短，尽日相思罗带缓。宝奁如月不欺人，明日归来君试看。

汪莘字叔耕，休宁人。嘉定间曾叩阍上书，不报。后筑室柳溪，自号方壶居士。有《方壶存稿》，《诗余》二卷②。方壶词多道士气，然佳者却可闯入周、吴之室。程珌以为："叔耕蕴霞笺玉滴之奇，而忧深思远，未易遽班之贺、白也。"如《玉楼春》(《赠别孟仓使》)却自妩媚多姿：

---

① 《石屏词》一卷，有汲古阁刊《宋六十家词》本。
② 《方壶诗余》二卷，有《彊村丛书》本。

第五章　南宋词人／313

一片江南春色晚，牡丹花谢莺声懒。问君离恨几多长？芳草连天犹觉短。　　昨夜溪头新溜满，樽前自起喷龙管。明朝飞棹下钱塘，心共白蘋香不断。

赵以夫字用甫，长乐人，端平中，知漳州。（公元一一八九～一二五六）有《虚斋乐府》一卷①。以夫词，小令佳者绝少，慢调则颇多美俊者，盖追步于高、史之后而未能自拔者。如"欲低还又起，似妆点满园春意"（《徵招·雪》），"云雁将秋，露萤照夜，凉透窗户。星网珠疏，月奁金小，清绝无点暑"（《永遇乐·七夕》）之类。

汪晫字处微，绩溪人。开禧中曾至京都，不就举试而归。栖隐山中卒。里人私谥曰康范先生。有《康范诗余》一卷②。晫虽非专工的词人，却也时有佳趣：

午夜凉生风小住，银汉无声，云约疏星度。佳客欲眠知未去，对床只欠萧萧雨。　　素月四更山外吐，酒醒衾寒，消尽沉烟缕。料想玉楼人倚处，归帆日伫烟中浦。

——《蝶恋花》

---

① 《虚斋乐府》一卷，有侯刻《名家词》（《粟香室丛书》）本及江标刻《宋元名家词》本。
② 《康范诗余》一卷，有《彊村丛书》本。

赵善括字应斋，隆兴人，有《应斋词》一卷①。善括词善于写情，也和柳七一样，往往是无所不写的，例如名为《无题》的一阕《虞美人》：

> 长空一夜霜风吼，寒色消残酒。问伊今夜在谁行？遗恨落花流水误刘郎。　尤云殢雨多情话，分付阿谁也！侬家有分受悽惶，只怕娇痴不睡也思量。

魏了翁②字华父，号鹤山，蒲山人，庆元五年进士。理宗朝，官资政殿学士、福州安抚使。卒谥文靖。（公元一一七八～一二三七）有《鹤山长短句》三卷③。鹤山虽为理学名儒，然其词则殊清丽，虽少绮腻之什，而语意自属高旷：

> 玳筵绮席绣芙蓉，客意乐融融。吟罢风头摆翠，醉余日脚沉红。　简书绊我，赏心无托，笑口难逢。梦草闲眠暮雨，落花独倚春风。

——《朝中措》

> 被西风吹不断新愁，吾归欲安归？望秦云苍澹，蜀山渺溔，楚泽平漪。鸿雁依人正急，不奈稻粱稀，独立苍茫外，数遍群飞。　多少曹、符气势，只数舟燥苇，一局

---

① 《应斋词》一卷，有《彊村丛书》本。
② 见《宋史》卷四百三十七，《南宋书》卷四十六。
③ 《鹤山先生长短句》三卷，有《双照楼影刊宋元明本词》本。

枯棋。更元颜何事，花玉困重围。算眼前，未知谁恃！恃苍天终古限华夷。还须念，人谋如旧，天意难知。

——《八声甘州·偶书》

《八声甘州》虽为慨叹时事之作，未免流于别调，而气势却甚凄豪。"还须念人谋如旧，天意难知"，在慄慄自危之中，已透露出对于强敌无可抵抗的消息来了。

蔡戡字定夫，仙游人，有《定斋诗余》一卷[④]。定夫词仅寥寥数首，然如《点绛唇》（《百索》）则殊为妩媚可爱：

纤手工夫，采丝五色交相映。同心端正，上有双鸳并。　　皓腕轻缠，结就相思病。凭谁信？玉肌宽尽，却系心儿紧。

如《水调歌头》二阕："飞镞落金碗，酣醉吸长虹。""痛念两河未复，独作中流砥柱。"却是豪雄若东坡、稼轩的。

廖行之字天民，衡阳人，有《省斋诗余》一卷[⑤]。行之寿颂之词多凡庸，其他却甚有佳者。他颇大胆的引用白话入词。自柳七、黄九以后，此道是久已无人弹奏的了：

屈指家山，匆匆又数今朝过。客情那可，愁似天来大！　　烟雨濛濛，细浥轻尘堕。君知么？却成甚个！春

---

④ 《定斋诗余》一卷，有《彊村丛书》本。
⑤ 《省斋诗余》一卷，有《彊村丛书》本。

暮犹江左。

——《点绛唇》

姜特立[①]字邦杰，丽水人。淳熙中为阁门舍人，充春坊官，幸于太子。太子即位，为人所论，夺职。宁宗朝，拜庆远军节度使。有《梅山续稿》，词一卷[②]。特立，《宋史》入《佞幸传》，可见他当时行事的不理众口。然他的词则间有隽语，为我们所传诵，《菩萨蛮》一作，在他的作品中尤为佳妙：

> 日长庭院无人到，琅玕翠影摇。寒甃困卧北窗凉，好风吹梦长。 璧月升东岭，冷浸扶疏影。苗叶万珠明，露华圆更清。

李好古，未知其里居，有《碎锦词》一卷[③]。皕宋楼（陆心源）藏《碎锦词》二部，一题"乡贡免解进士"，或系有二李好古，也说不定。好古词多激昂慷慨之音，大似放翁的诗。姑举一例：

> 平沙浅草接天长，路茫茫，几兴亡！昨夜波声，洗岸骨如霜。千古英雄成底事，徒感慨，谩悲凉。 少年有意伏中行，馘名王，扫沙场，击楫中流，曾记泪霑裳。欲

---

① 见《宋史》卷四百七十，《南宋书》卷六十八。
② 《梅山词》一卷，有四印斋刊《宋元三十一家词》本。
③ 《碎锦词》一卷，有四印斋刊《宋元三十一家词》本。

上《治安》双阙远。空怅望,过维扬。

——《江城子》

郭应祥字承禧,临江人。嘉定间进士。官楚、越间。有《笑笑词》一卷[1]。应祥多作寿词颂语,颇凡庸可厌。但如"匆匆相遇匆匆去,恰如当初元未遇"(《玉楼春》),"巧人自少拙人多,那牛女何曾管你"(《鹊桥仙·甲子七夕》)之类却颇新颖可喜。

南宋词家蜂起,词集之流传者尤多,惟女流作家则独少。当第一期之最初,有一大作家李清照尚在写着,当其中叶,则仅有一朱淑真而已。淑真,海宁人,或以为朱熹之侄女。她自称幽栖居士。以匹偶非伦,弗遂素志,心每郁郁,往往见之诗词,其集名《断肠》,词一卷[2]。世人每以她有《生查子》"去年元夜时,花市灯如昼。月上柳梢头,人约黄昏后。今年元夜时,月与灯依旧。不见去年人,泪满春衫袖"一词,而称之为白璧微瑕。《四库总目提要》又力辨,以为此词本非淑真所作,乃见之于欧阳修集中。其实此词即为淑真之作,也未必果累及她的盛名。宋人词,诸集中互见者颇多,我们别无确证,实未

---

[1] 《笑笑词》一卷,有《彊村丛书》本。
[2] 《断肠词》一卷,有汲古阁刊《诗词杂俎》本,有《四印斋所刻词》本。

便以某词臆断归于某人。淑真小词，佳者至多，往往可见出她的愁情闷绪来：

> 山亭水榭秋方半，凤帏寂寞无人伴。愁闷一番新，双蛾只旧颦。　起来临绣户，时有疏萤度。多谢月相怜，今宵不忍圆。
>
> ——《菩萨蛮》

> 独行独坐，独倡独酬还独卧。伫立伤神，无奈轻寒著摸人。　此情谁见？泪洗残妆无一半。愁病相仍，剔尽寒灯梦不成。
>
> ——《减字木兰花》

> 恼烟撩露，留我须臾住。携手藕花湖上路，一霎黄梅细雨。　娇痴不怕人猜，随群暂遣愁怀。最是分携时候，归来懒傍妆台。
>
> ——《清平乐》

> 楼外垂杨千万缕，欲系青春，少住春还去。犹自风前飘柳絮，随春且看归何处！　绿满山川闻杜宇，便做无情，暮也愁人意。把酒送春春不语，黄昏却下潇潇雨。
>
> ——《蝶恋花》

此外尚有几个作家都有词集传于今，也应在此一提及。

吴泳[①]字叔永,潼川人,有《鹤林词》[②]。徐鹿卿[③]字德夫,丰城人,有《徐清正公词》一卷[④]。游九言字诚之,建阳人,有《默斋词》一卷[⑤];其《赤枣子》一首:"香露湿草晶莹,起看大地尽瑶琼。下界千门人寂寂,空山夜静海波声。"意境甚高。王迈[⑥]字实之,兴化军仙游人。嘉定十年进士。淳祐中,知邵武军,予祠卒。(公元一一八四~一二四一)有《臞轩集》十卷,词附[⑦]。徐经孙[⑧]字仲立,丰城人,有《矩山词》一卷[⑨]。陈耆卿字寿老,临海人,有《筼窗词》一卷[⑩]。吴渊[⑪]字道文,宁国人,有《退庵词》一卷[⑫];他的《念奴娇》:"云暗江天,烟昏淮地,是断魂时节。栏干搥碎,酒狂忠愤俱发。"是慷慨而带愤怒的。

---

① 见《宋史》卷四百二十三。
② 《鹤林词》一卷,有《彊村丛书》本。
③ 见《宋卷》书卷五十五。
④ 《徐清正公词》一卷,有《彊村丛书》本。
⑤ 《默斋词》一卷,有《彊村丛书》本。
⑥ 见《宋史》卷四百二十三,《南宋书》卷五十八。
⑦ 《臞轩诗余》一卷,有《彊村丛书》本。
⑧ 见《宋史》卷四百十,《南宋书》卷五十七。
⑨ 《矩山词》一卷,有《彊村丛书》本。
⑩ 《筼窗词》一卷,有《彊村丛书》本。
⑪ 见《宋史》卷四百十六,《南宋书》卷五十四。
⑫ 《退庵词》一卷,有《彊村丛书》本。

十

第三期的词人,大都是生于亡国之际,身受亡国之痛的。然在他们的词却不大看得出什么悲愤的情绪来。如论者之所指,他们或托物以寓意,或隐约以陈词,然即如所指,其词意也是很浅薄的、浮泛的,并没有什么深刻的悲伤沉痛。蒙古人的侵入与压迫,对于他们似乎关系很浅的!然在实际的生活上,江南人的生活真是要另起了一番变化———一番很大的变化。胡人纷纷的南下,临安全为外邦人物所占领。江、浙一带,南歌消歇,北曲喧腾。汉人或他们所谓为蛮子的地位,不必说在蒙古人之下,且也在一切色目人之下!科举停了,学校废了,什么政策的施行,都是汉人所不惯受的。在那么困苦的境地之下,为什么词人们的心绪,竟不能受到深切的感动呢?为什么这样悲痛的呼吁不大见于他们的作品之中呢?在第二期中还有几个人在叫着:"天下事可知矣。"在叫着:"说和说战都难算,未必江沱堪安乐!"在叫着:"望长淮,犹二千里,纵有英心谁寄!"在这一个时期,作家却都半遁入细腻的咏物一路去,一点也不再见有什么愤语的呼号;他们雕饰字句,以纤丽为工,他们致力新语,以奇巧为妙。他们几乎是不与这个纷乱的被征服的时代与国家发生过什么关系。所以这个大时代便不能在他们的作品中留个影子,虽然在意大利人马哥孛罗的著作中留下过。这是什么缘故呢?一方面是,词在这个时候,已完全走入雅正的路上去了,清真、梦窗的影响益大,几使每个人不能自外;有了这一派的影响笼罩着,词人当然不顾去写什么粗豪愤慨之语了。一方面是,在异族的铁蹄之下,即有呼号,也是很不见得能够畅达出来的。郑思肖的《心史》是沉之于井中的,当时决不能刊布(《心史》事,怀疑者颇多,或竟疑为假托)。作家为了避免危险计,当然也只好避免这种危险的激怒的举动,而遁入另一条的仅以辞章自娱的路上去了。在清代入关时,其情形也是如此。有了这两个原因,便自然而然的逼着词人走上了最稳妥,而且又是顺流而下,已成风尚的雅正的大路上去了。

十一

这期的词人以蒋捷、周密、张炎、王沂孙为四大家,而这四大家的词,却都是纯正的典雅之词。他们的选辞择语,真都是慎之又慎的;他们如一颗颗的晶莹的明珠,我们在那里找不出一点的疵病:其时时可遇的隽句,如"数枚樱桃叶底红",

又可使我们吟味不尽。然而他们的美妙却在外表,却在辞章;他们压根儿便没有雄豪的奔放的情绪,便没有足以动人心肺、撼人魂魄的大力。他们只是几个词人,几个以铸美词造隽语为专长的词人。后人论词者每多尊之,于是将僵的词便益趋于硬化之途,以典雅为的,以小小的隽语为极致,而将七八百年来一种新的诗体,随了落日而送入沉渊之中了。

蒋捷字胜欲,义兴人,有《竹山词》一卷[①]。在四大家中,他的词是最有自然之趣的。底下虽引了好几首,却一点也没有过多之感。

> 渺渺啼鸦了,亘鱼天、寒生峭屿,五湖秋晓。竹几一灯人做梦,嘶马谁行古道。起搔首,窥星多少。月有微黄篱无影,挂牵牛数朵青花小。秋太淡,添红枣。 愁痕倚赖西风扫。被西风、翻催鬓鬓,与秋俱老。旧院隔霜帘不卷,金粉屏边醉倒。计无此中年怀抱,万里江南吹箫恨,恨参差白雁横天杪。烟未敛,楚山杳。

——《贺新郎》

> 正春晴,又春冷。云低欲落,琼苞未剖,早是东风作恶。旋安排一双银蒜镇罗幕。幽壑水生,漪皱嫩绿,潜鳞

---

① 《竹山词》一卷,有汲古阁刊《宋六十家词》本。

初跃。悄悄门巷，桃树红才约略，知甚时霁华烘破青青萼。　忆昨引蝶花边，近来重见，身学垂杨瘦削，问小翠眉山，为谁攒却。斜阳院宇，任蛛丝胃遍，玉筝弦索。户外惟闻，放剪刀声，深在妆阁。料想裁缝，白苎春衫薄。

——《白苎》

春晴也好，春阴也好，着些儿春雨越好。春雨如丝，绣出花枝红袅。怎禁他，孟婆合皂。　梅花风悄，杏花风小，海棠风蓦地寒峭。岁岁春光，被二十四风吹老。楝花风，尔且慢到。

——《解珮令》

少年听雨歌楼上，红烛昏罗帐。壮年听雨客舟中，江阔云低，断雁叫西风。　而今听雨僧庐下，鬓已星星也。悲欢离合总无情，一任阶前点滴到天明。

——《虞美人》

红了樱桃，绿了芭蕉，送春归，客尚蓬飘。昨宵谷水，今夜兰皋。奈云溶溶，风淡淡，雨潇潇。　银字笙调，心字香烧。料芳踪，乍整还凋。待将春恨，都付春潮。过窈娘堤，秋娘渡，泰娘桥。

——《行香子》

周密字公谨，济南人，侨居吴兴。自号弁阳啸翁，又号萧斋。有《草窗词》(一名《蘋洲渔笛谱》)二卷[①]。又编《绝妙好词》，亦为词选中的佳作。他的词，无论小令慢调都是很纤丽隐约的，有的时候，竟着重于辞语而忘记了辞意，有的时候，则有很好的意境，也有很好的辞语。

> 晴丝罥蝶，暖蜜酣蜂，重帘卷，春寂寂。雨萼烟梢压阑干，花雨染衣红湿。金鞍误约，空极目天涯草色。闾苑玉箫人去后，惟有莺知得。　余寒犹掩翠户，梁燕乍归，芳信未端的。浅薄东风莫因循，轻把杏钿狼藉。尘侵锦瑟，残日红窗春梦乍。睡起折枝无意绪，斜倚秋千立。
>
> ——《解语花》
>
> 开了木芙蓉，一年秋已空。送新愁千里孤鸿。摇落江篱多少恨，吟不尽，楚云峰。　往事夕阳红，故人江水东，翠衾寒，几夜霜浓。梦隔屏山飞不去，随夜鹊，绕疏桐。
>
> ——《南楼令》
>
> 花气半侵云阁，柳阴近隔春城，画栏明月按瑶筝，醉

[①] 《草窗词》二卷，补遗二卷，有《知不足斋丛书》本，又有曼陀罗华阁刊本，又《蘋洲渔笛谱》二卷，有《知不足斋丛书》本，又有《彊村丛书》本。(多集外词一卷)

倚满身花影。　　翠格素虬晴雪，锦笼紫凤香云，东风吹玉满闲亭，二十四帘春静。

——《西江月》

十二

张炎字叔夏，为南渡名将张俊的后裔。居临安，自号乐笑翁。有《玉田词》三卷[①]。仇仁近以为："叔夏词意度超玄，律吕协洽，当与白石老仙相鼓吹。"以玉田较白石，玉田当然未暇多让。玉田颇有愤语，却沉藏之于浓红淡绿的辞语中，如"只有一枝梧叶，不知多少秋声""恨乔木荒凉，都是残照"之类。而"十年旧事翻疑梦"的一阕《台城路》，读者尤为感动。在小令一方面，像"叶密春声聚，花多瘦影重"，那样的自然而多趣的调子，也是很近于《花间》的。

烟霞万壑，记曲径寻幽，霁痕初晓，绿窗窈窕，看随花凳石，就泉通沼，几日不来，一片苍云未扫。自长啸，恨乔木荒凉，都是残照。　　碧天秋浩渺，听虚籁泠泠，飞下孤峭，山空翠老，步仙风，怕有采芝人到。野色闲

[①]《玉田词》又二卷。又《山中白云词》八卷，有曹氏刊本、许氏刊本、《四印斋所刊词》本、《彊村丛书》本。

门，芳草不除更好。境深悄，比斜川又清多少。

——《扫花游》

候蛩凄断，人语西风，岸月落沙。平江似练，望尽芦花无雁。　暗教愁损兰成，可怜夜夜闲情。只有一枝梧叶，不知多少秋声！

——《清平乐》

十年旧事翻疑梦，重逢可怜俱老！水国春空，山城岁晚，无语相看一笑。荷衣换了，任京洛尘沙，冷凝风帽。见说吟情，近来不到谢池草。　欢游曾步翠窈，乱红迷紫曲，芳意今少。舞扇招香，歌桡唤玉，犹忆钱塘苏小，无端暗恼。又几度流连，燕昏莺晓。回首妆楼，甚时重去好！

——《台城路》

叶密春声聚，花多瘦影重。只留一路过东风。围得生香不断锦薰笼。　月地连金屋，云楼瞰翠篷，惺松语笑隔帘栊。知是谁调鹦鹉柳阴中。

——《南歌子》

王沂孙字圣与，号碧山，又号中仙，会稽人。有《碧山乐府》(一名《花外集》)二卷[①]。沂孙的词，咏物很工，有时意境

[①] 《花外集》一卷，有《知不足斋丛书》本，有《四印斋所刻词》本。

也极高隽。如"听粉片簌簌飘阶"之语,是很不平凡的造句。咏新月的《眉妩》一词,可以作为他的咏物词的代表。

渐新痕悬柳,澹彩穿花,依约破初暝,便有团圆意。深深拜,相逢谁在香径?画眉未稳,料素娥犹带离恨。最堪爱,一曲银钩小,宝帘挂秋冷。　千古盈亏休问,叹谩磨玉斧,难补金镜。太液池犹在凄凉处,何人重赋清景。故山夜永,试待他窥户端正。看云外山河,还老桂花旧影。

——《眉妩》

屋角疏星,庭阴暗水,犹记藏鸦新树。试折梨花,行入小栏深处。听粉片簌簌飘阶,有人在夜窗无语。料如今门掩孤灯,画屏尘满断肠句。　佳期浑似流水,还见梧桐几叶,轻高朱户。一片秋声,应做两边愁绪。江路远,归雁无凭,写绣笺,倩谁将去。谩无聊,犹掩芳樽,醉听深夜雨。

——《绮罗香》

玉局歌残,金陵句绝,年年负却薰风。西邻窈窕,独怜入户飞红。前度绿阴载酒,枝头色比舞裙同。何须拟,蜡珠作蒂,湘彩成丛。　谁在旧家殿阁,自太真仙去,扫地春空。朱幡护取,如今应误花工。颠倒绛英满径,想无车马到山中。西风后，尚余数点，还胜春浓。

——《庆清朝》

啼螀门静，落叶阶深，秋声又入吾庐。一枕新凉，西窗晚雨疏疏。旧香旧色换却，但满川残柳荒蒲。茂陵远，任岁华苒苒，老尽相如。　　昨夜西风初起，想莼边呼棹，橘后思书。短景凄然，残歌空扣铜壶。当时送行，共约雁归时，人赋归欤。雁归也，问人归，如雁也无？

——《声声慢》

十三

于蒋、周、张、王外，同时词人尚有不少；陈允平的词在当时也可算是一位大家。允平字君衡，号西麓，明州人，有《日湖渔唱》二卷[①]。张炎称其"所作平正，亦有佳者"。如他的《唐多令》一首，其意境是很高隽的。

赤栏桥畔斜阳外，临江暮山凝紫。戏鼓才停，渔榔乍歇，一片芙蓉秋水。余霞散绮，正银钥停关，画桡催舣，鱼板敲残，数声初入万松里。　　坡翁诗梦未老，翠微楼上

---

① 《日湖渔唱》一卷，补遗一卷，续补遗一卷，有《词学丛书》本，又有《疆村丛书》本。

月，曾共谁倚。御苑烟花，宫斜露草，几度西风弹指。黄昏尽也，有明月闲僧，醉香游子，鹫岭猿啼，唤人吟思起。

——《齐天乐》

休去采芙蓉，秋江烟水空。带斜阳，一片征鸿。欲顿闲愁无顿处，都着在，两眉峰。　心事寄题红，画桥流水东。断肠人，无奈秋浓。回首层楼归去懒，早新月，挂梧桐。

——《唐多令》

刘克庄字潜夫，号后村，莆田人。淳祐初，特赐同进士出身。累官龙图阁学士。致仕卒，谥文定。（公元一一八七~一二六九）有《后村别调》一卷[①]。他对于词的品评很严刻，乃以陆放翁、辛稼轩的词为"掉书袋"。他自己的词造就也颇不凡近。如《玉楼春》(《呈林节推》)一词，真乃是有稼轩之豪迈，而无放翁的颓放者：

年年跃马长安市，客里似家家似寄。青钱唤酒日无何，红烛呼卢宵不寐。　易挑锦妇机中字，难得玉人心下事。男儿西北有神州，莫洒水西桥畔泪。

——《玉楼春》

---

① 《后村别调》一卷，有汲古阁刊《宋六十家词》本，又有《晨风阁丛书》本。

赵孟坚[1]字子固，嘉兴人。宋宗室。垂老，犹及见蒙古人的侵入。入元，遂不仕以终。（公元一一九九～一二九五）有《彝斋诗余》一卷[2]。孟坚词殊平常，没有什么杰出时流之处，虽然他上接第二期之首，下及第三期之末，所经历的时代甚长。

> 春早峭寒天，客里倦怀尤恶。待起，冷清清地，又孤眠不着。　重温卯酒整瓶花，总待自霍索。忽听海棠初卖，买一枝添却。
>
> ——《好事近》

赵崇嶓字汉宗，号白云，南丰人。有《白云小稿》一卷[3]。崇嶓小词绮腻缠绵，大有《花间》风度，而其意境却又是不袭取之于古旧之篇章中的。

> 日日酒围花阵，画阁红楼相近。残月醉归来，长是雨羞云困。低问，低问，独自绣帏睡稳。
>
> ——《如梦令》

> 丝发风轻掠，酥胸冷不侵。背人小立卸瑶簪。一缕柔情，系得几人心。　曲槛花方蓓，河桥柳未阴。红羞绿

---

[1] 见《南宋书》卷十八。
[2] 《彝斋诗余》一卷，有《彊村丛书》本。
[3] 《白云小稿》一卷，有《彊村丛书》本。

困不能禁。恼乱东风，无计等春深。

——《南柯子·小妹》

何梦桂①字严叟，严陵人，咸淳乙丑进士，至元时尚在。有《潜斋词》一卷②。梦桂词颇有萧疏自然之趣，与时流之以雕斫为工者不同。

风信花残吹柳絮，柳外池塘，乳燕时飞度。漠漠轻云山约住，半村烟树鸠呼雨。　竹院深深深几许？深处人闲，谁识闲中趣！弹彻瑶琴移玉柱，苍苔满地花阴午。

——《蝶恋花》

卢炳字叔阳，自号丑斋。有《烘堂词》③。毛晋以为他"词中有画"。如《浣溪沙》之类，确是颇具新意的：

水阁无尘午昼长，薰风十里藕花香。一番疏雨酿微凉。

旋点新茶消睡思，不将醽醁恼诗肠。阑干倚遍挹湖光。

许棐字忱父，海盐人，嘉熙中（公元一二三七～一二四〇）隐居秦溪。于水南种梅数十树，自号梅屋。环室皆书。有《梅屋稿》《献丑集》及《梅屋诗余》④。自为序。棐词意绪并不隽颖，

---

① 见《南宋书》卷六十二。
② 《潜斋词》一卷，有四印斋刊《宋元三十一家词》本。
③ 《烘堂词》有汲古阁刊《宋六十家词》本。
④ 《梅屋诗余》一卷，有《四印斋汇刻宋元三十一家词》本，有《双照楼影刊宋元明本词》本。

措辞也殊平常，未见有多大的成功，姑举一例：

> 组绣盈箱锦满机，倩人缝作护花衣。恐花飞去，无复上芳枝。　已恨远山迷望眼，不须更画远山眉。正无聊赖，雨外一鸠啼。

汪元量[1]字大有，号水云，钱塘人。以善琴，为宫妃之师。宋亡，随三宫留燕。后为黄冠南归。有《水云集》[2]《湖山类稿》。归后往来匡庐、彭蠡间，若飘风行雨，人以为仙。元量词多故国之思，亦有心人之一。

> 独倚浙江楼，满耳怨笳哀笛，犹有梨园声在。念那人天北。　海棠憔悴，怯春寒，风雨怎禁得，回首华清池畔，渺露芜烟荻。

——《好事近·浙江楼闻笛》

> 金陵故都最好，有朱楼迢递。嗟倦客又此凭高，槛外已少佳致。更落尽梨花，飞尽杨花，春也成憔悴。问青山：三国英雄，六朝奇伟？　麦甸葵丘，荒台败垒，鹿豕衔枯荠。正潮打孤城，寂寞斜阳影里。听楼头哀笳怨角，未把酒愁心先醉。渐夜深月满秦淮，烟笼寒水。凄凄惨惨，冷冷清清，灯火渡头市。慨商女不知兴废，隔

---

[1] 见《南宋书》卷六十二。
[2] 《水云词》一卷，有《彊村丛书》本。

江犹唱庭花，余音亹亹。伤心千古，泪痕如洗。乌衣巷口青芜路，认依稀王谢旧邻里。临春、结绮。可怜红粉成灰，萧索白杨风起。　　因思畴昔，铁索千寻，谩沉江底。挥羽扇，障西尘，便好角巾私第。清谈到底成何事？回首新亭，风景今如此！楚囚对泣何时已，叹人间今古真儿戏。东风岁岁还来，吹入钟山，几重苍翠。

——《莺啼序·重过金陵》

鼓鼙惊破霓裳，海棠亭北多风雨。歌阑酒罢，玉啼金泣，此行良苦。驼背模糊，马头匼匝，朝朝暮暮。自都门燕别，龙艘锦缆，空载得春归去。　　目断东南半壁，怅长淮已非吾土。受降城下，草如霜白，凄凉酸楚，粉阵红围，夜深人静，谁宾谁主。对渔灯一点，羁愁一搦，谱琴中语。

——《水龙吟·淮河舟中夜闻宫人琴声》

官舍悄，坐到月西斜，永夜角声悲自语，客心愁破正思家，南北各天涯。　　肠断裂，搔首一长嗟。绮席象床寒玉枕，美人何处醉黄花？和泪捻琵琶。

——《望江南·幽州九日》

柴望字仲山，号秋堂，有《秋堂集》，词一卷[①]。他长于慢

---

① 《秋堂诗余》一卷，有《彊村丛书》本。

词，所作都娇媚多姿，情绪宛曲，大有周美成的风调。

> 春来多困，正昼移帘影，银屏深闭。唤梦幽禽，烟柳外，惊断巫山十二。宿酒初醒，新愁半解。恼得成憔悴。蓬松云鬓，不忺鸾镜梳洗。　门外满地香风，残梅零落，玉糁苍苔碎。乍暖乍寒浑莫拟，欲试罗衣犹未。斗草雕栏，买花深院，做踏青天气。晴鸠鸣处，一池昨夜春水。

——《念奴娇》

陈著字子微，鄞县人。宝祐四年进士。官著作郎。后以忤贾似道，改临安通判。有《本堂词》二卷①。《本堂词》是寻常的一位非专工的词人之作，未见十分的杰出。

> 江寒雁咽，短棹还催发。曾是玉堂仙吏，相别处，满篷雪。　此别那堪说，溯风空泪血。惟有梅花依旧，香不断，夜来月。

——《霜天晓角》

刘学箕字习之，崇安人，有《方是闲居士词》一卷②。学箕词圆稳熟练，足与当时诸大家相抗。有时也作浅薄的了语，如"一人口插几张匙，何用波波劫劫没休时"(《虞美人》)之类。更多的却是《恋绣衾》(《闺怨》)一类的成熟作品：

---

① 《本堂词》一卷，有《彊村丛书》本。
② 《方是闲居士词》一卷，有《彊村丛书》本。

柳絮风翻高下飞，雨笼晴，香径尚泥。女伴笑，踏青好，凤钗偏，花压鬓垂。　　乱莺双燕春情绪，搅愁心，欲诉谁？人问道：因谁瘦？捻青梅，闲敛黛眉。

卫宗武字淇父，江南华亭人。淳祐间历官尚书郎。出知常州，罢归。有《秋声集》，词附[①]。宗武所作多慢词，然佳者殊少；如"风雨卷春去，红紫总无余。窈窕一川芳渚，软草接新蒲。杨柳垂垂飘絮，桑柘阴阴成幄，殷绿正莱敷。迁木莺呼友，营垒燕将雏"（《水调歌头·自适》上半阕）已是最好的例子了。

李演字广翁，号秋堂。其词纤巧圆熟，惟少隽颖之语。如"又西风四桥疏柳，惊蝉相对秋语。琼荷万笠花云重，嫋嫋红衣如舞鸿"（《摸鱼儿》一节）在他的作品中，已是比较尖新的了。

王奕字伯敬，号斗山，玉山人。宋亡，又自号至元逸民。著作皆散佚，仅存《东行斐稿》三卷，词附。

二十四桥明月好，暮年方到扬州。鹤飞仙去总成休！霞阳凤笛急，何事付悠悠。　　几阕平山堂上酒，夕阳还照边楼。不堪风景重回头。淮南新枣熟，应不说防秋。

——《临江仙》

[①]《秋声诗余》一卷，有《彊村丛书》本。

牟巘字献甫，吴兴人，大理少卿。（公元一二二七～一三一一）有《陵阳先生集》，词一卷。①巘词存者不少，不是祝寿便是送别。此种题材，最易入陈套，巘却颇能运以别调。如《送张教》的《渔家傲》便颇好：

> 病枕逢逢惊晓鼓，那堪送客江头路。莫唱骊驹催客去。风又雨，花飞一片愁千缕。　折柳凄然无剩语，加餐更把篝衣护。泥滑篮舆须稳度。云飞处，亲闱安问应旁午。

刘辰翁②字会孟，庐陵人，举进士。值世乱，隐居不仕。（公元一二三四～一二九七）有《须溪集》，附词③。辰翁所作甚多，小令慢调，皆有隽篇。后村评刘镇词，以"周、柳、辛、陆之能，庶乎兼之"。的当此誉的，却是辰翁而非镇。辰翁的作风，秉豪迈之资，得自然之趣，新意固多，隽语不少。彼固不屑自安于周、柳的陈套，亦不屑趋求于辛、陆的型式。在第三期中，他确是个独立不群的大作家，有如左思之在太康，渊明之在晋、宋之间。他的伤时感事之作，尤凄然有黍离之痛。谁说词中不可说及此等事！

> 春悄悄，春雨不须晴。天上未知灯有禁，人间转似月

---

① 《陵阳词》一卷，有《彊村丛书》本。
② 见《南宋书》卷六十三。
③ 《须溪词》一卷，又补遗一卷，有《彊村丛书》本。

无情。村市学箫声。

——《望江南·元宵》

长欲语，欲语又蹉跎！已是厌听夷甫颂，不堪重省越人歌。孤负水云多。　　羞拂拂，懊恼自摩挲。残烟不教人径去，断云时有泪相和，恨恨欲如何！

——《双调望江南·赋如见》

烧灯节，朝京道上风和雪。风和雪，江山如旧，朝京人绝！　　百年短短兴亡别，与君犹对当时月。当时月，照人烛泪，照人梅发。

——《忆秦娥》

红妆春骑，踏月影，竿旗穿市。望不尽，琼楼歌舞，习习香尘莲步底。箫声断，约彩鸾归去，未怕金吾呵醉。甚辇路，喧阗且止，听得念奴歌起。　　父老犹记宣和事，抱铜仙，清泪如水。还转盼，沙河多丽，晃漾明光连邸第。帘影冻，散红光成绮，月侵蒲桃十里。看往来神仙才子，肯把菱花扑碎。　　肠断竹马儿童，空见说，三千乐指。等多时，春不归来，到春时欲睡。又说向，灯前拥髻。暗滴鲛珠坠。便当日，亲见霓裳，天上人间梦里。

——《宝鼎现》

送春去，春去人间无路。秋千外芳草连天，谁遣风沙暗南浦。依依甚意绪，谩忆海门飞絮。乱鸦过，斗转城荒，不见来时试灯处。　　春去，谁最苦？但箭雁沉边，梁燕无主。杜鹃声里长门暮。想玉树凋土，泪盘如露，咸阳送客屡回顾，斜日未能渡。　　春去，尚来否？正江令恨别，庾信愁赋。苏堤尽日风和雨。叹神游故国，花记前度。人生流落，顾孺子，共夜语。

——《兰陵王》

李彭老字商隐，号筼房；李莱老字周隐，号秋崖。二李词有合刊本，名《龟溪二隐词》①。二李与草窗相酬答，他们的词都是很细腻稳贴，时有轻隽之句的。

罗襦隐绣茸，玉合消红豆。深院落梅钿，寒峭收灯后。　　心事卜金钱，月上鹅黄柳。拜了夜香休，翠被听春漏。

——《生查子》（李彭老）

陈德武，三山人，有《白雪遗音》一卷②。德武怀古之作如《水龙吟》《望海潮》，皆慷慨激昂，有为而发者。"乐极西湖，愁多南渡，他都是梦魂空。感古恨无穷。叹表忠无观，古墓谁封！棹舣钱塘，浊醪和泪洒秋风。"（《望海潮》

---

① 《龟溪二隐词》一卷，有《彊村丛书》本。
② 《白雪遗音》一卷，有《彊村丛书》本。

的一段。）

汪梦斗字以南，绩溪人。咸淳初为史馆编校。以劾贾似道罢归。元世祖曾召之入都，不屈而回。《北游集》即作于此时，词附[①]。梦斗词悲歌当哭，是经历丧乱亡国之痛的孤臣口吻。

> 西北有神州，曾倚斜阳江上楼。目断淮南山一抹，何由，载泪东风洒汴流。　何事却狂游？直驾驴车度白沟。自古幽燕为绝塞，休愁，未是穷荒天尽头。
>
> ——《南乡子》

文天祥和他的幕客邓剡是当时能以词写其悲愤的少数作家。天祥字宋瑞，又字履祥。举进士第一。历官右丞相，兼枢密使，封信国公。为元兵所执，留燕三年，不屈而死。（公元一二三六～一二八二）有《文山集》。他的《正气歌》很足动人，而《驿中言别友人》的一词也是很愤愤的！

> 水天空阔，恨东风，不借世间英物。蜀鸟吴花残照里，忍见荒城颓壁。铜雀春情，金人秋泪，此恨凭谁雪！堂堂剑气，斗牛空认奇杰。　那信江海余生，南行万里，送扁舟齐发。正为鸥盟留醉眼，细看涛生云灭。睨柱吞

[①] 《北游词》一卷，有《彊村丛书》本。

文天祥

上官周作

嬴,回旗走懿,千古冲冠发。伴人无寐,秦淮应是孤月。

——《大江东去》

邓剡字光荐,庐陵人。曾在文天祥幕中。宋亡,不仕,有《中斋集》。他的词大都带有兴亡之感的,如《卖花声》的"不见当时王谢宅,烟草青青",《南楼令》的"说兴亡燕入谁家"。

雨过水明霞,潮回岸带沙。叶声寒,飞透窗纱。懊恨西风催世换,更随我,落天涯。　寂寞古豪华,乌衣日又斜。说兴亡,燕入谁家。只有南来无数雁,和明月,

第五章　南宋词人 / 341

宿芦花。

——《南楼令》

除了少数人以外，公然悲愤见于词间的，便绝无仅有的了。像以封殖宋陵遗骸著名的唐珏，其词至多也不过说："悠然世味浑如水，千里旧怀谁省！"（《摸鱼儿》）而如王鼎翁（字炎平，安福人，有《梅边集》）则直高叫道："休，休！何必伤嗟。谩赢得青青两鬓华。且不知门外，桃花何代，不知江左，燕子谁家。"像这样一种人心，真是"天下事，可知矣"！

又是年时，杏红欲吐，柳绿初芽。奈寻春步远，马嘶湖曲。卖花声过，人唱窗纱，暖日晴烟，轻衣罗扇，看遍王孙七宝车。谁知道，十年魂梦，风雨天涯。　休，休！何必伤嗟，谩赢得青青两鬓华。且不知门外，桃花何代，不知江左，燕子谁家。世事无情，天公有意，岁岁东风，岁岁花。拼一笑，且醒来杯酒，醉后杯茶。

——《沁园春》

有几个有词集的人，更有几个以一二首词著名的人；今并略述于下。石孝友字秀仲，有《金谷遗音》一卷。他的词时有隽句，如"半空犹湿，山影插尖高几尺，依依衔落日"（《谒金门》）。又如：

醉袖吟鞭行色里，帽檐低处风斜，晚山一半被云遮。

残阳明远水,古木集栖鸦。　暮去朝来缘底事?不如早早还家。曲屏深幌小窗纱,翠沾眉上柳,红揾脸边花。

——《临江仙》

黄公绍,谯郡人,咸淳进士。他的《青玉案》一词,很足动人:

年年社日停针线,争忍见双飞燕!今日江城春已半,一身犹在,乱山深处,寂寞溪桥畔。　征衫着破谁针线,点点行行泪痕满。落日解鞍芳草岸,花无人载,酒无人劝,醉也无人管。

——《青玉案》

陈逢辰字振祖,号存熙,未知其里居,有《乌夜啼》一词甚佳。

月痕未到朱扉,送郎时,暗里一汪儿泪没人知。

搦不住,收不聚,被风吹,吹作一天愁雨损花枝。

——《乌夜啼》

徐一初,未知其爵里,其《摸鱼儿》一词,甚有悲愤之慨,为当时少见之作。

对茱萸,一年一度,龙山今在何处?参军莫道无勋业,消得从容樽俎。君看取,便破帽飘零,也得传千古,当年幕府知多少,时流等闲收拾,有个客如许。　追往事，满目山河晋土，征鸿又过边羽。登临莫上高层望，怕见故宫禾黍。觞绿醑，浇万斛牢愁，泪阁新亭雨。黄花无语，毕竟是西风披拂，犹识旧时主。

——《摸鱼儿》

此外，尚有赵必瑑字玉渊，东莞人。（公元一二四五～一二九四）著《覆瓿词》①。赵蟠老字渭师，东平人，有《拙庵词》一卷②。刘镇字叔安，南海人。嘉泰二年进士。学者称他为随如先生。刘潜夫称其词"丽不至亵，新不犯陈"，其实殊为凡庸。孙惟信字季藩，号花翁，有词一卷。王武子（一作子武）亦曾写词一卷。夏元鼎字宗禹，永嘉人，有《蓬莱鼓吹》一卷③。熊禾④字去非，号勿轩，建阳人，有《勿轩长短句》一卷⑤。陈深字子微，吴郡人，有《宁极斋乐府》⑥一卷。家铉翁⑦字则堂，眉山人，有《则堂诗余》⑧一卷。杨泽

---

① 《覆瓿词》一卷，有四印斋刊《宋元三十一家词》本。
② 《拙庵词》一卷，有四印斋刊《宋元三十一家词》本。
③ 《蓬莱鼓吹》一卷，有《彊村丛书》本。
④ 见《南宋书》卷六十三。
⑤ 《勿轩长短句》一卷，有《彊村丛书》本。
⑥ 《宁极斋词》一卷，有《彊村丛书》本。
⑦ 见《南宋书》卷六十二。
⑧ 《则堂诗余》一卷，有《彊村丛书》本。

民有《和清真词》一卷[①]。林正大字敬之，号随庵，有《风雅遗音》[②]二卷，皆系隐括古人之诗歌文赋之辞意以入词者。蒲寿宬，泉州人，有《心泉诗余》一卷[③]。张玉字若琼，松阳人，有《兰雪词》[④]一卷。

参考书目

一、《宋六十一家词》不分卷，毛晋（汲古阁）编刻。有原刻本，有广州刻本，有博古斋影印袖珍本。

二、《名家词集》十卷，侯文灿编刻。有原刻本，有《粟香室丛书》本。

三、《宋元名家词》不分卷，江标编。有光绪间湖南刻本。

四、《四印斋所刊词》及《四印斋汇刻宋元三十一家词》，王鹏运编。自刊本。

五、《双照楼影刊宋元明本词》，吴昌绶编。自刊本。《续刊景宋金元本词》，陶湘编刊本。

六、《彊村丛书》，朱祖谋编。自刊本。

七、《中兴以来绝妙好词选》十卷，[宋]黄升编。有汲古阁刊《词苑

---

① 《和清真词》一卷，有四印斋刊《宋元三十一家词》本。
② 《风雅遗音》二卷，有江标刻《宋元名家词》本。
③ 《心泉诗余》一卷，有《彊村丛书》本。
④ 《兰雪词》一卷，有《彊村丛书》本。

英华》本。

八、《阳春白雪》八卷，外集一卷，[宋]赵闻礼编。有《词学丛书》本，[清]吟阁刊本及《粤雅堂丛书》本。

九、《绝妙好词笺》七卷，[宋]周密著，[清]查为仁、厉鹗笺。有原刊本，有会稽章氏重刊本。

十、《草堂诗余》四卷，在四印斋所刊《词苑英华》及《双照楼影刊宋元明本词》内均有之。

十一、《历代诗余》一百二十卷，有原刊本，有蝉隐庐影印本。

十二、《词综》三十四卷，[清]朱彝尊编。有原刊本，有坊刊本。

十三、《词林纪事》二十二卷，[清]张宗橚辑。有原刊本，有扫叶山房影印本，有海盐张氏影印本。

十四、《宋史》四百九十六卷，[元]脱脱等撰。有《二十四史》本。

十五、《南宋书》六十八卷，[明]钱士升撰。有扫叶山房刊《四朝别史》本。

后 记

全书告竣,不知何日,姑以已成的几章,刊为此册。我颇希望此书每年能出版二册以上,则全书或可于五六年后完成。这一册所叙者以"词"为主体。疏略讹谬,在所不免。愿专门研究"词"的先生们有以匡正之。对于本册的校勘,友人王伯祥、叶圣陶、徐调孚三君最为有力。谨在此向他们致谢!

郑振铎 一九三〇年三月一日

国家新闻出版广电总局
首届向全国推荐中华优秀传统文化普及图书

大家小书书目

国学救亡讲演录	章太炎 著 蒙 木 编
门外文谈	鲁 迅 著
经典常谈	朱自清 著
语言与文化	罗常培 著
习坎庸言校正	罗 庸 著 杜志勇 校注
鸭池十讲（增订本）	罗 庸 著 杜志勇 编订
古代汉语常识	王 力 著
国学概论新编	谭正璧 编著
文言尺牍入门	谭正璧 著
日用交谊尺牍	谭正璧 著
敦煌学概论	姜亮夫 著
训诂简论	陆宗达 著
金石丛话	施蛰存 著
常识	周有光 著 叶 芳 编
文言津逮	张中行 著
经学常谈	屈守元 著
国学讲演录	程应镠 著
英语学习	李赋宁 著
中国字典史略	刘叶秋 著
语文修养	刘叶秋 著
笔祸史谈丛	黄 裳 著
古典目录学浅说	来新夏 著
闲谈写对联	白化文 著
汉字知识	郭锡良 著
怎样使用标点符号（增订本）	苏培成 著
汉字构型学讲座	王 宁 著

诗境浅说	俞陛云 著	
唐五代词境浅说	俞陛云 著	
北宋词境浅说	俞陛云 著	
南宋词境浅说	俞陛云 著	
人间词话新注	王国维 著	滕咸惠 校注
苏辛词说	顾随 著	陈均 校
诗论	朱光潜 著	
唐五代两宋词史稿	郑振铎 著	
唐诗杂论	闻一多 著	
诗词格律概要	王力 著	
唐宋词欣赏	夏承焘 著	
槐屋古诗说	俞平伯 著	
词学十讲	龙榆生 著	
词曲概论	龙榆生 著	
唐宋词格律	龙榆生 著	
楚辞今绎讲录	姜亮夫 著	
读词偶记	詹安泰 著	
中国古典诗歌讲稿	浦江清 著	
	浦汉明 彭书麟 整理	
唐人绝句启蒙	李霁野 著	
唐宋词启蒙	李霁野 著	
唐诗研究	胡云翼 著	
风诗心赏	萧涤非 著	萧光乾 萧海川 编
人民诗人杜甫	萧涤非 著	萧光乾 萧海川 编
唐宋词概说	吴世昌 著	
宋词赏析	沈祖棻 著	
唐人七绝诗浅释	沈祖棻 著	
道教徒的诗人李白及其痛苦	李长之 著	
英美现代诗谈	王佐良 著	董伯韬 编
闲坐说诗经	金性尧 著	
陶渊明批评	萧望卿 著	

古典诗文述略	吴小如 著	
诗的魅力		
——郑敏谈外国诗歌	郑　敏 著	
新诗与传统	郑　敏 著	
一诗一世界	邵燕祥 著	
舒芜说诗	舒　芜 著	
名篇词例选说	叶嘉莹 著	
汉魏六朝诗简说	王运熙 著	董伯韬 编
唐诗纵横谈	周勋初 著	
楚辞讲座	汤炳正 著	
	汤序波　汤文瑞 整理	
好诗不厌百回读	袁行霈 著	
山水有清音		
——古代山水田园诗鉴要	葛晓音 著	
红楼梦考证	胡　适 著	
《水浒传》考证	胡　适 著	
《水浒传》与中国社会	萨孟武 著	
《西游记》与中国古代政治	萨孟武 著	
《红楼梦》与中国旧家庭	萨孟武 著	
《金瓶梅》人物	孟　超 著	张光宇 绘
水泊梁山英雄谱	孟　超 著	张光宇 绘
水浒五论	聂绀弩 著	
《三国演义》试论	董每戡 著	
《红楼梦》的艺术生命	吴组缃 著	刘勇强 编
《红楼梦》探源	吴世昌 著	
《西游记》漫话	林　庚 著	
史诗《红楼梦》	何其芳 著	
	王叔晖 图	蒙　木 编
细说红楼	周绍良 著	
红楼小讲	周汝昌 著	周伦玲 整理

曹雪芹的故事	周汝昌 著	周伦玲 整理
古典小说漫稿	吴小如 著	
三生石上旧精魂		
——中国古代小说与宗教	白化文 著	
《金瓶梅》十二讲	宁宗一 著	
古体小说论要	程毅中 著	
近体小说论要	程毅中 著	
《聊斋志异》面面观	马振方 著	
《儒林外史》简说	何满子 著	
我的杂学	周作人 著	张丽华 编
写作常谈	叶圣陶 著	
中国骈文概论	瞿兑之 著	
论雅俗共赏	朱自清 著	
文学概论讲义	老舍 著	
中国文学史导论	罗庸 著	杜志勇 辑校
给少男少女	李霁野 著	
古典文学略述	王季思 著	王兆凯 编
古典戏曲略说	王季思 著	王兆凯 编
鲁迅批判	李长之 著	
唐代进士行卷与文学	程千帆 著	
说八股	启功 张中行 金克木 著	
译余偶拾	杨宪益 著	
文学漫识	杨宪益 著	
三国谈心录	金性尧 著	
夜阑话韩柳	金性尧 著	
漫谈西方文学	李赋宁 著	
历代笔记概述	刘叶秋 著	
周作人概观	舒芜 著	
古代文学入门	王运熙 著	董伯韬 编
有琴一张	资中筠 著	

中国文化与世界文化	乐黛云	著
新文学小讲	严家炎	著
回归,还是出发	高尔泰	著
文学的阅读	洪子诚	著
中国文学1949—1989	洪子诚	著
鲁迅作品细读	钱理群	著
中国戏曲	么书仪	著
元曲十题	么书仪	著
唐宋八大家		
——古代散文的典范	葛晓音	选译
辛亥革命亲历记	吴玉章	著
中国历史讲话	熊十力	著
中国史学入门	顾颉刚 著	何启君 整理
秦汉的方士与儒生	顾颉刚	著
三国史话	吕思勉	著
史学要论	李大钊	著
中国近代史	蒋廷黻	著
民族与古代中国史	傅斯年	著
五谷史话	万国鼎 著	徐定懿 编
民族文话	郑振铎	著
史料与史学	翦伯赞	著
秦汉史九讲	翦伯赞	著
唐代社会概略	黄现璠	著
清史简述	郑天挺	著
两汉社会生活概述	谢国桢	著
中国文化与中国的兵	雷海宗	著
元史讲座	韩儒林	著
魏晋南北朝史稿	贺昌群	著
海上丝路与文化交流	常任侠	著
中国史纲	张荫麟	著

两宋史纲	张荫麟 著
北宋政治改革家王安石	邓广铭 著
从紫禁城到故宫	
——营建、艺术、史事	单士元 著
春秋史	童书业 著
明史简述	吴晗 著
朱元璋传	吴晗 著
明朝开国史	吴晗 著
旧史新谈	吴晗 著 习之 编
史学遗产六讲	白寿彝 著
杨向奎说上古史	杨向奎 著
司马迁之人格与风格	李长之 著
历史人物	郭沫若 著
屈原	郭沫若 著
舆地勾稽六十年	谭其骧 著
魏晋南北朝隋唐史	唐长孺 著
秦汉史略	何兹全 著
魏晋南北朝史略	何兹全 著
司马迁	季镇淮 著
唐王朝的崛起与兴盛	汪篯 著
二千年间	胡绳 著
论三国人物	方诗铭 著
考古发现与中西文化交流	宿白 著
清史三百年	戴逸 著
清史寻踪	戴逸 著
走出中国近代史	章开沅 著
中国古代政治文明讲略	张传玺 著
艺术、神话与祭祀	张光直 著
	刘静 乌鲁木加甫 译
中国古代衣食住行	许嘉璐 著
辽夏金元小史	邱树森 著

中国古代史学十讲	瞿林东	著
宾虹论画	黄宾虹	著
中国绘画史	陈师曾	著
和青年朋友谈书法	沈尹默	著
中国画法研究	吕凤子	著
桥梁史话	茅以升	著
中国戏剧史讲座	周贻白	著
中国戏剧简史	董每戡	著
西洋戏剧简史	董每戡	著
俞平伯说昆曲	俞平伯 著	陈 均 编
新建筑与流派	童 寯	著
论园	童 寯	著
拙匠随笔	梁思成 著	林 洙 编
中国建筑艺术	梁思成 著	林 洙 编
沈从文讲文物	沈从文 著	王 风 编
中国画的艺术	徐悲鸿 著	马小起 编
中国绘画史纲	傅抱石	著
龙坡谈艺	台静农	著
中国舞蹈史话	常任侠	著
中国美术史谈	常任侠	著
说书与戏曲	金受申	著
世界美术名作二十讲	傅 雷	著
中国画论体系及其批评	李长之	著
金石书画漫谈	启 功 著	赵仁珪 编
吞山怀谷 ——中国山水园林艺术	汪菊渊	著
故宫探微	朱家溍	著
中国古代音乐与舞蹈	阴法鲁 著	刘玉才 编
梓翁说园	陈从周	著
旧戏新谈	黄 裳	著

民间年画十讲	王树村 著	姜彦文 编
民间美术与民俗	王树村 著	姜彦文 编
长城史话	罗哲文 著	
人巧与天工		
——中国古园林六讲	罗哲文 著	
现代建筑奠基人	罗小未 著	
世界桥梁趣谈	唐寰澄 著	
如何欣赏一座桥	唐寰澄 著	
桥梁的故事	唐寰澄 著	
园林的意境	周维权 著	
万方安和		
——皇家园林的故事	周维权 著	
乡土漫谈	陈志华 著	
现代建筑的故事	吴焕加 著	
中国古代建筑概说	傅熹年 著	
简易哲学纲要	蔡元培 著	
大学教育	蔡元培 著	
	北大元培学院 编	
老子、孔子、墨子及其学派	梁启超 著	
春秋战国思想史话	嵇文甫 著	
晚明思想史论	嵇文甫 著	
新人生论	冯友兰 著	
中国哲学与未来世界哲学	冯友兰 著	
谈美书简	朱光潜 著	
中国古代心理学思想	潘菽 著	
佛教基本知识	周叔迦 著	
儒学述要	罗庸 著	杜志勇 辑校
周易简要	李镜池 著	李铭建 编
希腊漫话	罗念生 著	
佛教常识答问	赵朴初 著	

大一统与儒家思想	杨向奎 著	
孔子的故事	李长之 著	
西洋哲学史	李长之 著	
哲学讲话	艾思奇 著	
中国文化六讲	何兹全 著	
墨子与墨家	任继愈 著	
中华慧命续千年	萧萐父 著	
儒学十讲	汤一介 著	
汉化佛教与佛寺	白化文 著	
传统文化六讲	金开诚 著	金舒年 徐令缘 编
美是自由的象征	高尔泰 著	
艺术的觉醒	高尔泰 著	
中华文化片论	冯天瑜 著	
儒者的智慧	郭齐勇 著	
中国政治思想史	吕思勉 著	
市政制度	张慰慈 著	
政治学大纲	张慰慈 著	
政治的学问	钱端升 著	钱元强 编
民俗与迷信	江绍原 著	陈泳超 整理
乡土中国	费孝通 著	
社会调查自白	费孝通 著	
怎样做好律师	张思之 著	孙国栋 编
中西之交	陈乐民 著	
律师与法治	江平 著	孙国栋 编
经济学常识	吴敬琏 著	马国川 编
天道与人文	竺可桢 著	施爱东 编
中国医学史略	范行准 著	
优选法与统筹法平话	华罗庚 著	
数学知识竞赛五讲	华罗庚 著	
中国历史上的科学发明（插图本）	钱伟长 著	

出版说明

"大家小书"多是一代大家的经典著作,在还属于手抄的著述年代里,每个字都是经过作者精琢细磨之后所拣选的。为尊重作者写作习惯和遣词风格、尊重语言文字自身发展流变的规律,为读者提供一个可靠的版本,"大家小书"对于已经经典化的作品不进行现代汉语的规范化处理。

提请读者特别注意。

文津出版社